जयिांग पश्चिम वांग
湘西王
彭蘇 著

自序

有讀友這樣問過我：你為何會寫《湘西王》這樣一部以西藏為背景的長篇小說。

其實，這源於一個偶然的因素。

那還是二〇〇九年的三月，我被有關部門選派到北京進行為期三個月的研習。一天中午，一位素昧平生的老人來找我。老人是北京某公司退休多年的高級工程師，家住北京通州區，已經八十多歲了。他不知怎麼打聽到我是《西藏戰爭》一書的作者，而且正在北京研習，故特地上門與我一談。

《西藏戰爭》是我的一部長篇小說，二〇〇六年由敦煌文藝出版社出版，主要描述了西元一九〇三到一九〇四年間第二次中英西藏戰爭全部過程。老人來見我的目的，除了談論《西藏戰爭》外，主要的是向我推薦一本奇書，那就是「湘西王」陳渠珍七十多年前寫的一本小書《艽野塵夢》。

就這樣，我從老人的口中第一次聽到了一個無比淒美的漢藏愛情故事：

一百多年前的第二次中英西藏戰爭後，清廷為震懾萌生獨立想法的西藏地方分裂勢力與英印當局，從四川調兵入藏駐防。二十七歲的湘西籍清軍下級軍官陳渠珍隨軍入藏，在工布地區駐防時，和十六歲的藏族少女西原一見鍾情……

多年後，陳渠珍寫下了《艽野塵夢》一書，記錄了駐防期間，他在藏地雪域經歷的各種奇遇，還有和藏女西原刻骨銘心的愛情……

老人之所以向我推薦《艽野塵夢》，是有原因的：老人祖籍湘西，與我是同鄉。老人的祖父當年是一名清軍士兵，隨陳渠珍所在的這支清軍部隊入藏。與陳渠珍不同的是，老人的祖父後來死在了西藏。後來，戰友將他的遺物——一件有六個槍眼的舊軍裝帶回了湘西老家，被老人的奶奶葬入了祖墳。

老人說，隨著年齡的增大，鄉情和懷舊心緒愈濃，他很欣賞我寫的《西藏戰爭》，他對我在書中描寫的西藏歷史和人文風情尤其欣賞。他和我又同是湘西人，因此，他希望我能以陳渠珍和他祖父在西藏的這段經歷為題材，寫一部長篇小說，讓後人知道，他們的祖輩曾經有過這麼一段非凡的、令人懷念的動人經歷。他對我說，他馬上要隨兒子一家移民美國了，這一生是不可能再回大陸、再回家鄉了，他希望能在美國看到我寫的這本書。

他淒涼、悲切的語調，令我心酸不已。

老人對歷史、對父輩這一種感情，更是深深打動了我。作為一個作者，作為一個湘西人，我認為自己有義務完成老人的這個心願。

我答應老人，一定以此為題材寫一部長篇小說，書名就叫《湘西王》。

然而，由於當時鳳凰出版集團正在出版我的一部長篇小說《大宋之殤》，當年年底又由磨鐵出版了我的另一部長篇小說，二〇一〇年又開始應約撰寫另一部長篇小說《中醫》。這樣一忙，原來準備寫《湘西王》一書的計畫就不知不覺被我束之高閣了。

二〇一〇年十月底一天深夜，我突然接到了一個從美國打來的電話，原來，是那位老人的兒子從美國打來的越洋電話。他告訴我，老父親隨他們一家到美國後，不到一年就被查出患了癌症，一週前已經去世了。老父親在彌留之時，還要他務必打電話給我，問問我那部書寫完了沒有。

在「文革」期間親眼目睹老父親被紅衛兵和造反派毆打而強忍著淚水的我，在聽到他這番話後，竟然流下眼淚。

回憶起一年多前老人在北京找到我時那淒涼、悲切的話語，當天晚上，我失眠了。

我下定決心，放下手中一切事宜，全力寫《湘西王》。

我找來了陳渠珍老先生當年所寫的文言文體的《艽野塵夢》一書，並查閱了大量晚清時期湘西和西藏的相關歷史材料，以及大量正、反兩方面有關陳渠珍老先生的文章。在收集資料和構思小說的過程中，我得到了陳渠珍老先生的小兒子陳晏生先生的大力幫助，短短的時間內，我和陳晏生先生來往的郵件和電話不下數十次，他向我陳述了父親去世後，由於大陸「左」的思潮，對於父親的評價一直是負面的。父親去世時陳晏生才兩歲，由於父親一生兩袖清風，去世後未留下半點財產，母親帶著他和四歲大的哥哥，靠幫人洗衣服，挑豬毛，錘石頭來維持生活。尤其是西元一九六二年林彪一黨周赤萍（曾任福州軍區政委）寫的那本《擒魔記》，把陳渠珍寫成有名的大土匪和土著軍閥，使得他和母親，還有幾乎所有的親屬受到數十年非人境遇。有的甚至付出了生命的代價。街坊鄰居們認為他是「湘西王」、「大土匪」、「大軍閥」的兒子，逼得他不得不改名。直到改革開放後，尤其是近些年來，對陳渠珍的評價才日趨公正和真實。

二〇一一年元月放寒假後的第一天，我正式開始了《湘西王》的寫作。

之後數月，我全力以赴投入在《湘西王》這部長篇小說的寫作中。每天晚上和週休二日，都坐在電腦前創作。

二〇一一年八月的暑期結束後，二十多萬字的《湘西王》終於完稿。

我陸續把書稿寄給各家出版社，得到眾編輯的一致好評，但是，由於本書涉及民族、宗教等「敏感題材」，使得這些出版社最後望而卻步，不敢觸碰。

萬般無奈之下，我只能把書稿束之高閣，重新撰寫一部描述紅軍長征的「主旋律」長篇小說。一晃，四年多的時間過去了。

二〇一五年十二月的一天，我無意間在網路上看到臺灣紅螞蟻圖書有限公司的地址，便寄了信，在審閱過書稿後，在臺灣出版《湘西王》一事便達成協定。

「有心栽花花不活，無心插柳柳成蔭」，在大陸四處碰壁的這部書稿，竟然這麼順利地在臺灣出版，真令我感歎不已，真是要感謝臺灣這家出版社啊！

這就是我要向讀者陳述的有關《湘西王》這部長篇小說寫作與出版前後的故事。

在此，

我要向為本書的出版付出極大努力的臺灣紅螞蟻圖書有限公司表示感謝。

我要向陳渠珍老先生的小兒子陳晏生先生表示最誠摯的謝意。

最後，我還要特別向六年前向我提出寫這部書，後來不幸在美國病逝的那位湘西籍老人表示深深的謝意，願他老人家的靈魂在天國安息。

願陳渠珍和西原兩人用生命演繹的這個聖潔而又淒美的愛情故事和靈魂深處湧現出來的人性美，伴隨西藏碧藍的天空、壯美的雪峰和潔淨的湖水，還有湘西鳳凰美麗的沱江水，永遠流傳在漢藏人民的心中。

願讀者喜歡這部書。

是為序。

目錄

地圖：清軍入藏參考圖

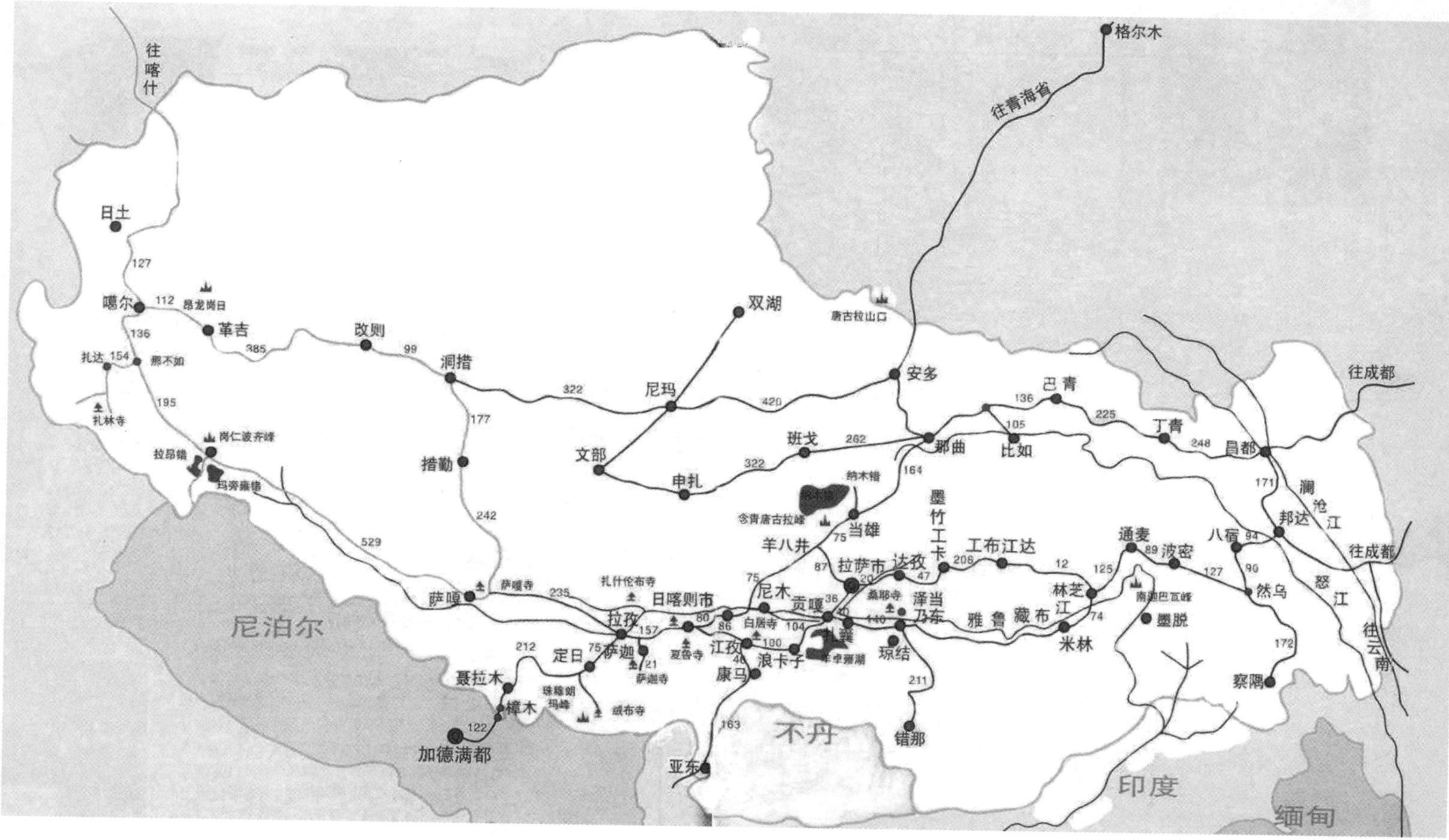
往喀什
日土
噶尔
革吉
改则
洞措
措勤
尼玛
双湖
文部
申扎
班戈
安多
那曲
比如
巴青
丁青
昌都
往青海省
格尔木
唐古拉山口
往成都
澜沧江
怒江
往云南
邦达
八宿
然乌
察隅
波密
通麦
墨脱
林芝
米林
工布江达
墨竹工卡
达孜
拉萨市
当雄
羊八井
纳木错
念青唐古拉峰
尼木
贡嘎
桑耶寺
泽当
乃东
雅鲁藏布江
琼结
错那
浪卡子
羊卓雍湖
江孜
白居寺
康马
亚东
不丹
日喀则市
扎什伦布寺
夏鲁寺
拉孜
萨迦
萨迦寺
定日
绒布寺
珠穆朗玛峰
聂拉木
樟木
加德满都
尼泊尔
萨嘎
萨嘎寺
玛旁雍错
拉昂错
冈仁波齐峰
扎达
扎林寺
那不如
昂龙岗日
印度
缅甸
南迦巴瓦峰

楔子

大清宣統元年（西元一九〇九年）七月，因英印軍隊入侵而逃離西藏的十三世達賴喇嘛，在光緒皇帝和慈禧太后相繼去世後，從北京啟程返回西藏。

為了穩定西藏局勢，清廷下令皇族協統鍾穎率兵兩千入藏，雙方的衝突一觸即發——

第一章 風起雲湧

祕密加入同盟會的湖南籍軍官陳渠珍和林修梅，也在這支進藏的隊伍中。部隊從成都一路西行，經過大相嶺、瀘定橋，到達了入藏必經的邊塞小城打箭爐。

大清宣統元年，七月。

秋天的成都平原，正值一年中最酷熱的時節，炎炎烈日下，一支人數約兩千人的軍隊，正沿著成都至雅安、打箭爐（註1）的官道匆匆西行。

這是一支進藏的大清新軍，官兵們身穿單薄的灰色軍裝，由於天氣太熱，他們都把大圓軍帽取下來掛在背包上。雖然這些人都已經剃去了象徵滿族標誌的長辮（註2），但還是熱得汗流滿面。長長的隊伍中，除了背負背包、荷槍實彈的官兵外，還有數百輛馬拉的車輛，上面滿載著糧食、冬裝、彈藥和各種軍需品。兩千人的隊伍和數百輛馬車過後，路上捲起的塵埃，形成一股灰色的長龍，久久難以散去。

這支清廷新軍，奉了朝廷之令，正日夜兼程地趕往西藏。他們之所以如此行色匆匆，是因為大清的邊疆西藏出現了嚴重的危機。

大清乾隆二十一年（西元一七五七年），英國遠征軍在普拉西戰役中擊敗了莫臥兒王國最後一支大軍，確立了英國在印度次大陸的殖民統治後，便開始派人進入西藏。然而，由於大清帝國那時還十分強大，英國人根本無法染指西藏。直到道光二十年（西元一八四〇年）中英鴉片戰爭後，英國才真正開始了對西藏的進犯。光緒十二年（西元一八八六），英印軍隊攻入原西藏所屬的哲孟雄（註3），在隆吐，藏軍發起了大規模的反攻，不幸失敗，哲孟雄成為英國的保護國，這就是歷史上著名的第一次中英西藏戰爭。戰爭的失敗，尤其是清政府在戰爭前後和戰爭中的軟弱表現，極大地刺激了西藏當時的當權者——十三世達賴喇嘛和西藏噶廈（註4），在這種情況下，一直對西藏懷有野心的沙皇俄國乘機接近西藏。

光緒二十六年（西元一九〇〇年），十三世達賴喇嘛祕密派遣使臣，攜帶自己的親筆信前往俄國。次年七月，沙皇在首都莫斯科接見了十三世達賴喇嘛的特使。沙俄和西藏親近的消息在英國引起了軒然大波，英屬印度政府和英內閣對俄國這個舉動大為震驚，因為俄國與英帝國在與印度毗鄰的西藏地區爭奪勢力範圍，對印度將產生巨大影響。在這種情況下，英國政府決定派遣使團和軍隊向西藏進軍，第二次中英西藏戰爭爆發。

光緒二十九年（西元一九〇三年）十二月，一千多名英印軍隊在近萬名後勤人員支持下，悍然入侵西藏。十三世達賴喇嘛不顧清廷要其與英印軍談判的命令，決定集中全藏軍隊和民兵抵抗英印軍。經過多次激戰後，英印軍於次年八月攻至拉薩城下，十三世達賴喇嘛經青海、甘肅輾轉到了大清的屬地外蒙古。英國原想趁機割裂西藏，後因清廷的堅決反對和顧慮軍事上的失敗，加上俄、美等列強不滿其獨吞西藏，便與西藏地方政府簽約後退兵。

光緒三十四年（一九〇八年），十三世達賴喇嘛從外蒙到達北京，得到光緒皇帝和慈禧太后的接見。其間，光緒皇帝和慈禧太后相繼去世，宣統皇帝繼位。十三世達賴喇嘛趁時局混亂之機，於當年十一月自北京啟程返回西藏。在他離藏之後，清廷為了穩定和控制西藏政局，先後派遣張蔭棠、聯豫等入藏辦理善後事務。

當時，身為「川滇邊務大臣」的趙爾豐，在康區推行「改土歸流」政策已有數年之久。康區幾百年來都是由當地原民族的首領土司實行統治，「改土歸流」就是要將當地的土司制改為流官制，流官由中央政府委派。這個政策加強了中央集權，同時也剝奪了土司的權力，因而受到各地土司的激烈反抗。趙爾豐在康區推行「改土歸流」政策後，將康區改稱川邊。拉薩東面的工布江達以東的地區，包括昌都地區，大部分都歸川邊管轄。十三世達賴喇嘛唯恐趙爾豐會繼續向西藏其他地區推行「改土歸流」政策，於是調集藏兵，企圖用武力阻止其由川邊向西藏滲透。

面對當時的複雜局面，駐藏大臣聯豫奏請清廷從四川調兵，入藏駐防，以達到震懾西藏的作用。清廷考慮再三，同意了聯豫的奏請，命令川邊大臣趙爾豐越過金沙江，向昌都挺進，與新軍會師，然後兩軍迅速推進到工布江達一線，逼近拉薩，於是才有了這支清軍的入藏之行。

在這支隊伍中間，兩位年輕的軍官並肩在馬上騎行。左邊一位軍官年約二十多歲，清瘦的臉龐上，兩隻大眼睛透露出一股剛毅的神色，嘴唇上長出了一小撮細細的黑髯鬚，一看上去就知道是有意蓄留的，配上一身合身的灰色軍裝，倒使得此人看起來有一種少年老成的樣子。

此人名叫陳渠珍，任援藏清軍一標三營督隊官（註5），雖然官銜不高，卻在這支清軍中有相當的人脈和影響。

陳渠珍出生於湘西古城鎮竿城（今鳳凰縣城），從小在讀書方面就有天分，深得老師喜愛。光緒三十二年（西元一九〇六年），二十四歲的陳渠珍從湖南武備學堂畢業，被分配在清新軍第四十九標任隊官（註6）。期間，陳渠珍曾被派往通向西藏的要道——百丈驛駐防，因而對西藏的風土民情有相當的瞭解。陳渠珍為人耿直，膽大心細，在部隊中頗受推崇，加上他和當時許多熱血青年一樣，祕密地加入了反清救國的同盟會，所以在思想激進的青年官兵中聲望亦高。

不久，清廷準備組織軍隊進藏。陳渠珍見建功立業的機會來了，便向上司鍾穎遞上一份進藏的計畫書。鍾穎對這份計畫書大加讚賞，馬上委任他為援藏軍一標三營督隊官，和自己一起進藏。

陳渠珍將新婚的妻子送回老家湘西，隨後踏上了入藏的行程。

這支入藏隊伍中，還有一位與陳渠珍並行的年輕軍人，是他的同鄉密友，也是他的上司、三營的管帶（註7）林修梅。

林修梅比陳渠珍大兩歲，於光緒六年出生在湖南的一戶書香世家，從小跟著叔父一起讀書，長大後在縣城道水書院中，接受了維新思想和進步思潮。

林修梅曾參加州試，高中第一名，轟動鄉里。但他覺得以文救國沒有希望，便毅然投筆從戎，選擇了習武救國這條路。光緒三十二年（西元一九〇六年），林修梅公費留學日本，進入陸軍士官學校，結識孫文、黃興等人，從此祕密加入同盟會，積極投身於反清救國的行動中。林修梅從日本陸軍士官學校畢業後，回到四川新軍任職，與陳渠珍成了好朋友。

此次入藏，兩人同在一個營，一個是管帶、一個是督隊官，還是同鄉兼同盟會的戰友，關係自不必說了。

「修梅，在想些什麼？」陳渠珍見好友長時間都沒說話，這樣問道。

林修梅抬起頭來，淡淡一笑：「沒什麼，只是在思考進藏後的一些事情。」

「你是不是擔心入藏後的軍力？聽說十三世達賴喇嘛已祕密調遣上萬藏軍，在我軍前往拉薩的途中進行攔阻。」

聽陳渠珍這一說，林修梅搖了搖頭：「不，我軍槍械先進，士兵也經歷過多次戰鬥，而藏軍據說只有六個代本（註8），其他都是臨時召集的民兵，武器落後，缺乏訓練，戰鬥力遠在我軍之下。況且，除了我們之外，趙爾豐大人的邊軍也在向西藏進軍，應該不成問題。我更擔心的是西藏的地形、氣候。這可比藏軍的威脅要可怕得多。」

陳渠珍點頭稱是：「我也這麼認為。」

林修梅分析道：「我軍中，絕大多數人沒有到過西藏，對藏軍情況不甚瞭解。但從光緒二十九年英印軍侵藏的情況來看，藏軍的戰鬥力不強。在我看來，西藏的地理環境、入藏的後勤補給、與當地頭領以及藏民的關係等，才是我軍能否立足西藏的關鍵。」

陳渠珍若有所思地點點頭。此次進藏，雖然統領這支部隊的協統——鍾穎，還在從成都趕來的路上，但部隊還是在標統（註9）的帶領下前進。像林修梅、陳渠珍這幾位管帶級和督隊官級的軍官，在行軍中便起了重要的作用。

此外，由於部隊中加入同盟會的官兵不在少數，作為同盟會中的中堅人物，林修梅具有極高的威信，在部隊中又形成了另一股領導力量。

從新軍的武器裝備，到西藏的地形氣候，陳林二人熱烈地討論分析著，唯獨沒有談起同盟會的事。其實，林修梅平時也很少和陳渠珍談起同盟會內部的事，因為他知道，陳渠珍加入同盟會，在某個程度上是激進青年對大清的不滿和對國家的擔憂，但陳並沒有像自己那樣，把反清的革命事業看作是人生奮鬥的頭等大事。他也知道，陳渠珍內心其實並不主張以激烈的暴力手段推翻滿清。

在政治上，林修梅要比陳渠珍成熟和老練得多。他在日本時，曾不止一次與孫文、黃興等革命領袖見面交談，骨子裡早已把反清作為自己一生的革命事業，他之所以加入清軍，也是回應同盟會的內部指示：打入清軍，影響並掌握更多的武裝力量，等到時機成熟時，揭竿起義，推翻滿清的統治。像林這樣祕密打入清軍中的同盟會員其實不在少數，在各地的新軍中，革命黨人已凝聚了相當的力量。

軍隊行經雅州（註10）後，景色益發荒涼了。陡峭的山嶺一座接連一座，沿途土地貧脊，數十里內罕有人煙。天氣更是變得寒冷異常，大家離開成都時的單衣早已換成了棉軍裝。

這天，清軍來到了川藏路上著名的要隘——大相嶺，這大相嶺山勢雄偉險峻，山峰聳入雲天。站在山腳下，陳渠珍和林修梅舉目上看，只見山體綿延不絕，像一道高大的城垣橫在大軍面前，兩人不由得倒吸了一口冷氣。

前哨兵抓了一名當地山民，帶到陳渠珍和林修梅面前。這名山民自稱今年四十多歲，但看起來無論如何都像是五十歲的人，生活的磨難在他臉上刻上了道道痕跡。他告訴陳渠珍和林修梅，這大相嶺是古代由川進藏的必經之地，山脈長約兩三百里，寬數十里，為大渡河與青衣江分水嶺。有一條山路，是三國時諸葛亮南征時所修，這條山路一上一下，竟有百餘里的路程。

「過山嶺要注意些什麼？」

山民應道：「上山時大隊要首尾相顧，單人不可脫隊，上山時若體力不濟，也要堅持著一直往上走，萬萬不可坐在山地上休息，否則可能再也不能起來。」

大家仔細地聽著。

「還有，攀登大相嶺，到了山上時，千萬不能大聲喊話──」

陳渠珍饒有興致地打斷了山民的話：「為什麼？」

「在山上大聲喊話，山神會降下冰雹以示懲罰。」

眾人聽了這話，都不相信地大笑了起來。

陳渠珍吩咐手下給山民一些碎銀，讓他帶領部隊上山，山民恐懼地答應了。

剛開始山路還好走些，但走著走著，就越來越崎嶇難行了。他們的頭上是高達千米的山峰，山路在陡峭的山坡上蜿蜒向前向上，山坡上到處是裸露的巨石，偶爾可見幾株從石縫間長出的低矮不知名的高山灌木。往上看去，高大的山峰層巒疊嶂，似乎一直連接到了天上，而且全都籠罩在一層霧氣之中，令人頭暈目眩。

陳渠珍所騎的戰馬雖然體形高大，但到了這裡，因畏懼山勢，竟然一步也不肯走了。不得已，他只好換了一匹當地體形瘦小的山地馬，由勤務兵牽著上山。

中午時分，部隊來到一處險路，帶路的山民告訴陳渠珍，這是大相嶺最險峻的地方，名叫虎耳崖。只見面前是一道高達數十公尺的懸崖斷壁，斷壁上有一條寬度不過百來公分的小路，這條羊腸小徑緊貼岩壁，每次只能一個人通過。人還好說些，那些馱著物資的馬就受罪了，需要人小心翼翼地牽著慢行，遇到太窄的地方，還要由士兵們把物資卸下來抬過窄路，然後再放到馬背上。懸崖上小路下方是深達幾十丈的險溝，溝底有一條小河，河水低沉的轟鳴聲清晰可聞。陳渠珍低下頭俯視河水，只見兩岸怪石嶙峋，河面雖不寬，但水流湍急，讓人怵目驚心。

官兵們小心地緊貼著崖壁，一個接著一個地慢慢前進，陳渠珍在護兵張子青的幫助下，好不容易才通過了這段險道。過了好久，兩人還心有餘悸。

陳渠珍的護兵張子青是毗鄰湘西的貴州印江縣人，早年在四川雲南一帶闖蕩江湖，結識了川、滇一帶的哥老會，在會眾中聲望頗高，後來也加入了新軍。陳渠珍見此人心智機敏，能言善辯，又是毗鄰老家湘西鳳凰的貴州人，也算是半個老鄉，便將其調作自己的護兵。這張子青平時對陳渠珍照顧得妥貼周到，陳渠珍亦對其十分信任。

陳渠珍竭力爬上了白雪皚皚的大相嶺山頂。他站在山巔上往下俯視，遠處山巒起伏，猶如一道道姿態各異的白龍，遊弋在白雲之下，壯觀異常。

不一會兒，林修梅也來到了山頂，兩人相互看著對方氣喘吁吁的狼狽相，都忍不住苦笑起來。

「還行吧？」陳渠珍笑問林修梅。

林修梅雖然疲累不堪，仍道：「還好。」

「這麼高的山，我還是第一次見到。」

「可不是，我到過你們湘西，人家都說你們湘西的山大，可是跟這大相嶺一比，就只能算是小山坡了。」林修梅笑道。

兩人正說著，一名士兵突然指著不遠處的一道石壁，對陳渠珍大喊道：「督隊官，你來看看這是什麼？」

陳渠珍和林修梅走到了壁前，只見上頭刻著一行大字，字的上半部被積雪掩蓋了，看不清楚。陳渠珍走上前去，將積雪撥開，這才看清原來是一首詩。他小聲地吟誦起來：

奉旨撫西戎，
冬登丞相嶺，
古人名不朽，
千載如此永。

陳渠珍吟誦之後，林修梅仔細地看了看，對陳渠珍道：「這莫不是雍正年間，果親王奉旨赴泰甯時所留下來的摩崖題碑詩吧？」

「正是。」陳渠珍道：「我在一本書裡看過這首詩。」

「果親王是誰呀？」有士兵在旁邊小聲地問道。

陳渠珍轉過身來，見周圍的官兵們都不解地望著他，便講解了起來：「果親王是康熙皇帝的第十七子，雍正爺的異母弟弟。康熙三十六年出生，他自幼好學，又聰明持重，從不參與諸皇子爭權。雍正爺即位後，果親王曾祕密上奏，請其兄雍正爺免除江南諸省民眾所欠雜稅，被雍正爺允准，因而獲得聖上歡心，奉旨管理藩院事。雍正十二年七月，果親王代表大清政府，赴四川泰甯惠遠寺（註11），探望因躲避蒙古準噶爾部入侵西藏避難於此地的七世達賴喇嘛，並護送七世達賴喇嘛一行返回拉薩。一路上，他檢巡各省駐防清軍，在經四川入藏時，在大相嶺上留下了這首詩。」

果親王經四川護送七世達賴喇嘛一行回西藏，加強了當時西藏與中央政府的關係，其意義非常重大，這是陳渠珍在武備學堂學歷史時早就知道的。

陳渠珍道：「我在成都的杜甫草堂就見過果親王的墨寶，筆鋒堅勁，字體剛毅，雄渾有力，不愧為一代書法大家。」

林修梅嘆了口氣：「遺憾的是，這果親王後來卻不得善終。」

這段歷史，陳渠珍自然知道。雍正十三年（西元一七三六年）四月，果親王從西藏回到北京。次月又奉旨辦理苗疆事務。不料僅過了四個月，雍正爺竟然病危，果親王受雍正爺遺詔輔政。不久，乾隆皇帝即位後，下旨任命果親王為總理事務，管理刑部，十一月時又下旨賜果親王食親王雙俸，免宴見叩拜，聖眷極隆。然而，天有不測風雲，不久，乾隆竟因故下旨剝奪果親王雙俸，果親王自此失去聖眷，乾隆三年（西元一七三八年）憂鬱去世，享年四十一歲。

兩人只顧在果親王碑文前流連，不料部下已下山離二人數百步路程，一名排長見陳渠珍和林修梅還在山頂，而時間已不早，大聲呼喚二人下山。聽到喊聲，陳渠珍和林修梅回過頭來，大聲地應道。就在這時，只見天色突變，山頂上空陰雲四起，不一會兒，剛才還晴朗的天空竟然下起了冰雹，花生粒或指頭大小的冰雹從天而降，打得山頂上的陳渠珍、林修梅和眾官兵連忙用手遮擋。再過一會兒，冰雹中竟然有拳頭般大小者落下，奇怪的是，在距山頂數百步的下方，剛才那一群下山官兵處卻依然晴朗。陳渠珍和林修梅見狀，連忙一陣急跑下山，這才躲過了冰雹襲擊，但一些跑得慢、落在後頭的官兵早已被砸得滿頭包。

一行人躲過冰雹襲擊後，陳渠珍看著那些被冰雹打中的士兵的狼狽模樣，大笑不已。

下山途中，士兵們對剛才的奇遇大為不解，想起之前山民的忠告，才恍然大悟般地說是山神顯靈。陳渠珍心裡暗暗好笑，在武備學堂讀書時，他曾聽一位從西洋留學歸國的教官說過這種現象。這位教官在法國留學時，有一次在阿爾卑斯山上也遇到類似情況，法國老師將其中的原因說給他聽。這不是什麼山神發怒，降下冰雹以示懲罰，只不過是一種自然現象，因為高山山頂上空氣相對潮濕，大隊人馬經過時，下面升騰的熱氣衝擊了山頂聚積的寒氣，形成了局部的冰雹，是一種普遍的物理現象，只不過官兵們文化水準不高，沒有普通的科學常識，自然不能理解。

清軍翻越了大相嶺，天色已晚，便在山下一個小村莊裡宿營。因為白天太累的緣故，陳渠珍躺在床上，沒一會兒便睡著了。

六天之後，清軍來到了大渡河畔的瀘定橋邊。這瀘定橋建於康熙四十五年（西元一七〇六年），橋頭立有康熙帝御筆題寫「瀘定橋」三個大字，並立碑於橋頭。這是由川入藏的必經之路。站在險峻的瀘定橋邊，看到寬約數十丈、洶湧奔騰的河水，陳渠珍不禁想起了四十多年前，反抗朝廷的太平天國翼王——石達開，就是在離這裡不遠的大渡河畔全軍覆沒的。雖然太平天國是朝廷的死敵，但就陳渠珍個人的同盟會員身分來說，在反抗滿清統治的鬥爭中，他不也是和石達開從事一樣的事業麼？

懷著敬畏和忐忑的心情，陳渠珍隨大隊搖搖晃晃走過了橋。

過了瀘定橋，又走了兩天，清軍終於到了入藏的第一站——剛剛改名叫康定府的打箭爐。

本章註解

①即今四川省甘孜藏族自治州首府康定，打箭爐這個名稱最早見於《明史‧西域傳》中，清雍正七年（西元一七二九年）設打箭爐廳，光緒三十四年（西元一九〇八年）改設康定府，西元一九三九年建西康省，設省會於康定，西元一九五五年，西康省併入四川和西藏。

②辮子是西元一六四四年滿族人入關後強迫漢族留下的標誌之一，光緒三十一年（西元一九〇五年），孫中山與被稱為「興中會四大冠」的另外三人的陳少白、尤烈、楊鶴齡率先剪去辮子。之後，海外的學子中，不少人開始效仿。隨後，江南一帶的一些青年學子也開始剪辮子，官府睜一隻眼閉一隻眼。清成立新式軍隊時，官兵們頭上的辮子因無法適應新式軍服，只得將髮辮盤於軍帽內。但一些官兵為便於戴軍帽，還是將髮辮剪去一束。到西元一九〇七年，學界和軍界已剪辮成風，新軍中除個別部隊外，其餘都已去辮。

③即錫金王國，清時屬西藏管轄，西元一九七五年被印度併吞。

④藏語音譯。即西藏地方政府。

⑤清新軍官名，相當副營長。

⑥清新軍官名，相當於連長。

⑦清新軍官名，相當於營長。

⑧又稱帶本，藏軍編制，相當於小團（大營）。

⑨清新軍官名，相當於旅長。

⑩今四川雅安。

⑪今四川道孚縣境內。

第二章 小城故事

打箭爐小城動人的傳說、當地青年男女悠長悅耳的情歌，以及五色海的風景，使眾人流連忘返。

打箭爐是四川入藏的交通樞紐，因為改土歸流的原因，剛剛改名為康定。這是一個有著近兩千年歷史的古城。相傳在三國時期，蜀漢丞相諸葛亮南征孟獲時，就曾派遣大將郭達在此設爐造箭，打箭爐因而得名。

從當地的官員口中，陳渠珍得知了有關這座小城的情況。打箭爐城不大，城內約有萬名居民，其中僅喇嘛寺就有十二座，寺廟中的喇嘛多達兩千餘人。難怪，當陳渠珍最初走在打箭爐的街上時，看見大街小巷都是說著藏語、身穿各式喇嘛服的喇嘛，這使他第一次感受到藏傳佛教的影響力。小城裡居民種族十分繁雜，除了眾多的喇嘛外，也有來自四川、雲南等地的漢人，還有陝西、甘肅和青海的回族人。最讓陳渠珍感到新奇的是，城內還有不少來自西洋各國的傳教士，他們穿著黑色的長袍，胸前掛著小小的十字架，長著與當地人迥然不同的外貌，構成了一幅獨特的人文風景畫面。

打箭爐三面環山，山頭終日被白雪覆蓋，煙霧瀰漫，即使在陰曆七八月間，氣候也異常寒冷。城中的街道大多狹窄，不少還鋪著上百年前的青色石板路。打箭爐由一條美麗的河流——折多河，貫穿全城。河的兩岸，錯落有致地散布著富有民族風格的藏式、川式和滇式建築，呈現一派濃鬱的邊陲氣息。入夜後，不時可以聽到一些大戶人家庭院中傳出的歌聲。尤其那些濃鬱的藏族民歌，常讓陳渠珍和清軍官兵們聽得如癡如醉。

部隊到達的第六天，協統鍾穎終於趕到了。見準備工作做得極好，協統的心情十分高興，當日就通知陳渠珍和林修梅，第二天陪他一起到郊外遊玩。

隔日一大早，陳、林二人便帶著護兵張子清，連同營裡的書記官范玉昆，一起前往鍾穎的駐地。

陳渠珍營裡的這名書記官可是個人物。范玉昆是黔東一帶人，已經五十多歲了，幼時家境不好，且出身低微，上過幾年私塾後，長期在地方衙門做事，幾十年下來，文筆自然不錯。他在老家有老母妻子，一個兒子已經十四歲了。不久前，范玉昆隨上司轉任成都，正好碰上入藏清軍在招兵，他見入藏清軍薪餉較高，便透過老鄉找到陳渠珍，要求從軍入藏。陳渠珍所在的三營正好缺少一名識文斷字的書記官，見他談吐不凡，加上為人厚道，辦事踏實，就把他推薦給了林修梅，讓他擔任了營部書記官。范玉昆從軍後，對陳渠珍十分感激，陳渠珍也很欣賞他的為人與才幹，平日裡對范玉昆很照顧，時間一長，兩人竟成了忘年知己。

鍾穎的駐地位於城西，是一處頗大的院子，院中有一棟雕梁畫棟的藏式三層樓房。陳渠珍一行人到後，吃過早飯的鍾穎已經等在那裡了。他們的第一站是離打箭爐城外不遠處的跑馬山。

這跑馬山位於打箭爐小城的東南，山不大，也不高險，卻是這座小城最著名的去處。眾人來到山腳下，紛紛下馬，留下兩名衛兵看守馬匹，在當地官員的帶領下，向山上走去。

上得山來，是一片稀疏的杜鵑花和紅白刺玫花叢，此時已過了杜鵑花的花期，雖然看不到花兒盛開時的景致，但在這荒涼的地方，能看到有幾分黃綠色的灌木叢，還是使眾人的心情大好。

「這跑馬山號稱是打箭爐第一去處，在這邊塞之地，風景雖然不錯，但還是顯得荒涼了些。」說這話的是統領鍾穎。

在陳渠珍看來，這鍾穎不過二十多歲，這麼小的年紀，竟然當上了協統，自是他家世顯赫之故。

鍾穎是滿族人，屬正黃旗愛新覺羅氏。其父是滿洲貴族之後，因為娶了咸豐皇帝的妹妹，和皇室攀上了親戚，成了道光皇帝的女婿、咸豐帝的親妹夫、皇室的駙馬爺，自此官運亨通，累官至盛京副都統。庚子之亂後，鍾穎的父親因支持義和團被人告發，朝廷不得已將其治罪，發配到邊遠的西藏。作為道光皇帝的駙馬，鍾穎之父哪裡受得了如此對待。當他行至成都時，便假裝生病。當時的四川總督是滿洲貴族出身的錫良，他上奏朝廷，請求將鍾穎之父留在成都養病。慈禧太后接報後，也就順水推舟地同意了，鍾穎之父這才躲過一劫。這鍾穎生在如此家庭，又與慈禧太后的親生兒子同治帝為表兄弟，還是當今宣統皇帝的表叔，從小就受到慈禧太后寵眷。光緒三十三年（西元一九〇七年），年方二十歲的鍾穎，就當上了四川陸軍第三十三混成協統，兼四川陸軍速成學堂總辦。

清軍新軍的編制是每鎮轄步兵兩協和馬標、炮標、工兵營、輜重營，還有一支小型的軍樂隊，總兵員約一萬兩千人。其中每協約有步兵四千人，每協下轄兩標，每標約兩千人。每標又轄三營，每營六百多人。營下分為四隊，每隊三排，每排三棚，每棚十餘人不等。新軍的槍械都是購自西方的英吉利、法蘭西、德意志這些先進國家，新軍平時訓練也全照西方軍隊的標準，戰鬥力自然不差。而此次鍾穎奉命率軍一協入藏，實際軍力僅為一標，計有步兵三營，騎兵一營，工程兵、炮兵、軍樂各一隊，但裝備有法國造的山炮十六門、機關槍二十四挺，並配有長途電話等先進通訊裝備，實力頗為堅強。

帶路的官員聽到鍾穎嫌這跑馬山有些荒涼，連忙對應：

「統領莫怪，打箭爐是塞外邊城，地理、氣候自然無法與內地相比，這裡一年四季多是極寒天氣，許多植物根本無法在此生長，不過，這跑馬山卻流傳著一個動人的傳說——」

「哦！說來聽聽，說來聽聽。」

「當地人稱跑馬山為拉姆茲，拉姆茲是藏語的譯音，意為仙女山或仙女峰。相傳在古時候，印度蓮花生大師應吐蕃第三十八代藏王赤松德贊的邀請入藏後，曾派藏族大譯師白若雜納到打箭爐傳教。白若雜納大師到達打箭爐後，見這跑馬山風景秀麗，特別是山頂峰巒白雪皚皚，終日雲霧繚繞，如同一位神女，便在興奮之餘，寫下了《拉姆茲》一書，後來流傳於世。這跑馬山得此仙名後，自此被當地人譽為神山。」

當地官員的話使眾人遊興大增，他們圍繞這位當地官員所說的傳說交談著，一邊遊玩，一邊欣賞風景。

陳渠珍和林修梅也在不停地說著，鍾穎見二人說得興高采烈，便笑著問道：「何事讓二位談論得如此熱烈？」

聽見鍾穎的問話，陳渠珍笑了笑道：「在下是在和林管帶談這打箭爐的人文風情。」

鍾穎也笑了起來：「林管帶和陳督隊官自幼飽讀詩書，想必是看到這邊塞美景，觸景生情，在吟詩作對吧，哈哈哈！」

陳渠珍笑道：「吟詩作對沒有，倒是談到了果親王當年的一些軼事。」

鍾穎道：「哦！我記得當年果親王曾奉雍正爺之旨，護送七世達賴喇嘛一行回西藏——」

林修梅插話道：「不僅如此，當年，果親王從四川一路入藏，為後人留下不少詩作，刻在大相嶺頂上石崖上的那首詩，想必大人過嶺時已經看到，而那只不過是果親王眾多留川的墨寶之一。」

鍾穎點點頭：「這麼說，果親王留在四川的詩作還真有不少？」

林修梅知道，鍾穎是皇族子弟，不過是憑藉皇家背景才當上協統的，雖然讀過不少詩書，卻不一定會熟悉這些歷史，便繼續說道：

「當年果親王從康定去泰寧接護七世達賴喇嘛到西藏，在離開打箭爐時，曾留下一首詩，全詩我倒是記不清了，不過，其中有兩句是銘刻在心的，那就是『萬里遨遊，西出爐關天盡頭』。」

「萬里遨遊，西出爐關天盡頭。」鍾穎一邊吟誦，一邊不停地點頭，「果真是好詩。」

陳渠珍：「此詩名《七筆勾》（註1），全詩我倒是記得，不過，詩中有不少譏諷西藏風俗的內容，我說出來，大家聽聽，權當解悶而已。」

鍾穎有些興奮：「那就快說出來，大家都聽聽。」

陳渠珍略一思索，便一板一眼地背誦起來：

萬里遨遊，西出爐關天盡頭。山途穹而陡，水惡聲似吼。
四月柳條抽，花無錦繡，唯有狂風，不辨昏和晝。因此把萬紫千紅一筆勾。
蠻柵拴牛，人住其間百尺樓。滿屋屎尿臭，遍地喪家狗。
亂石砌牆頭，彩旗前後；金頂標杆，獨立當門右。因此把畫棟雕梁一筆勾。
無面羊裘，四季常穿不肯丟。白雪堆山厚，簾下寒風透。
紗葛不須求，氆氇耐久，一口鐘兒，常掛當胸扣。因此把錦繡綾羅一筆勾。
大腳丫頭，髮辮蓬鬆似冕旒。細褶裙兒皺，半截衫無鈕。
腿褲不遮羞，春風透露，方便門兒，儘管由人走。因此把禮義廉恥一筆勾。
客到先留，奶子熬茶敬一甌。蠻衝青稞酒，糌粑和酥油。
牛腿與羊肘，連毛入口；風捲殘雲，吃盡方甘休。因此把珍饈美味一筆勾。
萬惡禿頭，鐃鈸喧天不住休。口念糊塗咒，心想鴛鴦偶。
兩眼黑黝黝，如禽似獸；偏袒露肩，黑漆鋼叉手。因此把釋教風流一筆勾。
出入驊騮，勝過君家萬戶侯。世代承恩厚，頂戴兒孫有。
凌閣表勳猷，榮華已夠；何必執經，去向文場走。因此把金榜題名一筆勾。

陳渠珍背誦完畢，眾人都不出聲了。任誰都聽得出來，這詩詞中有明顯污蔑藏人之嫌。

果然，鍾穎對大家說道：「我大軍此次入藏，是朝廷為鞏固西藏、造福於藏人之舉，我大清這些年來國運不佳，多次被列強欺凌，值此多難時局，此次我軍入藏，一定要和大小土司、頭人搞好關係，對藏人要多加體恤，絕不可依仗武力，逞我滿漢大民族的威風。此污蔑藏人風俗的詩詞，絕不會是果親王所作，我們也不能再傳。」

陳渠珍接過鍾穎的話：「出了打箭爐小城，向西才進入康藏區域，果親王還未入藏，如何能寫出此等詩作？我想必是後世小人假借果親王之名的偽作。以果親王高貴的皇族身分和涵養，應該不會寫出如此詩作。」

鍾穎道：「我不過是借此提醒各位，我軍入藏後，一定要注意與藏人的關係，這可是我們能否在西藏站住腳的大事。」

大家點頭稱是，避開這個話題。

鍾穎問身邊的陳渠珍：「當年果親王入藏前後在四川風景勝地留下的詩作，不知現在還有否？」

陳渠珍指著身後的范玉昆，對鍾穎道：「這件事，可得請我們營裡的書記官說說了，他閱歷豐富，文筆出眾，在四川也待過幾年。」

聽陳渠珍這一說，鍾穎把頭轉向范玉昆，見此人老成持重，內心先有幾分歡喜。

范玉昆恭敬地對鍾穎道：「秉大人，當年果親王入藏，留在川地的詩作有很多，而且流傳下來的也不在少數。例如在成都，杜甫草堂工部祠東側的草亭裡，有一尊『少陵草堂』石碑，就是果親王的墨寶。還有在武侯祠，諸葛亮殿的前簷下，高懸著一塊『名垂宇宙』的金字大匾，也是當年果親王親筆書寫的。這四個大字雄秀飄逸，神韻天成，成為後人到園遊玩必到之處。除此之外，其他名勝古蹟，如文殊院等處，至今都還有果親王當年留下的墨寶。」

鍾穎感嘆道：「兒時父母教過我一首果親王當年在成都檢閱八旗勁旅和綠營官兵時所題的一首詩，我至今還記得，『魚梟都會壯西南，封域先經版部諳。今日親臨錦官境，更收名勝入乘驂。』沒想到在川地多處名勝古蹟，都留有他老人家的墨寶。」

范玉昆及時接過鍾穎的話頭：「大人說得極是，果親王在川時間雖不長，但留下的眾多墨寶，已成為川人世代流傳的佳話和精神財富。」

范玉昆的這幾句，說得鍾穎通體舒服。陳渠珍和林修梅對視了一眼，二人對范玉昆都十分滿意。

林修梅道：「遺憾的是，果親王經過那次入藏歸來後，健康狀況受到很大影響，僅僅三年便與世長辭，年僅四十一歲。真是可惜。」

鍾穎也嘆道：「想當年，果親王不參與皇族內部眾兄弟的紛爭，每日退朝後，只是在家焚香獨坐，修持禪誦，並潛心於詩詞書畫，自得其樂。前輩的人品，更值得我們後人效仿。」

眾人唏噓一番後，繼續跟著當地帶路官員前進。

不一會兒，來到了一處寬闊的緩坡前，舉目望去，一大片草坡猶如一張巨大的淡黃色地毯，在遠處灰黃色的山體映襯下，顯得尤為特別。

鍾穎一邊大聲叫好，一邊問當地官員道：「難得難得，這坡有什麼名沒有？」

官員見協統如此興奮，情緒也受到感染：

「回大人的話，這片草坡藏名叫『登托』，意為墊子。從明代開始，當地人每逢農曆五月十三日這一天，都要聚在這裡舉行賽馬會，遠近數十里的藏漢農牧民都會攜家帶小來到這裡盡歡。那些騎術精湛的牧民，會騎著自己的良馬前來參加賽馬，附近的藏人土司頭人，還有打箭爐城中的有錢人，都會來到這片草地，在四周安下帳篷，觀看賽馬。賽馬會常常由當地有聲望的土司主持並發令，號令一響，比賽者爭先恐後地向前飛奔，優勝者可以得到土司頭人們不同分量的賞賜，多是哈達（註2）、茶葉、花紅等，還會得到眾人的尊重，年輕小夥子自然是姑娘們青睞的對象。比賽結束後，當地的青年男女往往會成群結隊地在林中對唱山歌，時間一長，當地人也就把這座山叫做跑馬山了。」

「有意思，有意思。」鍾穎不停地稱讚道。

他的話音未落，從遠處的樹林中突然傳來一陣悠長悅耳的歌聲，眾人頓時屏住呼吸，側耳傾聽。

只聽得一串清脆的女聲：

太陽上山又落山，
情哥趕馬去雲南，
路上艱險妹不怕，
只怕路旁小野花。

緊接著渾厚的男聲：

太陽落山還上山，
家中阿妹心莫擔，

路旁野花哥不采，
家中牡丹正在開。

優美的曲調和質樸的歌詞，令眾人聽得如癡如醉。一陣悅耳的六弦琴聲，遠遠地、隱隱地從林中隨風飄來，姑娘的歌聲聽起來夾雜著幾分憂傷：

情郎就要去遠方，
情妹心裡多憂傷，
遠方原野上鮮花怒放，
到處有美味佳餚。
路旁的車馬店裡，
還有多情的姑娘，
日夜纏綿在你的身旁。

姑娘的歌聲剛落，又響起男子的歌聲：

迷人的跑馬大山，
高峻壯美的貢嘎雪山，

這是我可愛的家鄉，
無論我走到何方，
故鄉深藏在我的心房。

折多河日夜奔騰，
像母親的乳汁在流淌。
跑馬山下美麗的姑娘，
像格桑花遍地開放，
在我的心頭日思夜想——

「太美了。太美了。」

眾人不停地稱讚。

「這漢藏兩區之間的康區，本來就是歌的海洋，而打箭爐一帶的情歌，又具有其獨特的魅力，眾位大人若能趕上這裡每年農曆五月十三日的賽馬會，就能夠聽到賽馬會後的男女情歌，那粗獷高昂的木雅山歌，情濃質樸的雅拉情歌，更是讓人心醉……」當地官員熱心地介紹著。

大家繼續往山上走去。沿途常見許多大小各異的石塊堆，上頭還插著一些五彩布條。陳渠珍知道，這是藏人信奉佛教的瑪尼堆，是神聖不可侵犯的聖物。

幾小時後，一行人來到接近山頂的一處地溝谷地帶，儘管大家都是軍旅之人，仍然感到勞累。然而他們來不及坐一坐，就被眼前的美景驚呆了：只見一個面積足有數十畝的山間湖泊，被四周的雪山環擁著，湖面如鏡，看起來晶瑩剔透，東面山崖上一道飛流的瀑布直入湖中，水珠猶如萬千珍珠灑落，美不勝收。遠處的湖面上籠罩著薄薄的霧氣，一絲陽光從雲縫中射到湖面，使湖水呈現出一種五彩繽紛的顏色，猶如上帝遺忘在人間的一袋寶石。

「這就是我們打箭爐最負盛名的好去處——五色海！」官員得意道。

「五色海？」陳渠珍忍不住讚道：「真是名副其實的人間仙境！」

鍾穎跪在湖邊，雙手捧起湖水，一股寒氣襲來，掌心頓時感到刺骨的冰涼，他趕忙將手抽出。

官員連忙說道：「大人有所不知，這五色海中的水多是山峰積雪夏天消融而成，加之湖泊又處於高山之巔，故而冰冷異常。」

「難怪——」

陳渠珍道：「這五色海會不會又有什麼典故？」

「那是當然。」官員有些自豪地應道：「這五色海藏名『納卡措姆』，意思是『山頂之海』。當地藏人有一個傳說，說是很久以前，聖母峰上住著長壽五仙女（註3）。有一次，大姐祥壽仙女紮凱撒仁瑪東遊康地，探望她的姑姆貢嘎女神，途經五色海時，她見湖水清澈，就將五彩箭和火焰聚寶盆置於湖水中，剎那間，湖水呈現出五種色彩，此海因此而得名『五色海』。後來，紮凱撒仁瑪與郭達山神當京多吉列巴相愛了，兩人變成了一對金鴨子在五色海中嬉戲。每當十五月圓之夜，他們就會游出水面擊波撥浪，湖裡頓時霞光萬道，五彩繽紛。」

那位當地官員的講述，使得眾人聽得津津有味。

「後來呢？」

有人急於知道下情。

「大清道光年間，外國傳教士來到了打箭爐，其中有一位貪婪兇狠的外國傳教士聽說了這個故事後，有一天，他悄悄來到湖邊，想盜走這對金鴨，可是，他雖然抓到金鴨，卻觸怒了山神，山神降下冰雹，把這個貪婪的外國傳教士砸死在海邊了。」

「哈哈哈哈——」

眾人開懷大笑，鍾穎的笑聲格外響亮。也許是他想起了自己的父親，因為同情和支持義和團反對洋人而被貶西藏，故而特別高興。

就在這時，一名傳令兵從山下上氣不接下氣地跑了上來，陳渠珍一見，連忙迎了上去，他知道，不是重要軍情，傳令兵不會在這時跑上山來的。果然，這位傳令兵大聲地叫道：

「大人，大人，趙大帥有緊急文書！」

本章註解

① 據後來的藏學專家考證，此詩格調低下，且對藏民族有污蔑之嫌，並不是果親王所作，懷疑是後人假借果親王之名的偽作。

② 用長方形絹布製成的禮敬法器。大都為白色，象徵純潔、吉祥、繁榮。獻哈達，是藏傳佛教寺廟以及蒙古族、藏族的一種普遍而崇高的禮節。

③ 流傳在聖母峰地區神話中的五位女神，又名長壽五姊妹，即祥壽仙女、翠顏仙女、貞慧仙女、冠詠仙女和施仁仙女。她們依次為執掌福壽、先知、農田、財寶和牲畜之女神。

第三章 藏族少女

工布大草原上，西原和桑吉這對美麗的姊妹花跳起了快樂的鍋莊舞。

工布地區（註1）位於拉薩以東約四五百里的地方，轄地縱橫八百餘里。西面通向拉薩地區，東面緊接西藏最為神祕、半獨立的波密地區（註2），西南與號稱野番地（註3）的地區相接，東南則鄰白馬崗（註4）。

德摩處於工布最東邊的位置，當地有居民兩百餘戶。這裡民風淳樸，與西藏其他地區相比，算是氣候溫和的了，因而出產豐富，盛產的青稞十分有名。都說水土氣候養人，這裡的姑娘也以眉清目秀、身材結實而聞名整個江達、工布地區。

德摩這一帶有兩個知名的人物，一個是德摩的第巴（註5），再來便是第巴的大舅子——加瓜彭錯。

這加瓜彭錯是德摩地方的軍事長官，雖說是軍事長官，實際手上沒有任何一個常備兵員，但如果戰事一起，每一戶的農牧民都要加入作戰的行列。

第巴和加瓜彭錯經常來往，每次一見面，都會喝得一醉方休。

這天是一個難得的晴日。加瓜彭錯家前面的大草原上，遠遠地出現了三個騎著馬的小黑點，漸漸地，黑點越來越大，原來是兩個年輕姑娘和一個小男僕。

前面的姑娘叫西原，看上去不過十六七歲的樣子，一頭又粗又黑的頭髮紮成許多細小的髮辮，高盤在頭頂，一根鮮紅的髮繩紮在髮辮上，就像一隻展翅欲飛的彩蝶。在朝陽的映照下，她的黑髮呈現出一種油亮的色彩。典型的瓜子臉上，兩隻明亮的大眼睛晶瑩透亮，一雙眉毛宛如彎月鑲嵌在兩隻大眼睛上方。她的臉頰紅撲撲的，但完全不是藏族少女普遍具有的那種，只是在臉頰上局部有的「高原紅」（註6），而是由於騎馬興奮之後產生的激動與興奮、一種健康的古銅色。她穿著只有在節日期間才會穿上的皮袍盛裝，但她的皮袍顯得與眾不同，齊腰的地方陡然收緊，使得小姑娘婀娜的身材顯露無遺。她的一隻手臂穿著單衣露在外面——這是藏族人喜愛的穿著方式。然而，就是這隻手臂，卻讓人看得出她的結實健康。整個人看起來，有一種英姿颯爽而又壯實的美感，渾身洋溢著青春的氣息。

她後面的小姑娘是她的閨中密友和表妹，名叫桑吉。這桑吉是德摩第巴的最小的女兒，也是西原最好的女友，兩人從小一起長大，經常在一起玩耍。在兩家大人的眼中，無疑好得像一對親姐妹。桑吉今年十五歲了，雖然只比西原小一歲，但看上去遠沒有西原那樣成熟。與西原相比，這小姑娘呈現出來的卻又是另一種美。她身穿一件狐狸皮長袍，在棕紅色的皮毛映襯下，一雙又黑又大的眼睛宛如一池秋水，橢圓形的臉龐上，小小的嘴唇與五官的搭配十分和諧迷人，她的皮膚雖然較黑，但並不顯得粗糙，而是呈現一種健康的色澤，看起來亭亭玉立，神色和舉手投足之間，呈現出一種藏地大家閨秀才有的高貴氣質。

在她們的身後，還跟著小男僕紮西。這個紮西，今年只有十五歲，比西原還小一歲。他原是西原阿媽家奴隸的兒子，十歲那年，阿爸阿媽就去世了，西原的外公見西原家裡人手少，就把紮西和另外一個小女僕一起送給了西原家。這紮西人雖小，但十分懂事和勤快，加上西原和阿媽對下人一直都很好，所以在小紮西的心裡，把西原當作是自己最尊敬的小主人。

兩位姑娘在加瓜彭錯家門前勒住轡繩，翻身下馬。西原腳都還沒站穩，就直往屋內奔去，開心地大聲呼喊：「阿達——阿尼——」

在工布地區，小輩對自己的男性父輩的稱呼，男性名字前加「阿達」，女性名字的前面要加上「阿尼」，以示尊敬。西原是加瓜彭錯弟弟的女兒，即加瓜彭錯的姪女，與加瓜彭錯夫婦的關係非同一般，她從小就叫「阿達」、「阿尼」習慣了，久而久之，倒把他們夫婦的名字省略了。

門開了，一對年老的藏族男子和婦女走了出來，從裝束上看，這無疑是一對頗有身分的夫婦。

男主人約六十多歲，身材高大魁偉，身穿一件齊腳背的錦緞藏袍，下擺離腳面足有三、四十公分高，加上一雙「松巴拉木」花靴，看起來精神十足。他就是西原的大伯、現任德摩的營官——加瓜彭錯。

站在他旁邊的自是加瓜彭錯夫人了。

加瓜彭錯夫人身穿一件珞花領氆氌（註7）袍，外套一件工布地區獨特的綠色寬肩無袖女衫，腰間繫著一條已婚的婦女才能佩戴的五彩邦典（註8）。雖然年華已逝，但從眉宇之間還是看得出，她年輕時一定是個美人。

見到姪女，加瓜彭錯高興極了：「喲，我們的西原和小桑吉來了，妳們今天穿得可真漂亮！」

「阿達，你這樣說就不對了，難道我和桑吉只是穿得漂亮？」

加瓜彭錯夫人瞟了丈夫一眼，笑道：「你就是舌頭笨，哪有這樣說話的？西原和小桑吉可是我們大草原上最美麗的姑娘。」

聽見這話，女孩們高興地笑了起來。

「阿達，你特地為我們組織波強（註9），我們要不打扮得漂漂亮亮的，那還不給您丟人？」西原說著轉過頭：「紮西，給我們的馬擦擦汗，別讓馬受涼了。」

「是，小姐。」小男僕謙卑地應了一聲，便和加瓜彭錯家的下人一起牽著馬到後院去了。

小姑娘們跟著加瓜彭錯夫婦走進了屋子，下人呈上酥油茶，悄悄地退了下去。

「妳阿媽近來身體可好？」加瓜彭錯關切地向西原問道。

「很好，她還讓我代問阿達、阿尼好呢！」

「今天這麼好的天氣，妳應該讓她也一起來，我們已經有好些日子沒見面了，心裡怪想她的。」加瓜彭錯夫人柔聲道。

西原歡快地回答：「她原本也是想來的，可是我們家的馬駒要下小馬了，她不放心，所以就不來了。」說到這裡，小姑娘眼珠一轉：「不過她說了，最近一定會抽時間來看你們的！」

西原的父親原來是當地一個普通馬幫（註10）頭，已去世多年。雖然家境富足，但西原的母親一個人把女兒養大，也很不容易。

加瓜彭錯夫人轉而問桑吉：「那妳阿爸阿媽還好吧？」

「好得很。」不待桑吉回答，加瓜彭錯搶著應道：「第巴壯得像頭牛，上次我到他那裡喝酒，我喝得爛醉，他卻沒事一樣。」

大家都笑了起來。

加瓜彭錯夫人道：「誰叫你好酒貪杯，去桑吉家一次就大醉一次，還好意思當著孩子們的面說。」

加瓜彭錯不好意思地撓撓頭。

眾人一邊喝茶，一邊話家常，說著說著，一個下人走到屋前，加瓜彭錯知道他有事，就站了起來，跟著那位下人走了出去。

加瓜彭錯出去後，幾個女人的話更多了，加瓜彭錯夫人突然對桑吉道：

「桑吉，聽說妳阿媽又在為妳找人家了？」

一聽這話，桑吉絲毫沒有像一般藏族少女那樣羞赧，而是大方地道：「沒有的事，我才十五歲，比西原姐姐還要小一歲，還沒有施成人禮呢！西原姐姐去年就施了成人禮，她沒有找人家，我慌什麼？再說了，阿爸阿媽給我找的是些什麼人呀，我一個也看不上。」

西藏的風俗，少女一過了十五、六歲，家中就要為她舉行少女成人禮，工布德摩地區更是盛行。施過成人禮的少女，才顯示她已跨入了成年女子的行列，可以談婚論嫁了。但是，沒有施過成人禮的少女，家中也可以為她找婆家，只是要到了她施過成人禮後，才可以嫁入夫家。

加瓜彭錯夫人笑道：「妳們兩個呀，真是一個模子倒出來的，西原也是，連我都幫她選了好幾個。有一個拉薩貴族的大少爺，人品也不錯，人家一眼就看上西原了，可是我們家西原卻看不上人家，說人家是什麼『繡花枕頭』。還有尼桑大頭人的小少爺，英俊瀟灑，一表人才，和西原從小一起長大，可算是青梅竹馬了，兩家又是世交，可是西原卻嫌人家粗魯。唉，妳們這一對小冤家，今後不知要找一個什麼人家我看呀，恐怕只有天上的神仙妳們才看得上。」

西原和桑吉相互看了一眼，「格格」地笑了起來。

西原調皮地說：「阿尼，妳看我阿媽給我找的那些人，一個個都像草包，不是炫耀自己的家中如何有錢有勢，就是一身蠻力。」

「找男人不就是為了找個終身依靠，難道妳願意找一個沒有吃沒有穿，一個吃苦受窮的人家？」

西原堅定道：「只要他是有情趣的人，就是吃糠咽菜我也願意。」

加瓜彭錯夫人故意氣她：「哼，情趣！女人找男人可不是為了什麼情趣，是要踏踏實實過日子的。妳要有情趣，那還不如乾脆把你嫁到漢人的內地去，那些地方是好玩得很，可是你一輩子回不了西藏！」

「我願意！」西原斬釘截鐵地回答道。

「我也願意！」一旁的桑吉也跟著湊熱鬧。

加瓜彭錯夫人沉下臉來：「少胡說，妳們這兩個不知世事的小姑娘。西原，妳阿爸死得早，妳阿媽為了妳吃了多少苦，妳不是不知道，這樣胡來，如何對得起妳阿媽？」

西原和桑吉伸了伸舌頭，不再吭聲了。

兩個女孩雖然只有十五、六歲，但在西藏這個地方，姑娘到了這個年齡，早已是談婚論嫁的時候了。尤其是西原，已滿十六歲，早施過了成人禮。說到結婚，西原跟桑吉不知討論過多少次。她們都是情竇初開的少女，不願意重複阿媽阿爸那一輩的婚姻生活。她們從到過大清內地的商人口中知道，那些地方，比起西藏來，不知道要好上多少倍。有高大的房屋和寬闊的馬路，東西多得讓人眼花撩亂。尤其是那裡的男子，多是知書達理的文人，才不像西藏的男子那樣粗魯。兩年前，西原曾和加瓜彭錯跟隨一支商隊到過打箭爐，那裡的景色和熱鬧的市井風情，讓西原大為吃驚。可是阿達加瓜彭錯還說，打箭爐和漢人內地的一些大地方比起來，還差得遠呢！這更引起了西原對漢人文化的好奇心。

西原的阿爸是當地的一個普通馬幫頭，母親是當地一個大土司的女兒。西原六歲那年，父親在一次幫助外祖父打仗時不幸戰死，從此，母親就一個人把西原拉拔大。在周圍的女友中，西原屬於那種天生不安分的類型。這種不安分，也許是父親在血液中就遺留給她的，或許是德摩大草原那粗獷和桀驁不馴將她養成的。她對周圍的人和事都看不慣，整天和一幫小姑娘在草原上打馬飛馳，要不就是瘋跳鍋莊。她這種性格和出色的外表，使得周圍的老人都說，這西原恐怕是仙女附體，整個工布德摩地區都難找她這樣的姑娘。西原的阿媽也多次勸告女兒不要太張揚，可是西原卻沒有把這些話放在心上，依然我行我素。西原的阿媽想到女兒從小沒有阿爸，也是被自己慣壞了的，現在女兒長大了，也有了自己的主見，而且是一個拿定了主意就不回頭的人，也就隨她去了。

「阿尼，阿達安排的波強什麼時候才開始？」

加瓜彭錯夫人朝窗外看了一眼，然後對西原道：「還要等等，總要等人到齊了吧！」

在屋內待得實在無味，西原、桑吉和加瓜彭錯夫人說了一會兒話後，就開始心神不定了。加瓜彭錯夫人見兩個小姑娘在屋內坐不住，就讓她們出去玩玩。

西原和桑吉一聽這話，連忙起身，朝著大門外跑去。

「不要跑得太遠了！」

「知道啦——」西原和桑吉笑著大聲回答，一陣風似地跑出屋子了。

加瓜彭錯家後面是一片小樹林，兩人在林中瘋玩了一陣後，感到有些累了，便坐在小河邊邊。

遠處山頭融下的雪水匯入小河中，小河穿過了大草原，在草地上轉了一個彎，滑進了樹林中，在林間留下了一處不大的河灣。河灣圍出了一塊半圓形的草地，在陽光照耀下，就像鋪上了一塊柔軟的大地毯。河水緩緩地流淌著，站在岸邊低頭望去，河水清澈見底，還不時可以看見一些大小不等的魚兒在水中游動。

西原盯著河面，久久不說一句話，一旁的桑吉感到有些奇怪，便問道：

「妳在想什麼？」

西原沒有吭聲，直到桑吉又問了一遍後，才回過神來。

「我在想剛才阿尼說的那句話。」

「哪句？」

「就是給我找人家的那件事。」

桑吉畢竟年紀要小些，聽了西原這話，她不以為然地道：「這有什麼，妳阿媽只是在為妳準備，又不是馬上就要把妳嫁出去。」

「我都施了成人禮了，說不定哪天就會被嫁出去。」

「不會的，不會的，」桑吉安慰她道：「妳阿媽最疼你了，妳不同意，她是不會隨便把妳嫁出去的。」

西原側過身子，看著桑吉，在溫暖的陽光下，她突然發現這個只小自己一歲的小女伴，胸前不知什麼時候鼓了起來，兩個乳房把貼身的棉綢袍撐起老高，她對桑吉道：「妳也別高興太早，馬上妳就要舉行成人禮了，那時妳也會出嫁的。」

桑吉道：「我不會的，不會的，我還是小姑娘呢！」

西原狡黠地笑了起來，然後指著桑吉發育得鼓脹的乳房對她道：「看，這還是小姑娘嗎？」

桑吉低頭看了一下前胸，馬上羞紅了臉，她撲過去，用手抓住西原胸前那對發育得更大、更飽滿的乳房：「竟敢取笑我！竟敢取笑我！」

兩個小姑娘隨即打成一團。

這時，從屋子那邊傳來了一陣悅耳的樂器聲，兩人一聽，就知道是她們期盼的波強──鍋莊舞要開始了，不約而同地站了起來，向屋子邊的草原上奔去。

草地上早已聚集了上百人，大多數人都穿著節日才穿出來的鮮豔服裝，看到西原和桑吉，一些認識她們的女伴熱情地向二人打招呼，她們隨即跑了過去。

在康藏高原，鍋莊舞廣為流傳。它是牧人們最喜愛的藝術形式，是一種藏人的集體舞蹈，極為普遍。每逢節日、慶典、婚嫁喜慶之時，在草原上或是院子裡，男男女女相聚在一起，不分人數多少，相互圍成一個大圓圈，按順時針方向，在各種樂器的伴奏下，一邊高歌一邊舞蹈，氣氛十分熱烈。而鍋莊舞的持續時間，也因性質的不同時間長短不一。有的即興鍋莊舞，舞者節奏急促，舞蹈熱烈奔放，是牧人們盡情舒展身姿與情緒的最好方式，幾個時辰就可結束。有的節日、慶典上的鍋莊舞，則可持續幾天。而寺廟鍋莊就更不同了，它多見於一些大型節日期間，舞者節奏緩慢，舞姿舒展優美，一招一式都有特殊的講究，不許人們隨意改動。

在工布德摩大草原上，鍋莊的起源有一個古老的傳說。據說在很早以前，一個土司家中有兩個聰明的奴隸，一個叫弦子，一個叫鍋莊。有一天，兩人外出放牧，突然發現一個被雪山環繞的美麗湖泊，弦子十分歡喜，便跟著水波的泛動跳起舞來。就在這時，天空中雷聲轟鳴，烏雲翻騰，鍋莊也跟著翻騰的烏雲手舞足蹈起來。跳著跳著，兩人覺得心中的煩悶竟然一掃而光。他們放牧回來後，就把這種舞教給了人們，從此之後，人們只要遇到不高興的時候，就會聚在一起，用這種歌舞來舒緩心中的不快。後來，人們為了紀念弦子和鍋莊，就把弦子跳的舞叫做「弦子舞」，把鍋莊跳的舞叫做「鍋莊舞」

今天的鍋莊舞是親朋聚會的「小鍋莊」類型，幾名樂手正在為即將開始的舞會調試音樂，四五種藏族樂器在樂手的調試下，發出不同的聲音。一位青年在調試著鍋莊舞會上的主打樂器——牛角胡，這牛角胡在藏語中稱為「比汪」或「比庸」，它與漢人的二胡形制相似，琴筒用牛角製成，琴弓較短，演奏時凡旋律中的長音，均奏成八分音符的同音反覆，並在弱拍上加用大二度或小三度的倚音或複倚音，形成弦子音樂的主要特色。另外一位青年手中則是口弦，除此之外，一名男青年還在擺弄一隻大號。這種在藏語稱為「同欽」的樂器，由銅製成，管身無孔，長近一丈，下端有大喇叭口，音量宏大，平時多用於寺院儀式活動及藏戲音樂中。今天也不知怎麼的，竟也用上了。

西原、桑吉和好友們在人群中興高采烈地交談著，由於大家都住得非常遠，平日裡見一次面都是不容易的，只有在節日和這種專門的聚會中才能相見。姑娘們彼此交談著這些天的思念，分享著彼此遇到的新奇事情，尤其是一些只深藏在姑娘們內心深處的私密話語。談到高興處，姑娘們忍不住開心大笑，逗引得周圍的青年男子不停地朝她們這邊張望。在這一帶藏族青年小夥子的心中，西原可是一個人人皆知的姑娘，在去年西原母親為她舉行的少女成人禮上，曾有好幾位青年小夥子在儀式剛一結束，就在鍋莊舞舞會上向她示愛，這些小夥子，有的英俊瀟灑，有的家庭富有，但西原都沒有同意。一來她覺得自己年紀還小，二來她從內心看不起這些沒有見過世面、粗魯的本地小夥子。

草地中央早已擺上了一張桌子，在桌上放上了青稞酒和哈達。西原知道，這是鍋莊舞必須要進行的一步，即當鍋莊舞結束後，要由鍋莊舞的組織者，也就是加瓜彭錯向大家敬獻美酒和哈達。

一切準備就緒後，西原她們嚮往已久的鍋莊舞終於開始了。

隨著序舞樂聲的響起，一排身著寬大藏袍和肥大筒褲的年輕藏族小夥子拉著手站成一排，在他們的對面，西原、桑吉和姑娘們則拉著手站成另一排。姑娘們身著五彩的鮮豔服裝，像一朵朵盛開的花，在金色的陽光下格外醒目。她們脫開右臂袍袖披於身後，跳起了節奏緩慢，舞姿舒展、優美的鍋莊，姑娘和小夥子們的腳步交替、緩慢、步伐很輕，力度也不強。序舞之後，鍋莊舞步進入了慢板舞蹈，小夥子和姑娘們拉手相圍成一個大圓圈，無論小夥子還是姑娘，舞蹈動作舒緩流暢，甩袖和腳下動作幅度較小，點步轉圈有板有眼，節奏緩慢，如此慢板舞蹈前後共有三次重複。

一位年輕小夥子帶頭唱了起來，那高亢洪亮的聲音在草原上久久迴盪：

美麗無比的姑娘啊，
妳是我心中盛開的格桑花，
想看妳一眼卻被雪山擋住，

想接近妳又被大河阻隔。

他的歌聲剛落，小夥子們立即發出一陣整齊的「呀——」

小夥子們的吼聲剛落，西原代表姑娘們跟著他唱和起來：

雄鷹般的小夥子啊，
你是工布大草原上的風暴，
要是想看姑娘美麗的容貌，
請在鍋莊上縱情歌唱。

西原唱完後，邊舞邊唱的姑娘們也隨即發出一陣整齊的「呀——」

隨著這一陣「呀——」聲呼叫，原本舒緩的鍋莊舞步頓時加快速度，姑娘們側身擰腰，揮舞雙袖載歌載舞，小步跳起舞蹈。小夥子們則伸展雙臂狂舞，手臂的甩袖動作幅度很大，抬腿、撩腿、轉身等大幅度的跳躍、移動動作與之配合，寬大的藏袍和舒展的長袖隨之起舞，使整個舞蹈顯得節奏鮮明，氣勢磅礡，將男性的陽剛之美充分展現出來。他們口中高唱著旋律雄渾有力的歌曲，猶如雄鷹在盤旋奮飛。而姑娘們的動作幅度較小，紅、藍、白色交間的美麗服裝有如鳳凰搖翅飛舞，豔麗異常，顯現出姑娘們健美、明快、活潑的特點。此時，小夥子和姑娘們的歌聲變得更加熱烈起來：

美麗的德摩可愛的家鄉，
無垠的大草原綠草芬芳，
高高雪山是可靠的屏障，
菩薩保佑我們萬世安康。

金色的陽光下萬物茁壯，
弦子聲中鍋莊舞步豪爽，
美麗姑娘如格桑花怒放，
小夥子如雄鷹天上翱翔。

一曲舞罷，樂聲馬上又變化出另一種風格，這些藏族青年男女們改變隊形，跳起了另一種舞步。這時，舞蹈者的情緒達到高潮，無論場內還是場外的人們，無論是男女老幼，全都湧入了場中，共同起舞，場面極為歡快熱烈。

這時，西原卻像想起什麼似的，獨自一人退出了場外。

本章註解

① 今西藏林芝。
② 今西藏林芝地區波密縣一帶。
③ 今西藏林芝地區米林、朗縣一帶。
④ 今西藏林芝地區墨脫一帶。
⑤ 藏語為「部落酋長」、「頭人」之意。康熙末年，清政府派果親王護送六世達賴喇嘛入藏後，開始廢除第巴執政之制。之後，「第巴」一職降為地方官職之名。
⑥ 長期生活在高原地帶的人們，面部所出現的一種片狀或團塊狀的紅色斑塊。其原因在於高原地區空氣乾燥，早晚溫差大和太陽紫外線照射強烈等，加上高原地區冬季寒冷，面部皮膚很容易凍傷，面部皮下毛細血管內瘀血形成，引發毛細血管擴張，淤滯在毛細血管內的陳舊性淤血，透過很薄的角質層反映在面部，就會呈現出片狀、網狀、條索狀的臉上「高原紅」。
⑦ [pulu]，藏語音譯，為藏族手工生產的一種羊毛織品。可以做床毯、衣服等。
⑧ 藏語意思為毛織圍裙。為一種五彩的、細橫線條的氆氌。後來成為藏族已婚婦女喜愛繫在腰間的裝飾品，也就漸漸成了藏式圍裙的代名詞。
⑨ 即鍋莊舞，也稱做圓圈歌舞。一種多在節日喜慶、勞動之餘和宗教儀式上演唱的歌舞。藏北牧區、西康地區和安多地區稱「卓」或「果卓」。薩迦地區稱「索」，工布地區稱「波」或「波強」。
⑩ 按民間約定俗成的方式組織起來的一群趕馬人及其騾馬隊的稱呼。馬幫是大西南地區特有的一種交通運輸方式，有自己的組織、幫規與共同特殊的生存方式。

第四章
奇風異俗

在進藏的途中，陳渠珍一行人領略眾多新奇的康藏風情：糌粑、酥油茶，還有食屍的魚和天葬。

正當入藏清軍在打箭爐休整時，鍾穎接到了正在金沙江畔德格地區進行「改土歸流」的川邊大臣趙爾豐命令，令他火速率軍向西藏東部中心城鎮——原名察木多的昌都挺進。趙爾豐在命令中說道，他已得到消息，十三世達賴喇嘛正祕密徵集萬餘名藏兵和民兵，扼守後藏中心昌都至拉薩的要地，準備用武力阻止清軍入藏。為了控制西藏，防止十三世達賴喇嘛有背離大清之心，趙爾豐準備親自率領邊兵，從離不過幾百里的德格地區直驅昌都，故令鍾穎率軍至此與己會合。

從打箭爐入藏有北、中、南三條大路，其中經理塘、巴塘，直向昌都進發的這一條入藏路線，是歷史上由川入藏的南路。沿途人口較多，容易得到補給。趙爾豐卻下令鍾穎率領清軍避開這條南路，改走北路入藏。北路入藏路線是出打箭爐後，由折多塘向北，經長壩春、霍爾章穀、甘孜、曾科，然後繞過崗拖，直走類烏齊，穿過三十九族領地，再到昌都。

趙爾豐之所以選擇北路，是考慮到此行是川軍第一次進藏，對沿途的風土人情都不熟悉，唯恐遭到藏軍和民兵的襲擊，從北路進軍，多少可以避開這種危險。

然而，有利也有弊，走北路雖然可以避開藏軍和民兵的襲擊，但此路人煙稀少，沿途多是荒涼之地，後勤補給極為困難。

部隊離開打箭爐後，很快就感受到了在康藏之地行軍的艱難。

出發的當天，就遇上了雨雪交加的天氣，漫天大雪從天而降，陣陣寒風刺骨，士兵和夫役牛馬頂著風雪前進，速度無比緩慢，真的可以用蝸牛爬行來形容。一路上人煙稀少，大多是崎嶇的山路和峽谷，眾人在兩者之間交替行軍，其中之艱苦，難以用言語來形容。經過一天的跋涉，部隊總算到了折多塘。

到達時，夜幕已經降臨，這裡也只有百十戶人家，人多屋少，大部分官兵只能在野戰帳篷中宿營。許多官兵在大雪中畏縮了大半夜，直到後半夜才能勉強睡去。

第二天一大早，清軍吃過飯後，由折多塘繼續前進，一連多天，雖然沿途偶然可見一些村莊，但大多是只有幾十戶人家的小村落，如果碰到喇嘛寺，才可能有機會在寺中住宿一夜。

後勤供應成了最頭痛的問題。清軍的給養，包括彈藥、糧食、服裝等，都只能由西藏的犛牛來運輸，從內地帶的馬匹，一進入康藏地區，根本不能適應此地的氣候，很快大批死亡。即使是犛牛這種生長於西藏高原氣候的動物，也不得不幾天就要換一批，否則也耗損極快。若沒有了犛牛，部隊將會寸步難行。

陳渠珍擔任的是三營的督隊官，每天必須在黎明之前，帶著藏人翻譯以及各隊監營官，乘馬先於部隊動身，偵察前路情況，這樣一來，自然要比其他官兵辛苦得多。但這些對陳渠珍來說都不成問題，他最為頭痛的，還是康藏地區的飲食。

入藏後，陳渠珍就開始茶飯不思了。在這裡，由於地勢過高，加上氣候異常寒冷，只出產耐寒的青稞這一種農作物。無論僧俗老幼，人人都以青稞製成的糌粑為主食，加上康藏地區特有的酥油茶，有錢人家還可以吃些肉食。他發現，藏人是將青稞炒熟之後，磨成細粉，吃飯之時，將酥油茶倒入碗中，與青稞細粉調和成糊狀，直接用手抓著進食。至於酥油茶，則是將熬得極濃的紅茶，倒入一種特製的長竹筒之中，濾掉渣子後，在茶水中倒入酥油，再放入少許食鹽，用一根包了頭的長棍上下反覆攪動，使茶、水和酥油乳交融，然後將攪拌好的酥油茶倒入一個銅壺中，用火長煮後飲用。人們吃糌粑時，一律把這種酥油茶當作必備的作料及飲料。

陳渠珍頭一次喝這種酥油茶時，其濃鬱、腥臭刺鼻的味道，使他幾欲作嘔。林修梅等一些軍官見狀，故意作弄他，大家約定，每人必須喝下一大碗酥油茶，如果有誰不喝，那就要向在場的眾軍官交罰金。陳渠珍沒辦法，只好硬著頭皮喝了一口。誰知一口酥油茶剛剛下肚，頓時覺得胸悶氣喘，胃裡面剛吃進的食物也一股腦地全吐了出來。

對入康藏地區後的這種生活，陳渠珍不是沒有想到。當初他原本打算多在成都採購一些食品，但卻遭到林修梅的阻止和譏笑。現在，他每天面對糌粑和酥油茶，食不知味，想起來真是後悔不及。

但後來范玉昆告訴他，這種酥油茶是藏地不可少的飲料，它不光是有營養，更重要的是久居藏地高原的人，酥油茶可以增加抵抗高原反應的能力。聽范玉昆這一說，陳渠珍也漸漸試著接受這種特殊的飲料。說來也怪，時間一長，他反倒覺得不喝酥油茶，渾身上下還有些不舒服呢。

行軍和生活雖然艱苦，但沿途的風情，卻使得陳渠珍感到無比的新奇。

一路所見的藏族男子都是身穿寬大的藏袍，有錢的人穿的是做工講究的皮袍，窮苦的藏人則是用自家的牛皮縫製的長袍，不僅做工粗糙，而且極不合身。無論何人，都會在腰間圍一條絲帶，頭上戴著呢帽，或者是纏裹絨巾，腳上是一雙長筒氈靴。而那些藏族女子則穿長衫，著氈裙，也繫腰帶，頭戴八柱飾品，脖子上圍滿了各色瑪瑙做成的串珠，貴族婦女則是用珍珠。藏民所居住的房宅在陳渠珍看來，也是那樣的另類。藏民房屋大都是三層樓，牆壁多用泥土或土坯建成，屋頂扁平，或是在上面覆蓋泥土。上層和中層住人，下層則豢養牲畜。

與藏人民居形成鮮明對比的，是那些沿途所見的喇嘛寺，這些喇嘛寺修建得極為華麗，有的甚至高達十層，牆壁上繪滿彩色的山水人物，金碧輝煌。在這些喇嘛寺中，喇嘛們的等級制度十分鮮明，高級喇嘛頭戴桃形帽，裡面穿著襯衣，外披著紅黃顏色的嗶嘰披單，腳下穿的靴子由紅色呢絨製成。手裡拿著佛珠，口中隨時誦念佛號。而那些下層喇嘛，身上只是用粗呢披單交結纏繞在身上而已。

一天，清軍在一個村莊宿營，真是極巧了，這裡竟然有一個早年從四川流落到此的漢人，因為娶了一個當地的藏族女子，故而定居下來，並開辦了一家小雜貨店，為路過的客商提供方便，自己也能維持生活。陳渠珍帶了張子青和幾位下屬來到這裡，居然發現雜貨店裡有一些魷魚，陳渠珍如獲至寶，連忙讓張子青將店裡僅有的幾斤魷魚全部買了下來，另外還買下了十多斤四川出產的乾豆豉。

回到駐地後，陳渠珍吩咐張子青帶人到村裡，向藏人買了一頭豬。張子青指揮幾名士兵開始殺豬，待宰的豬死到臨頭，拼命狂呼亂叫，吸引了不少士兵來圍觀。把豬殺死後，陳渠珍吩咐將好肉留下來，把買回的幾斤魷魚切碎後，加豆豉放入豬肉中炒熟後，用兩個桶子裝好。

「好好保管這兩桶肉。」

張子青問道：「大人，你是想帶在路上吃？」

陳渠珍剛想說什麼，見林修梅走了過來，便停住了口。

林修梅見陳渠珍準備的豬肉燒魷魚豆豉，取笑道：「我軍糧草充足，你們又何必多此一舉。」

陳渠珍笑道：「只怕你到時還要來求我們呢！」

隨後的幾天中，部隊一直在不停地行軍。這天，經過大半天的行軍後，清軍早早地在一片草地上宿營了。由於天色還早，紮營完畢後，陳渠珍帶著范玉昆和張子青幾人，在附近隨便走走。

營地周圍的草地上綠草茵茵，一望無際的大草原上，牛羊在悠閒地吃草，幾個藏族牧童閒來無事，在草地上遊戲，這情景，使得陳渠珍一行人心情格外地好。

一行人見前方不遠處有一小片稀疏的樹林，其間散落著十多戶藏民土屋，便朝著樹林走了過去。

進入林間，眾人順著一條寬約四、五尺的水溝前進，突然間，范玉昆發現水深及膝，清澈見底，他這一細看不打緊，馬上發現了一件好事：水中竟充滿了許多悠游的大魚！他一聲大叫，將眾人的目光全部吸引了過來。

陳渠珍和張子青等一看，果真見水中有一些長約一尺左右的大魚自由自在地游弋，絲毫不因眾人的喧嘩和注目而逃避。這一下，大家興奮極了。自從入藏這些天來，大家簡直膩透了那些糌粑和酥油茶，現在看到這麼多大魚，頓時興奮不已。

張子青對陳渠珍道：「大人，這麼多魚，我們何不撈幾條上來打打牙祭。」

「我支持。」一旁的范玉昆更是起勁。

陳渠珍卻感有些不解：這麼淺的水，這麼多的魚，為什麼沒有人來捕撈呢？

「別忙著撈魚，」陳渠珍對張子青道：「你趕快回營去，把隨軍翻譯叫來，他久居藏地，一定知道這是怎麼回事。」

「好的！」張子青興奮情的緒還沒有消失，他應了一聲，便拔腿朝營地跑去。很快，他帶著營裡的那位隨軍藏語翻譯來了，兩人來到了陳渠珍的面前。

隨軍藏語翻譯向陳渠珍等人細細地述說了藏人獨特的生死觀。

陳渠珍這才得知了一個他從沒有聽說過的風俗。

「藏傳佛教的教義認為，人的生命是最為神聖的，」藏語翻講解著：「生命的存在是要使芸芸眾生受益，個人必須恪守這個教義。藏人認為，一個人死後，他們的靈魂是會轉世的，普通的人可能轉世為任何動物，如魚或鳥類。寺院裡的喇嘛們在進行佛事活動時，要反覆為那些小動物念經，所以，藏人平時對一切有生命的東西都十分愛護。藏人去世後，不像內地的漢人那樣用棺材殮藏屍體，也不實行土葬。而是採用一些特殊的方式處理屍體。地位高的藏人——主要是貴族和喇嘛，去世後會用火葬方式，將屍體用火焚燒。而一般平民使用的就是最普遍的天葬了。人死後，屍體要先放在自己的房間裡整整三天。喇嘛要在死者的頭蓋骨上開一個小口，這樣做的目的是為了把他的靈魂從他的身體內放出去。接著，死者的屍體被捆成一團，裝進一個麻袋中。有錢人家不用麻袋，而改用絲綢做成的口袋。之後，喇嘛把裝在袋子中的屍體放入一個大罈子中或一個大筐中。然後，就等待選定的吉日，把屍體運到天葬台進行特殊處理。天葬台設在較遠的偏僻山中，是由喇嘛經過複雜的宗教程序專門選定的，不知沿用了多少年，一般選在半山腰的開闊地，還要有平坦的巨石，天空中常常盤旋著大量專吃屍體的西藏禿鷹。」

陳渠珍等人聽得津津有味。

隨軍藏語翻譯繼續說道：「實行天葬時，穿著袈裟的喇嘛們有的吹打著法器，有的抬著裝有屍體的罈子，將其平放在天葬平臺上。專門處理屍體的天葬師從死者的腳踝處入刀，將屍體上的肉一條條割下來，丟給旁邊的一群禿鷹，這些饑餓的禿鷹一擁而上，爭食著屍肉。片刻之間，割下的屍肉就被那群禿鷹爭食乾淨。天葬師割完了死者身上的肉後，搬起旁邊的一塊大石頭，將死者的屍骨砸碎，這時，那些已經吃飽了屍肉的禿鷹已經被另一群剛飛來的饑餓禿鷹替代，這些饑餓禿鷹一見砸碎的屍骨，仍然一擁而上，搶食著屍骨上的殘肉，有些禿鷹唯恐爭不過其他禿鷹，竟然叼起砸碎的屍骨，飛向無人的地方。很快，一具死屍連一點東西都沒有剩下，全被禿鷹群吞食得乾乾淨淨……」

「除天葬之外，貧苦的藏人和有罪的藏人去世後，家人會把他們的屍體拋入江河水中，任其漂流。如果死者家附近地區沒有江河，則屍體投入湖泊及任何一片水域中，任由魚蝦為食。此處水溝如此之淺，卻有如此多的大魚，就是因為多年來食人的屍體之故。由於這個原因，所以藏人一般都不吃魚。」

隨軍藏語翻譯講完後，張子青已經完全沒有了剛才的興奮感，而陳渠珍的心裡竟然湧現一股噁心感，他好不容易才控制住。而眾人之間再也沒有人敢起打魚的念頭了。

晚上進餐時，照例又是糌粑和酥油茶，陳渠珍吩咐張子青把帶來的豬肉燒魷魚豆豉舀出了一小盆，然後將范玉昆和幾名平日裡關係好的軍官叫到自己的屋裡，大家聞到噴香的豬肉燒魷魚豆豉，高興得直叫喚。陳渠珍一聲令下，眾人爭先恐後地就著糌粑吃了起來，看著大家臉上那種興奮與滿足，陳渠珍心裡湧現一股自豪感。

大家吃得正香，突然間，門被人推開了，大家一見是管帶林修梅。

林修梅聞到濃濃的豬肉燒魷魚豆豉的香味，忍不住大叫起來：「好啊，你們背著本管帶吃獨食！」他話剛說完，一下子衝到前面，從范玉昆手中奪過筷子，夾起一大筷子的豬肉燒魷魚豆豉塞入口中。眾人一見他那副饞相，忍不住哈哈大笑起來。

陳渠珍道：「前幾天我們弄時，你還譏笑我是多此一舉，怎麼現在卻吃得比大家都起勁。」

林修梅又夾起一筷子豬肉燒魷魚豆豉送入口中，用力咽下後，這才對陳渠珍道：「此一時彼一時，你不要再取笑本管帶了。」

范玉昆重新遞給他一雙筷子，大家再次笑了起來。

陳渠珍雖說和林修梅關係很好，又都是同盟會員，但他自己也知道，自己作為一個漢人，只是對滿清壓迫漢人兩百多年不滿，從思想上來說，他對革命者一些太激進的想法並不完全贊同。而林修梅與自己不同，他是個鐵杆的革命者，政治上極有遠見，抱負遠大，別看他現在只是一個小小的管帶，一旦革命來臨，他一定會大顯身手的。另一方面，林修梅也知道，陳渠珍在軍事上的能力比自己強，為人膽大心細，在官兵中聲望比自己要高。因此，思想上的差異和年輕人固有的爭強好勝，使得二人時常在一些小事上暗暗較勁。

魚雖然吃不成了，但陳渠珍卻又發現了另一個機會。行軍途中，他發現山間時常有野雞出沒，在一些有草木的山間，甚至有數十隻成群的野雞在山間樹上跳躍，或在地上奔跑覓食。隨軍藏語翻譯也是一個嘴饞的人，見陳渠珍多次看著遠處的那些野雞，知道他動心思了，在行軍路上，翻譯瞅準機會，來到了陳渠珍的身邊：「大人，看到那些野雞了嗎？牠們叫貝母雞，是西藏的特產，牠們常年生長在這深山林中，以小蟲野草為食，加上在山林中自由奔跳，肉質結實細嫩，無論是燉湯還是紅燒，味道鮮美得很。」

「真的？」

隨軍藏語翻譯見陳渠珍心動了，便狡黠地慫恿他道：「大人吃一次不就知道了。」

下午宿營後，陳渠珍帶上張子青和幾名官兵，攜槍進了山。在隨軍藏語翻譯的指引下，他們來到一處山林中，這裡的貝母雞成群結隊，大概是從來沒有見過人類的原因，看到有人到來，並沒有飛開，而是呆呆地看著這些異類，直到槍聲響起，一些同伴倒在血泊中，才「撲啦啦」飛奔而去。

這一次，一行人共獵到了數十隻貝母雞。

晚餐時，整個三營營地瀰漫在貝母雞的香味之中。果如所言，貝母雞味極為鮮美，是陳渠珍有生以來吃過最好的野味。

消息很快地傳開了，幾天之後，其他營隊的官兵們也學著他們的樣子，只要一宿營，就上山尋找貝母雞了。

二十多天過去，艱苦的行軍使得入藏官兵精疲力竭，連自認為身體強壯過人的陳渠珍也有些吃不消了。

而他們又必須按照趙爾豐所規定的日期按時到達昌都，因此，在鍾穎的督促下，這支入藏清軍每天都要行軍一百二十里左右。其他的艱苦自不必說，就拿每天早上來說吧，行軍前必須拆去帳篷，由於康藏地區時常大雪，收拾帳篷前，必須先打掉凍在帳篷上的積冰，然後用火烘烤解凍，之後才能夠打捆馱載。這個過程常常要一個多小時，寒風刺骨，所有的官兵只得不停地搓手跳腳取暖。

同樣的行軍，陳渠珍對那些隨軍的藏人夫役無比讚嘆。

有一天宿營時，由當地官員支派的一批藏人夫役前來輪換之前的夫役，新來的藏人夫役趕著數百頭犛牛到來，他們要將舊犛牛背上馱著的那些重達一百多斤的糧草重新裝卸。令他萬萬沒有想到的是，這些藏民夫役，一人挾起一馱糧草，輕而易舉地就放上了犛牛背上。而這些糧草，即使是兩名清軍士兵也極費力。不過一個時辰，數百馱糧草已經交割完畢，這些藏人夫役身體之強壯，令陳渠珍目瞪口呆。

宣統元年十月（西元一九〇九年十一月），由鍾穎率領的這支清軍，終於到達了目的地——昌都。

第五章 為人俘虜

新軍到達昌都後，陳渠珍自告奮勇前去偵察，不料被俘，引起了一場軒然大波。

昌都在藏語中叫做「察木多」，是西藏東部最大的城鎮，也是這一帶藏區的政治文化中心。由於地勢險要，自古以來便是由川入藏的要衝。鎮上共有上千居民，還有數以百計的漢人，朝廷在這裡專門設有機構——軍糧府，負責管理昌都地區。

清軍剛剛到達昌都，鍾穎就接到趙爾豐的命令，告知他藏軍的近況。西藏的噶倫（註1）——夏紮・邊覺奪吉，已派遣拉薩三大寺之一的沙拉寺的堪布（註2）——登珠，率領藏兵近萬人，到離昌都不過數十里地的恩達，企圖阻止清軍深入藏地。為此，趙爾豐給登珠寫了一封恩威並重的勸退兵信，同時命鍾穎先派兵查看前方情況。

然而，到前方偵察敵軍情況，是一件非常危險的差事，地形、氣候、人脈和藏軍的情況都不熟悉，盲目前往，肯定是凶多吉少。加上大家都聽說藏軍極為野蠻，對待俘虜一律殘殺，故而無人願意前往。

「諸位大人，趙大帥正率大軍日夜兼程從德格趕來，我們的前方有上萬藏軍，如果不明藏軍情況，我軍如何能夠應對？諸位都是久經沙場的領兵之人，自然知道知己知彼的重要性。瞭解藏軍的部署，是我軍下一步行動的關鍵。可是現在，竟無一人願意前往偵察，俗話說，養兵千日，用兵一時，這實在令本協統心寒！」

鍾穎說完，帳下幾十名軍官鴉雀無聲。

「我軍從四川出發之前，趙爾豐大帥就對本協統說過，我軍帶隊軍官都是從軍校出來的，是學生軍官，沒有經過什麼戰鬥磨鍊，雖然在學校學到了一些帶兵知識，但都是紙上談兵，一旦遇到實戰，還不知道我們這些學生軍官會如何，言談之間，對我們極蔑視。這也難怪，趙大帥是久經沙場的著名戰將，尤其是在西藏，藏人只要聽說趙大帥的名字，無不色變。他蔑視我們，不是沒有原因的，可是現在……」

「大人——」陳渠珍站了出來，打斷了鍾穎的話：「趙大帥的話不無道理，此次偵察任務，我等竟無一人報名，在下實感羞愧。趙大帥說出我們這些學生軍官不通曉軍事這樣的話語，讓作為軍人的我深感恥辱，在下也是血性男兒，為了本軍的榮辱，在下願意承擔此次偵察任務。」

「好！」鍾穎大喝了一聲：「陳督隊官如此，本協統深感欣慰！陳督隊官需要什麼，本協統定將全力滿足。」

林修梅也站了出來道：「陳督隊官如此豪爽，在下作為管帶，願意親自去軍糧府交涉，為陳督隊官撥放通行馬牌。」

鍾穎道：「此次前往偵察，陳督隊官需要帶多少人前往？」

「不需多人，只需本營隨軍翻譯一人即可。」

陳渠珍話音剛落，帳下一片譁然，眾軍官都為陳渠珍的一腔豪氣所嘆服。

鍾穎問道：「此翻譯是何許人也？」

陳渠珍道：「此人是四川人，他來到藏地已有好些年頭，一直在昌都做一些小生意，非常熟悉這一帶的風土人情。本軍到達昌都後，在下透過當地官員找到了他，請他當了三營的隨軍藏語翻譯。此人老實厚道，雖年過五十，但身體很好，可以隨在下前往。」

散會後，陳渠珍做了一些必要的準備，便帶著翻譯出發了。

兩人騎著馬出了昌都西面的橋，過橋剛走了三里多路，忽然見到成群的烏鴉鋪天蓋地飛來。戰馬受了驚，一個長嘶站立，隨軍藏語翻譯從軍不久，馬術本不精湛，狠狠地從馬上摔落下來。

陳渠珍連忙下馬查看他的傷勢，見其並無大礙，才放下心來。

「謝天謝地，要是你受了傷，我可是寸步難行。」

翻譯站起身，看著遠去的烏鴉，對陳渠珍道：「大人，成群烏鴉光臨此地，我又受驚跌落下馬，此乃不祥之兆。」

陳渠珍笑道：「本官闖蕩江湖多年，見得也多了，我是軍人，不在乎此說法，你也不必介意。」

見陳渠珍如此，藏語翻譯也就不吭聲了。

兩人重新上馬，前進了三十里地左右，到達俄洛橋，這裡駐有一個哨隊的漢人邊軍。哨官也是四川人，是個沒有畢業的武備學校的學生。他見到陳渠珍和隨軍藏語翻譯，十分高興。此時天色已晚，哨官讓他們就在俄洛橋哨所睡上一晚，第二天再走。

陳渠珍也想瞭解一下此處的情況，也就答應下來。

當天晚飯後，陳渠珍和哨官長談，從哨官口中，陳渠珍知道了藏兵大營就屯駐在昌都西面的重鎮恩達，藏軍人數不詳，但據過來的藏民說，藏軍人數不下數千人。其先頭部隊已經抵達林多壩，他們的巡邏騎兵甚至還經常出沒於距此約有三十里遠的臘左塘地方。

「此地地形複雜，藏軍人多勢眾，大人只帶一人前往，太過冒險，不如暫時留在此地，我先派人前去瞭解情況，大人再去不遲。」

陳渠珍笑笑：「謝謝你的好意，西藏局勢不穩，趙大帥率大軍將至，我必須親自前往偵察。」

次日一早，陳渠珍帶著隨軍藏語翻譯，告別了哨官，上馬出發。

一路上天氣陰沉，寒風刺骨，走了二十里地，沒有看到一戶藏人民居，也沒有發現藏軍的蹤影。中午時分，他們到達了達臘左塘。

臘左塘是昌都通往拉薩的必經之地，也是清川邊大軍能夠控制的最遠地方，從這裡翻過臘左山，山那邊就是被藏軍控制的臘左小村了。清邊軍在山這邊設有塘房一所，有四名塘兵常駐此地。平日裡兩方和平相處，現在戰事將至，情況就不一樣了。

陳渠珍和隨軍藏語翻譯到時，見塘房屋內一片狼籍，四名塘兵正在捆紮行李。

陳渠珍見狀大驚：「你們這是要做什麼？」

「回大人，藏軍前鋒部隊已到此地，他們的騎兵每天晚上都會來此騷擾一番，我們沒有辦法，只好離開此地，返回昌都覆命。」

陳渠珍看著四名塘兵，心裡湧起一種厭惡之感。

「你們這樣做，和逃避職責、貪生怕死有什麼區別？」

「大人息怒，我們並不是貪生怕死，我們只有四個人，實是無法阻止藏軍的行動。」

隨軍藏語翻譯在一旁說道：「大人，前方情況如此不明，我們再往前走，也是凶多吉少，不如和他們一起返回，視情況再作打算。」

陳渠珍不好反駁隨軍藏語翻譯的話，他知道翻譯不是軍人，怕死是人的本能，但是，自己現在還不能離開他。於是，只好好言好語地說道：「你放心，我不會冒險深入。不過，我是個軍人，又承擔了前往偵察的任務，如果就這樣回去，我如何面對上司和下屬？」

翻譯沉默不語。

陳渠珍繼續安慰他：「我們就算是到不了臘左山那邊，也要登上山頂，只要能看一看藏軍那邊的情勢，我們就返回。」

四名塘兵離去後，陳渠珍帶著隨軍翻譯也離開臘左塘，來到了附近的臘左山。這臘左山上下有二十多里，只有一條上山的小路，由於山路沿途盡是冰雪，只得下馬步行。一路上，兩人好幾次滑倒在地上，最後只能手腳並用慢慢往上爬，幾個小時之後，終於到了山頂。

山頂上一片白霧，由於地勢太高，狂風強勁，漫天雪花飛舞，呼出的熱氣瞬間便結為冰凌，陳渠珍和藏語翻譯只覺一陣頭暈，雙雙昏倒在雪地上。過了一會兒陳渠珍先醒了過來，努力掙扎著站起，一見藏語翻譯還昏倒在地，連忙搖醒他。

「大人如此敬業，在下十分佩服，不過也不能拿性命開玩笑。這種地形，我們是什麼也看不到的。」翻譯醒後心有餘悸，喘著氣對陳渠珍道。

陳渠珍說：「既然到了這裡，就應該去臘左那邊觀察一下，只要看到藏軍的情況，我們就馬上離開。」陳渠珍說完，扶起隨軍藏語翻譯，兩人牽著馬，一步一步地朝著臘左山那一面下山而去。

他們相互攙扶，好不容易下得山來，這時，夜幕已經降臨了。

雖然天色已晚，茫茫大地上一片雪白，但隱隱約約還能看清道路。他們沿著一條小溪，走了兩三里地後，終於到了臘左。

臘左是個只有二十多戶人家的小村，藏民的房屋分散於小溪兩岸，但家家都是漆黑一片。兩人摸到一戶人家屋前，卻無人開門。換了一家，也是閉門不開，陳渠珍用力捶打房門，裡面的人死也不吭一聲。輾轉了好幾家，後來村邊一戶人家的門開了，一位藏族老人走了出來，陳渠珍向老人打聽，為什麼這裡的人家都不給他們開門。老人見是兩個漢人，便告訴他們，剛才那些人家不是不給他們開門，而是家家都沒有人。

「為什麼呀？」

「藏兵的營地離我們這裡只有十多里地，他們的騎兵每天晚上都會到村子裡來騷擾居民，大家驚恐不安，只好逃避一空。」

陳渠珍問道：「您老人家為什麼不走？」

老人應道：「我老了，又生了病，走不動了，沒有辦法才留在家裡的。」

兩人向老人告辭後，來到了路上。

此時四周一片寂靜，隨軍藏語翻譯有些擔心，對陳渠珍道：「我們怎麼辦？」

陳渠珍說：「天色已晚，我們先住下來，明天視情況再作打算。」

「那我們住哪裡呢？」

陳渠珍四下裡看了一看，然後指著靠近山邊的一間房屋對他道：「那間房在村子邊上，又近山邊，我看我們就住在那裡。即便是藏兵來了，也不容易找到我們。」

他們牽著馬，來到了靠近山邊那所房屋。這是一個典型的貧窮藏民的家，只有兩層木樓。陳渠珍推開門，進到屋內後，才發覺樓下只有一人高，他們將馬繫在樓下，關上門，然後小心地上了樓。他們選了一間較為寬敞的房間住下，然後摸黑點上隨身帶來的蠟燭，隨後吃了一點乾糧，便在屋角的青稞草堆上躺下。

「大人——」隨軍藏語翻譯突然想起了什麼似的：「還是把蠟燭滅掉為好，這麼黑的天，萬一藏軍來了，豈不是一眼就發現我們。」

陳渠珍想了一想，也覺得有理，但他並沒有滅掉蠟燭，而是把蠟燭移到牆角，然後找了一塊木板，將蠟燭光遮住。

就在這時，陳渠珍忽然聽到一陣馬鈴聲從遠處傳來，不由得大吃一驚，這肯定是藏軍的騎兵到了！他急忙把蠟燭吹滅，走下樓來。為了與外面的雪地混為一色，他反穿羊皮襖，將白色羊毛翻在外面，輕輕地推開門，走出屋子後，悄悄隱藏在屋子旁的一塊大石頭後面。

不一會兒，陳渠珍看到了數十名藏族騎兵進入村子，藏兵們用馬鞭每家每戶地敲門，並用藏語大聲詢問有沒有漢人到來。見家家戶戶都沒有什麼動靜，估計屋裡不會有人，這才一溜煙地離開了村子。

陳渠珍見藏兵走遠，才算鬆了一口氣，重新回屋點上蠟燭。當他剛剛躺下，就聽到屋外又響起一陣雜亂的馬鈴聲。陳渠珍急忙吹滅蠟燭，推開窗戶向外一看，只見上百名藏族騎兵分做兩路，朝著他們藏身的小屋飛馳而來。顯然，這些藏兵肯定是看到了燭光。距離小屋前面數十步的地方，藏兵陸續下了馬，拔出藏刀。陳渠珍看見明晃晃的藏刀在雪色的映照下，發出一道道寒光，便急忙從屋子裡出來，躲進了旁邊另一間小房子裡。透過牆上一個小洞，他看到一些藏兵提著長刀準備走進屋子。陳渠珍突然想到，這麼小的屋子，自己和隨軍藏語翻譯很快就會被發現，與其這樣躲藏，不如正大光明地面對這些藏兵。想到這裡，他坦然地走出了屋子。

就在這時，藏兵已經蜂擁上了樓。

陳渠珍橫下一條心，他站在樓口，大聲地斥責這些上樓的藏兵。然而，這些藏兵根本不聽陳渠珍的斥責，而是更快地衝上樓來。衝在最前面是一名身材高大的藏兵頭目，他手持長刀，朝著陳渠珍就是一刀。由於樓梯矮小狹窄，這名藏兵頭目的長刀竟然砍到了房檐上。但是，還沒等陳渠珍轉過神來，後面好幾名藏兵已經擁了上來，陳渠珍急忙退入旁邊的一間小屋，藏兵緊跟著進屋，陳渠珍只得拔刀相對，雙方在屋內一陣混戰。突然，陳渠珍感到尾脊部一陣劇痛，這顯然是被砍中了，多虧他穿著厚厚的皮大衣，傷口不深，緊接著，他又感到右額被鈍器擊中，頓時眼冒金星，隨即倒在地上，不省人事了……

也不知過了多久，陳渠珍慢慢醒了過來，朦朧的月光下，他看清自己已經被藏兵們捆在馬背上，顯然，他已經成為了藏兵的俘虜。隨著馬的顛簸行走，他感到頭部非常疼痛，但還是極力忍住，他想起了隨軍藏語翻譯，心裡非常擔心同伴的安危，但他也明白，自己都被俘虜了，隨軍藏語翻譯肯定也是凶多吉少。

約莫行走了十多里，來到了一個小村子，此時還是半夜時分，在一幢木樓前，藏兵們下了馬，牽著陳渠珍上了樓。

屋子裡，有幾名藏兵正在熬酥油茶，他們將陳渠珍拴在柱子上。就在這時，陳渠珍突然看到隨軍藏語翻譯也被押上了樓。

「他沒死！」陳渠珍心裡感到一陣莫大的寬慰。不過，在酥油燈光下，他看到隨軍藏語翻譯已經是面無人色了。

過了一會兒，一位穿戴較好的藏軍小頭目走上二樓，朝著陳渠珍走了過來。他來到陳渠珍的面前，大聲對陳渠珍說了幾句藏語，陳渠珍自然聽不懂他在說什麼。隨軍藏語翻譯說明後，陳渠珍才知道，他們是問自己的身分和來這兒的目的。陳渠珍讓隨軍藏語翻譯告訴這位藏軍小頭目，自己是奉了川邊大臣趙爾豐大帥的命令來到這兒的。

藏兵小頭目根本不相信陳渠珍的話，他揚起手中的馬鞭，朝著陳渠珍就是一陣猛抽。

就在這時，一名藏人走上樓來，他的身後還跟著幾名隨從。陳渠珍看他的穿戴和架勢，知道他肯定是這支藏軍的領頭軍官。

那名藏兵小頭目對這名藏軍軍官說了幾句藏語後，這名藏軍軍官對陳渠珍道：

「你是趙爾豐大帥派來的？」

陳渠珍早在入藏前就知道，作為川邊大臣的趙爾豐，近些年來在川、康大搞「改土歸流」，將大量藏人居住地的土司統治制度用武力改為漢官統治。為此，他不惜對反對「改土歸流」的一些藏族土司進行了武力鎮壓，有些戰鬥在陳渠珍看來是空前絕後的。正因為這些慘烈的戰鬥，才使得趙爾豐在藏人心目中的地位如同天神一般。

想到這裡，陳渠珍決定充分利用這一點來脫身。

「正是！」

「你既然是趙爾豐大帥派來的，那你的文書呢？」

陳渠珍說這話本就是胡扯，自然沒有什麼趙爾豐的文書，這時，他旁邊的隨軍藏語翻譯早已嚇得面無人色了。陳渠珍索性把謊扯大些。

「文書等物都放在我坐騎的鞍囊裡面，可以派人去取。」

聽陳渠珍這樣一說，這位藏軍軍官喚過一名隨從，讓他下樓去了。過了好一陣子，那位隨從重新上樓來，顯然，他剛才是去奉命查驗陳渠珍的鞍囊了。他在藏軍軍官耳邊說了幾句藏語後，藏軍軍官對陳渠珍說道：

「我們已經查看了你的鞍囊，裡面並無任何文書。」

由於是編假話，到了這時，陳渠珍也只得橫下一條心，要死要活，就在這一下了，於是，他索性把假話編到底：

「我的行李文書，都被你的部下全數劫去了。如今既然你懷疑我沒有文書，你何不派人前往昌都趙大帥的行轅詢問？」

聽陳渠珍這一說，那名藏軍軍官反倒吃驚了：「趙大帥已經到了昌都？」

陳渠珍道：「趙大帥已率領八個營邊軍到達昌都，不然，他如何會派我前來？」

「八個營的邊軍！」藏軍軍官聽了這話，大吃一驚，他馬上問陳渠珍道：「趙大帥派你來此，不知是什麼意思？」

陳渠珍知道這名藏官已被嚇住了，索性拿大了架子道：「這是機密之事，我不能亂說。這樣吧，你們把我帶到你們堪布那裡，我自然會和他說。」

那名藏軍軍官突然想起什麼：「不知大人官居幾品。」

「三品！」陳渠珍索性大聲地誇大的說。

這一下，那名藏軍軍官完全被嚇住了，他慌忙讓手下藏兵給陳渠珍和隨軍藏語翻譯鬆了綁。然後又讓人仔細地查看了兩人的傷情，見他們無大礙後，藏兵將二人背下樓，安排住進了一間較為乾淨的居室，接著又端來酥油茶，陳渠珍一飲而盡，如同甘露。

喝下酥油茶後，兩人慢慢睡著了。

當他們醒來時，天色已亮。只聽得屋外人喧馬叫，一片嘈雜之聲。緊接著，昨天那名藏官走進屋子，恭敬地對陳渠珍道：「大人，登珠堪布得知大人已在此處，故派人到來，送大人到恩達行營相見。」

陳渠珍心中暗喜，卻不露聲色。

幾個小時後，陳渠珍和隨軍藏語翻譯在一隊藏兵護送下，到達了恩達。

看見二人到來，衛兵恭敬地把他們引向登珠堪布的大營。

登珠堪布早就親自來到帳外迎接，態度極為謙遜恭敬。

堪布本是藏傳佛教各個寺院或大型寺院中各個酌倉（註3）的權威主持人，擔任這個僧職應具備淵博的佛學知識，因而必須是寺院或箚倉中最有學問的德高望重的高僧。由於西藏是政教合一的統治，故堪布也常常被派出統兵出征。登珠本是沙拉寺的堪布，不通曉軍事，只是得到噶廈信任，才被派到了這裡統兵。

登珠堪布年紀約有五十來歲，中等身材，面龐消瘦，下巴長著一小撮鬍子。入座以後，下人獻上滿桌茶點，未等陳渠珍開口，登珠堪布搶先向陳渠珍辯白：

「在下不知趙大帥派大人到這裡，故而產生誤會，還請大人原諒。在下在此向大人表示賠罪，希望大人不要怪罪。」

陳渠珍也就見機行事，婉言應答道：「西藏在大清管轄之下，對朝廷恭順無比。只是因為前些年英夷進犯西藏，達賴佛爺請川軍進藏在先，如今英夷剛一退走，噶倫夏紮•邊覺奪吉就派兵對進藏清軍進行堵截，不知是何居心？你們也知道趙大帥的兵威，他就是擔心我軍與藏軍開戰後，致使藏地軍民損失太重，故派遣我前來傳達他的諭令，限你們即日撤兵退回。」

「在下不過是一名普通僧官而已，只是在藏王嚴令之下，不得已才統兵前來。在下決不會與朝廷大軍對抗，這也是在下一直駐兵恩達，沒有繼續前進的原因。我已下令為大人接風壓驚賠罪，還望大人海涵。」

陳渠珍急於脫身，唯恐夜長夢多，便對登珠道：「不必了，本官軍務在身，還要急於回昌都向趙大帥覆命。」

登珠沉思了一會兒，抬起了頭來：「既然大人軍務在身，執意要返回昌都，在下也不強留大人了。請大人容在下給趙大帥寫一封信，由大人帶回面交趙大帥，以表明在下與朝廷友好之意。」

登珠很快寫了信，遞交給陳渠珍：「我這就派人送大人返回昌都，請大人轉告趙大帥，在下定將在三天內將藏軍撤走，決不與朝廷大軍為敵。」

陳渠珍道：「本官定將堪布心意轉告趙大帥。」

登珠堪布聽後大喜不已，立即吩咐下屬為陳渠珍二人準備馬匹，並向他們贈送了一些藏香、奶餅等特產。然後派了四名藏兵，將陳渠珍二人一直送到臘左塘。

當陳渠珍和隨軍藏語翻譯返回昌都清軍營地時，已經是半夜十二點了。營地哨兵見二人安全返回，大喜不已。兩人回到營房後，官兵都已入睡，只有林修梅一個人還坐在書案邊看書，看到陳渠珍歸來，林修梅大吃一驚。

「你——」

「怎麼，沒有想到我還能回來？」

林修梅悲喜交集，他連忙站起來，與陳渠珍熱烈擁抱。營裡其他軍官聽說陳渠珍平安歸來，也紛紛起床看望，興奮地向陳渠珍詢問此行經過。

林修梅讓人為陳渠珍準備飯食。

一行軍官看著陳渠珍邊吃邊談，大家一直聊到四更以後才陸續告辭。

第二天中午，陳渠珍才醒來，見四周無人，便大聲呼喚。護兵張子青走了進來，見陳渠珍已醒，便伺候他起床。

張子青見四下無人，悄悄告訴他，自從聽說陳渠珍被藏兵俘虜之後，軍營中便傳言他已經慘遭藏軍殺害，並且被藏兵碎屍丟棄在荒野山林之中。於是，營中幾名軍官竟將陳渠珍的衣箱打開，將箱裡的物品瓜分乾淨。昨天晚上，看到陳渠珍平安歸來，那幾名軍官又悄悄將拿走的東西全部退了回來。

陳渠珍聽後，只是淡淡一笑置之。

十天之後，陳渠珍和藏語翻譯的外傷就痊癒了。

本章註解

① 藏語音譯，清代西藏官府噶廈的長官。

② 原為藏傳佛教寺院的主持，相當於漢族佛教寺院中的方丈。後來凡深通經典之喇嘛，而為寺院的主持者，都稱為堪布。擔任堪布的僧人，大多數是獲得格西學位的高僧。後來擔任西藏噶廈政府僧官系統職務的，如達賴、班禪的高級侍從，有時也稱堪布。

③ 藏傳佛教所特有的一種佛學研究場所，實質上就是寺院內部的佛教學院。

第六章 成人之禮

桑吉的十五歲成人禮，身為好友的西原怎能缺席。

天剛朦朦亮，西原就醒了。

怕驚醒隔壁的阿媽，她不敢點亮酥油燈，摸索著翻身下床。西原輕輕地走到窗前，拉開窗簾——拂曉前的天色，還是那樣的灰暗，遠處雄渾巨大的雪山山影，映襯在淺灰色的天幕上，呈現出一種蒼鬱的美。她索性披上藏袍，搬來一張凳子，坐在窗前發楞。

今天是桑吉滿十五歲的生日，按照藏族的習俗，在這一天，家裡要為她舉行少女的成人禮。成人禮後，就表示從此告別了天真活潑的少女時代，正式邁入了成人階段。作為藏族少女一生中最重要的日子，西原當然要義不容辭地陪伴在好友身邊。

她呆呆地坐在窗前，等待著天明。

朦朧的霧靄漸漸地散開，東邊山頭上出現了淡淡的紅暈，開始是一絲絲，漸漸地，紅暈變成一小片一小片，在雲層中散射出少許光芒，向莽莽大地透射。隨著時間的推移，紅霞的面積越來越大，繼而映紅了小半個天際，金色的朝陽，從雪山後面緩緩升起，開始只是一個小小淡紅色圓點，很快就變成了一個小小圓弧，燦爛的光芒在天空形成一幅絢麗的畫面，使人不得不讚頌這大自然的神奇美妙。看起來，這又是一個晴朗的好天氣。

西原家院子裡有幾株上百年的松樹，幾隻早起的鳥兒在枝頭上不停地叫著，給原本寂靜的院子增添了幾分生機。

西原推開窗戶，聚精會神地看著樹上的那幾隻小鳥。

過了一會兒，她輕輕地開了門，走出屋子，來到了院子裡。

院子裡，小男僕紮西正在給馬餵草料。

紮西看見她，輕喚了一聲：「小姐——」

西原伸出手指，在嘴邊做了一個手勢，制止紮西再說話，她抬起頭來，松樹上的幾隻鳥兒因有人到來，立刻飛走了，留下一連串「嘰嘰喳喳」的叫聲。

身後突然傳來阿媽的聲音：「這麼早就起來了？」

西原回過頭來：「阿媽，您怎麼也起得這麼早？」

阿媽笑了笑：「女兒都起來了，我這個做阿媽的哪能睡懶覺。告訴妳吧，阿媽已經把酥油茶、糌粑，還有熟牛肉都給你準備好了。」

西原緊緊地抱住阿媽，撒嬌地道：「阿媽，您真好！」

阿媽也緊緊地抱住她，許久，母女倆才分開，一同攜手回到屋內。

「阿媽，幫我梳梳頭吧！」西原坐在一面大鏡子前，撒嬌道。阿媽梳著女兒一頭濃密的黑髮，不禁想起去世多年的丈夫……

西原的阿爸長得一表人才，勇猛過人，長年在外給人趕馬幫，來往於德摩和昌都、拉薩之間。有一次，阿爸趕著馬幫來到阿媽家附近的草原上露營，阿媽和當地一些藏族姑娘與馬幫中的男子跳起了熱情的鍋莊，就在鍋莊上，阿爸和阿媽相愛了。西原的外公是當地大土司，聽到女兒和一個普通的馬幫頭相愛，堅決不同意。但是，西原的阿媽絲毫沒有退讓，最後，大土司只得同意了女兒的選擇。

西原的阿爸阿媽是一對恩愛夫妻，不久，西原出生了，夫婦倆對女兒疼愛有加，真是含在嘴裡怕化了，捏在手裡怕飛了，就這樣，西原在父母的關愛下成長起來。

西原六歲那年，外公和附近的土司發生爭執，對方調集了一百多人，將西原外公家團團圍住，日夜攻打。

外公也不示弱，調集了數十名奴隸下人，頑強守衛莊園。西原的阿爸得知消息後，連夜帶著三十多名精壯漢子，馳援岳父。在阿爸和外公的內外夾擊下，對方被打得落花流水，然而，阿爸卻不幸在戰鬥中被火槍擊中身亡。西原的外公見女婿是為自己而死的，便要將西原母女接回家中。但西原倔強的阿媽卻堅持將丈夫的遺體運回，並決定一生守候西原和家產。西原的外公見女兒如此，只好隨了她。從此之後，西原的外公每年都要到德摩看望女兒和外孫女好幾次，而西原也經常跟隨阿媽到外公家。近幾年來，西原的外公因為年歲大了，不便遠行，不能親自到西原家，但仍經常派下人上門看望西原母女。

西原阿爸去世後，西原阿媽還不到三十歲，但她下定決心不再嫁人，一生守候愛女。由於家產頗豐，加上有外公家的照應，西原母女衣食無憂。母女倆相依為命，感情自不必說了。

想著想著，阿媽不禁觸景生情，感嘆道：「西原呀，妳轉眼都這麼大了，什麼時候有了心上人，妳就要離開阿媽了。」

西原轉過頭來：「我這輩子都不會離開阿媽的，我要永遠和阿媽在一起！」

阿媽笑了起來：「傻孩子，妳早晚都要嫁人的。」

西原想了想，對阿媽道：「那好辦，我將來招一個上門女婿，這樣就永遠和阿媽在一起了。」

西原可不是胡亂說這話的，自從她成人後，她就在心裡打定了一個主意，那就是一定招一個上門女婿，一輩子守候阿媽和家產。而且，藏族也有招上門女婿這個傳統。西原是個早熟而懂事的姑娘，她覺得阿媽這些年為了她，付出得太多太多了，她應該這麼做。

「話雖然這麼說，可是阿媽不會拖累妳的，更不會為了把妳留在身邊，就胡亂給妳找一個男人。阿媽只希望妳一生幸福，只要妳過得好，哪怕妳離阿媽幾千幾萬里，阿媽都會高興的。」

西原再次轉身抱住阿媽。

一切都準備好後，西原在一位女僕和紮西的陪同下，告別了阿媽，策馬向桑吉家奔去。

傍晚時分，一行人終於趕到了桑吉家中。

「我的小祖宗，妳怎麼現在才來，我們家那位小公主從早上就一直盼著妳呢！」

桑吉的阿媽一見西原，連忙迎上前去。

兩人翻身下馬，下人立刻拉著馬到後院去了。西原上前抱住桑吉的阿媽，撒嬌地說道：「桑吉阿媽，人家趕了一天的路，妳不可憐人家，反倒埋怨人家。」

西原和桑吉從小一起長大，好得如同親姐妹一樣，兩家的大人也一直把她們當作自己的女兒一樣。見西原這樣說，桑吉的阿媽也笑了起來，「在我們德摩大草原上，有誰家的女子像妳一樣伶牙俐齒，我倒想看看，今後有哪一位後生能管得住妳呀！」

西原害羞了：「桑吉阿媽——」

「好啦好啦！」桑吉的阿媽對西原道：「快去看看桑吉吧，過會兒出來吃我為妳準備的牛肉。」

西原獨自向桑吉的屋子跑去。

「唉呀！妳怎麼現在才來，人家等得心都煩透了。」

一見到西原，桑吉高興地跳了起來，等她們鬧夠了，才坐了下來。

「怎麼，這幾天不好過嗎？」

「妳是過來人，難道不知道嗎？」桑吉嗔道。

的確，這幾天裡，平時就喜歡到外面蹦蹦跳跳的桑吉可是受夠了。

按照德摩一帶的風俗，早在三天前，桑吉就在父母的安排下，由阿媽親自用清晨從小河邊打來的第一桶清水，為她洗了頭。接著，當地一位德高望重的老阿媽，用一根細細的絲線，為桑吉拔去額頭的汗毛和不能編入小辮的短頭髮。三天中，她沒有邁出屋子一步，更不能曬太陽，每天還要吃一些母親專門為她做的營養品，據說能使皮膚保持白嫩，成為三天後成人禮上最美的姑娘。到了舉行成人禮的頭一天晚上，還要換上乾淨的枕頭，並用一張黃色的綢緞包住洗過的頭髮。

桑吉這幾天一直盼望著西原的到來，這是西原早就答應過她的，在自己成年禮的時候，這位自己最好的姐妹會一直陪伴著自己，再說了，一年多前，西原剛剛舉行過成人禮，有她在自己身邊，桑吉就有信心和力量了。

兩人一邊說著，一邊坐了下來。

「明天之後，妳就再不是少女了。」

桑吉看著西原：「那還不是一樣。」

西原笑道：「可是大不相同了，成年後，妳就可以選擇自己心愛的人，結婚成家了。」

聽到西原這話，桑吉有些不好意思：「那妳為什麼沒有結婚？」

「成年後又不是非要馬上結婚，我還沒有找到自己喜歡的人。」

桑吉調皮笑道：「嘻嘻，我阿媽正為這事留心呢！前不久一個有錢人家，打聽過妳的情況，當時被我阿媽拒絕了，聽說那家雖然有錢，但少爺卻是個藥罐子。」

「我已經說過，我自己的事，由我自己做主。不喜歡的人，我是一定不會嫁的，要不，這輩子可要受罪了。」西原撇撇嘴。

桑吉笑道：「妳長得這麼漂亮，喜歡妳的男人多得是，不過，像妳這樣厲害的角色，恐怕沒有幾個能降得住妳。」

西原也笑了：「那也不一定，我喜歡的人，我一定會對他好的。」

「我今後也要像妳一樣，自己選擇喜歡的男人。」桑吉似乎受了西原的啟發，也抬頭挺胸地這樣說道。

西原道：「妳放心吧，今後有誰敢欺負妳，我一定會為妳出頭的，就是妳的男人，只要對妳不好，我也會收拾他的。」

桑吉害羞地推了西原一把：「什麼我的男人，去妳的。」

兩個少女打鬧成一團。

這一晚，兩人說了很久。

第二天一大早，成人禮儀式開始了，首先進行的是莊重的祭神儀式。

桑吉家的主體建築是一棟標準的藏式碉房，此時，在桑吉三樓的閨房裡，兩位足有六、七十歲、年老而又慈祥的老阿媽，身穿只有在藏曆新年才會穿出來的嶄新藏袍，引導著穿戴一新的、顯得格外美麗動人的桑吉，從她住的房間緩緩走上屋子的頂樓。手裡抱著一捆柏樹枝的桑吉，在兩位老阿媽的陪同下站在香爐前，一位年紀足有七八十歲的老人早已等候在那裡。從古銅色的膚色和滿臉皺紋，可以看出這是一位飽經風霜的老人。按照德摩藏人的習俗，能在這種場合擔任此一任務，無疑是村子裡最德高望重的老人。

看到桑吉到來，老人從桑吉手中接過柏樹枝，然後將其點燃。此時，站在院子裡的親朋好友們看到一縷煙霧緩緩從屋頂升起。這時，桑吉在老人的幫助下，將裝有菊花、鹽、青稞之類五穀雜糧的盤子也一同放進了香爐中，老人隨即念起了古老的經文，其內容都是祈禱老天和神靈，賜福於這位美麗的女人。這一切做完後，老人從懷中抽出一條潔白的哈達，一邊大聲誦經，一邊將一個銀質的瓶子包裹起來。隨後，老人拿起裝滿菊花和其他祭祀用品的小缽，將花瓣、青稞粒等撒向天空。與此同時，桑吉跪在香爐前，向神靈行三叩九拜大禮，此時，老人誦經的聲調突然揚高，顯得更加悠長而深沉，簡單而莊嚴的祭神儀式便進入了最後的高潮。

祭神儀式結束後，桑吉在兩位老阿媽的陪同下，緩緩地回到了自己的閨房。以西原為首的一大群女伴，早就在房間中央鋪上了一張羊毛毯，桑吉走了上去，輕輕坐了下來。

接下來的梳辮儀式，可是藏族少女成人禮中最重要的一環。

在康藏高原地區，藏族少女在舉行成人禮之前，都會梳著一條辮子，而今天，則要由一位中年婦女將桑吉留了十五年的一條辮子編織為兩條辮子，表示桑吉已到了成年的年齡，可以談婚論嫁了。這位年約四十歲的中年婦女在眾人的禮讓下走了過來，她就是為桑吉梳辮的重要人物。她這個角色，可不是隨便都可以擔當的，必須由主人家選一位當地賢德、屬相好、父母雙全、有福氣的女性，才能擔當這個重任。

這位中年婦女在大家的注目下，站到了桑吉身後，人們無不對她致以崇敬的目光。只見她輕輕解開桑吉的頭髮，早已用清水洗滌過的頭髮像瀑布一樣散落開來，遮蓋住了桑吉的小臉。中年婦女熟練地將桑吉的頭髮編成兩股髮辮，並攏在腦後，隨後將一根長長的白色銀簪插入桑吉的髮辮中，使兩條小辮緊緊纏繞在簪子上，再分別用黑、藍、金三色的絲線將髮辮紮緊。為了防止銀簪脫落，她還在簪子兩頭各用一粒牙骨箍套上。

盤好髮髻後，接下來是佩戴頭飾，頭飾象徵著女兒家的富裕程度，是早就準備好了的。由於桑吉家中是當地的富戶，她的父母為她準備的頭飾也非同一般。頭飾上面排列著鑲嵌著珊瑚、綠松石、九眼天珠等寶石，看起來富貴異常。戴好後，中年婦女再將一個布滿小珊瑚及珍珠等扁平額飾戴在桑原的額前。然後為她換上一身喜慶的服裝：她上身是一件五彩的、以橘黃色為主調的上衣，肩上和胸前圍著一條寬約半尺左右的黃綢，胸前下方垂著一個六角形的彩盒——「吉窮」，意義如同護身盒。下身的紅色外褲套著一條由紅、黃、蘭、紫四色構成的彩裙。她的女伴以西原為首，全都是清一色條紅色上衣，紫色長裙，她們的衣服色彩較桑吉明顯遜色，這樣就突顯了今天少女成人禮的主角——桑吉的中心位置。

少女成人禮最重要的一幕要開始了。

在整個康藏地區，藏傳佛教在人們的精神生活裡居於最重要的地位，藏族少女的成人禮也不例外。就在桑吉一行來到院子裡後，二樓的陽臺上突然傳出一陣整齊的法號聲。長長的法號發出沉悶悠長的響聲，還有用鐘銅箔做成的圓鼓發出的刺耳響聲，加上又大又薄的雙面鼓聲和鐃鈸聲交織在一起，迴盪在院子上空。

緊接著，一群身著各式服裝的喇嘛走了出來，走在前面的是附近寺院的大喇嘛，他頭戴棕紅色雞冠狀喇嘛帽，帽頂有黃色穗鬆，剪縫整齊，向上聳立。上身裡面穿著一件紅色無袖的坎肩，坎肩上用黃色錦緞鑲邊，袒露著右肩，下身圍著一件紫紅色的僧裙，外披一件長及腳面、品質上乘的絳紅色條狀喇嘛袈裟。跟在他身後的，是寺院裡其他的喇嘛，他們上身裡的紅色無袖坎肩上沒有黃色錦緞鑲邊，雖然也外披著絳紅色袈裟，但明顯看得出來，袈裟的品質比大喇嘛的差得太多。他們光著頭，口中念念有詞，低沉而富於穿透力的誦經聲，足以讓場上所有的人對他們表示出恭敬的神色。

在德摩其他人家的少女成人禮上，很少能看到如此多喇嘛出場的場面，這是由於桑吉家的富有和地位，能請得動寺院的主持和喇嘛們光臨。在鼓鈸聲中，喇嘛們分立兩邊，他們站定後，鼓鈸聲戛然而止。

此時，神色威嚴的活佛在二樓的陽臺上露面了。他口中念念有詞，隨著他的誦經，桑吉在兩位隨身婦女的指導下，雙手合一，默默地隨著活佛誦經。在場的所有人，都懷著無比虔誠的心情，跟著活佛在心中默誦經文。誦經儀式結束後，隨著活佛的一個手勢，法號聲、鑼鼓聲齊作，桑吉家院子上空重新瀰漫著莊嚴而神聖的氣息……

一群身著五顏六色服裝、戴著面具的藏人，開始在院子裡跳起了當地極負盛名的假面舞，為桑吉祈福。這些男女假面舞者都是當地的藏民，他們的服裝極有特色：男的反穿皮襖，後腰間紮一羊皮卷成的尾巴，略微上翹，背上塞一團軟物，充為駝背。下身是黑色的褲子，腳上是一雙自製的皮靴。最讓人新奇的，是他們無一例外，都會在左肩到右腋斜背一串大銅鈴，左手持劍，右手拿著一根犛牛的尾巴。與男性不同，女性舞者則身著鮮豔的對襟連衣百褶裙，腰繫紅腰帶和精緻的銅板帶，銅板帶上掛著一大串叮噹作響的銅飾，兩條花毛巾垂於兩髖骨處。無論男女舞者，下顎、脖子都用鍋底灰色抹黑。尤其是他們所戴的面具，牙齒和眼緣用白色，嘴唇鼻子和耳朵用紅色，眼仁、鬍子和眉毛則用黑色，兩腮用綠色，下巴、眼圈和額頭用藍、黃混用。假面的著色並不是藝人們隨心所欲，而是有著嚴格的規定：如白色是祥和寧靜的象徵，紅色是威嚴權力的象徵，綠色表示溫順善良，黑色表示威武，黃色表示莊嚴等。這些男女舞者，只要一戴上假面具，便成了天神的代言人。在鑼鼓鈸的伴奏下，這些男女假面舞者邁著憨實的腳步，重複著簡單古樸的動作。這些動作，都是上千年流傳下來的，一招一式都極有特色，讓所有圍觀的人看得如癡如醉。

一陣狂烈的假面舞之後，桑吉家所有從遠處趕來的親戚朋友，一一將他們帶來的禮物——茶、酥油、青稞酒等交給桑吉的父母，祝福桑吉一生平安幸福。所有的祈福儀式到這裡已進入尾聲，那位德高望重的老人一聲令下，身著盛裝的桑吉這才從三樓的閨房款款走出來。當她的雙腳一踏出大門時，代表著她從此步入下一個人生階段，少女時代一去永不復回了。此時，在院子裡等待著的親人們，一一上前，為桑吉進行最後的叮囑。

這時，活佛緩緩走了過來，將一條珍貴的黃色哈達賜予桑吉，桑吉的眼裡湧出了一股激動的淚水。在一群好友的簇擁下，她來到院子裡，再次接受所有長輩和親友的祝福。尤其是遠道而來的桑吉舅舅，他按照德摩古老的儀式，一隻手裡拿著一個古老的瓶子，另一隻手則拿著一根小木棍，開始陳述桑吉的家族歷史和桑吉成長的經歷，向佛祖祈求保佑桑吉。

在接受了舅舅的哈達之後，盛大的鍋莊舞會在院子裡開始了。桑吉在西原和女友的陪伴下，重新回到了三樓的閨房。西原她們將桑吉安置好之後，全都下了樓，來到了院子裡，加入了歡快的鍋莊舞中。

狂歡後的西原跳累了，就來到院子邊上的柳樹下歇息。她仰頭看著，只見桑吉站在三樓的陽臺上，注視著院子裡的人們。此時，正好一縷陽光從屋頂透射下來，照在桑吉五彩的衣服上，泛起一層金色的光環，把桑吉凸顯得高貴而迷人。西原在心裡暗暗地祝福好友，也祈求自己以後的生活永遠像現在這樣平安吉祥。

第七章

因禍得福

趙爾豐認為陳渠珍擅自外出偵察被藏人俘虜，丟了清軍的臉，必須嚴懲不貸。

沒想到情勢峰迴路轉……

大清宣統元年十月（一九〇九年十二月），昌都郊外的四川橋東岸。一支由二十多人組成的軍樂隊夾道排成兩行，在他們的旁邊，是以鍾穎為首的入藏新軍。

這天雖沒有太陽，但在冬日的西藏，已屬難得的好天氣了。幾十面軍旗和大清龍旗迎風招展，在冽冽寒風中，兩千名官兵站成整齊的隊列，黑壓壓的隊伍鴉雀無聲，沒有人敢咳嗽一聲。

林修梅和陳渠珍帶著三營的全體官兵，也在列隊之中。

在昌都這個地方，也許從來沒有出現過如此隆重的場面。這一切都是為了等候一個人——大清川邊大臣趙爾豐。

「來了——」有人小聲說了這麼一句。

陳渠珍抬起頭，只見到遠處河對岸的高山上，有大隊人馬從山上疾馳而下，馬隊馳過之後，地面揚起一大股濃濃的灰柱，像一條長龍，向著河邊奔來。

隊伍中，一位身著象徵清軍高級將領的得勝褂、腰間繫著紫色戰袍的老人，騎著一匹雪白的戰馬奔馳而來，自然便是趙爾豐了。

趙爾豐率領邊軍通過了四川橋，鍾穎一聲令下，軍樂隊立即奏響雄壯的軍樂曲，鍾穎率全軍一齊向趙爾豐敬禮。眨眼之間，趙爾豐率軍來到了入藏清軍隊伍的面前，他沒有停留，而是打馬飛馳而過。就在趙爾豐馳過陳渠珍面前的那一剎那間，陳渠珍看了他一眼，頓時大吃一驚。趙爾豐的頭髮和鬍鬚全白了，面龐顯得異常蒼老。而前兩年他剛到成都面見趙爾豐時，趙爾豐的頭髮和鬍鬚還只是花白，臉龐看起來也不過五十多歲的樣子。不過，他的精神還是那樣的矍鑠，身著一身戎裝騎在馬上，在冽冽寒風中身板挺得筆直。

反觀鍾穎率領的這支入藏清軍，大約是因為等候的時間較長的原因，一些官兵凍得渾身戰慄。更使陳渠珍驚訝的是，不僅趙爾豐本人如此，就連他率領的這支清軍中的舊式軍隊——邊軍，看起來也是氣勢十足。陳渠珍知道，邊軍雖是舊式清軍，沒有像陳渠珍所在新軍那樣經過西式軍事訓練，但由於經年在川康地區征戰，實戰經驗和勇敢善戰卻是新軍無法相比的。

當天晚上，鍾穎率領入藏清軍中標統、管帶級別的所有軍官去趙爾豐的行轅謁拜，陳渠珍只是三營的督隊官，因而沒能同去。

半夜時分，跟隨林修梅一同前去趙爾豐行轅的護兵班長張子青回來了。他看到陳渠珍的屋子裡還亮著燈，便敲門走了進去。

「回來了？」陳渠珍一見張子青，開口問道。

「我見大人的屋子裡還亮著燈，便過來看看。」

「怎麼樣，大帥對大家還好吧？」

張子青搖搖頭：「還算客氣，只是大帥對您被藏軍俘虜一事大發雷霆。」

張子青這話，讓陳渠珍大吃一驚：「為什麼？」

「我雖然隔得遠，但還是聽得清楚，好像是大帥怪您只知貪圖功勞，不知把握機會，被藏人俘虜，丟了清軍的顏面，說要論罪當斬！」

陳渠珍焦急地問：「那鍾協統和林管帶沒說什麼嗎？」

張子青說：「鍾協統有沒有說我不知道，當時我不在場，但林管帶卻沒有說話。」

陳渠珍一言不發，他的內心升騰起一股怒火：我前往偵察藏軍動向，可是鍾穎派遣，林修梅同意的呀！

張子青見陳渠珍一臉憤怒，便識趣地先告辭了。

這天晚上，陳渠珍內心翻滾不已，一夜無眠。他左思右想，自己是奉鍾穎派遣前往偵察藏軍動向的，林修梅也知道這事，為了完成這次的偵察任務，自己不顧生死，差一點連性命都丟掉了！一定不會有什麼事的。想到這，心裡便坦然了許多，也就漸漸睡去。

次日清晨，陳渠珍還在半夢半醒之際，就收到趙爾豐武官的傳喚，趕緊躍起梳洗。穿戴整齊後，陳渠珍跟在那名武官後面，前往趙爾豐的邊軍大營。

趙爾豐的邊軍大營設在昌都城南的一片開闊的山間平地上，數百個大小不等的清軍野戰帳篷一座連著一座，遠遠望去，像一朵朵雨後突然冒出來的蘑菇。

來到趙爾豐的邊軍大營的大門前，只見幾位哨兵在來回巡邏。陳渠珍隨著武官進了大營，徑直走向趙爾豐的營帳。一到營帳大門前，陳渠珍一眼就看到鍾穎和大清昌都軍糧府的官員都站在行轅外面。陳渠珍見鍾穎一臉沮喪，也就沒有和他打招呼，直接跟著武官進了大帳。

一進大帳，陳渠珍立即感到一股肅殺之氣直襲後背。二十多名邊軍軍官站立兩排，個個身板挺得筆直，左邊的軍官戰刀斜掛在腰間，右邊的軍官身佩西洋短槍，人人臉上冷冰冰的，像沒有看到陳渠珍一樣，這使得陳渠珍不得不在心裡暗暗佩服趙爾豐的治軍嚴謹。趙爾豐坐在大帳上方中央，武官將陳渠珍帶到離趙爾豐面前約二十來步的地方站立，然後自己退到了一邊。

趙爾豐盯著陳渠珍，仔細地打量著他，許久沒有吭聲，這使得陳渠珍內心一陣發冷。

突然間，聽得趙爾豐大喝一聲：「你就是陳渠珍？」

陳渠珍慌忙大聲應道：「稟大帥，在下就是鐘協統部下三營督隊官陳渠珍。」

「聽說你上過湖南武備學堂？」

「是，當年我曾經有幸見過大帥一面。」

趙爾豐道：「又是一名學生官！」

帳下兩邊的邊軍軍官都笑了起來。

陳渠珍早就聽說過，趙爾豐常年在川康征戰，實戰經驗極為豐富，骨子裡看不起那些從新式軍校出來的學生官，因為學生官大都沒有實戰經驗。聽到那些邊軍軍官們的嘲諷聲，陳渠珍內心雖然極為憤怒，但表面上卻不敢流露出一絲不滿。

「你身為大清軍官，竟然這樣魯莽，為貪圖功勞，冒著不必要的危險，被藏人所俘，滅我大清將士的威風，長了藏人的志氣。我若不對你進行軍紀嚴懲，如何能讓眾將士信服！」

陳渠珍慌忙辯解：「大帥——」

「怎麼，你還敢不服？」

「不敢——」

「來人，將他拉出去，按軍法從事！」

兩名軍士應聲閃了出來，來到陳渠珍身後，要把他拉出去。

陳渠珍見情形不妙，一邊掙扎，一邊竭力作最後的分辯：「大帥，大帥，在下冤枉，在下冤枉啊！」

就在這時，一直站在帳外的鍾穎闖了進來，向趙爾豐請求道：「大帥息怒，大帥息怒。」

趙爾豐做了一個手勢，兩名軍士停住了手，鍾穎趁機為陳渠珍求情：

「大帥，陳督隊官此次雖為藏人所俘，但他已平安歸來，而且事出有因。」

趙爾豐暴怒的心情絲毫沒有平息下來，到了這種時候，陳渠珍也顧不了許多了，他大聲地說道：「大帥，在下自然知罪，但正如鐘大人所說的那樣，在下被俘，的確事出有因。」

趙爾豐聽陳渠珍這樣一說，愣了一下：「你此話何意？」

「在下此行是奉命前往偵察藏軍動向，當初鐘大人傳達此令時，軍中諸軍官無一人願意前往，只有在下不顧安危，帶著一名翻譯前往偵察。雖然被藏軍俘虜，但在下向藏人說明，是大帥派遣在下前來的，藏人一聽，知道在下是大帥所遣，敬畏大帥的威德，急忙將在下禮送回昌都，並且要在下稟告大帥，藏軍將在三日內自行撤退，不敢與大帥為敵。」

陳渠珍這幾句話，可真是說得趙爾豐通體舒服。

「此話當真？」

「句句是實，大帥可問與在下同去的藏語翻譯。鐘大人也在此處，昌都軍糧府處還有我們三營的林管帶留下的咨文，都可為在下作證。」

說到這裡，陳渠珍的中氣十足。

鍾穎也在一旁幫腔：「大帥，陳督隊官所說屬實。」

趙爾豐想了一想，隨即大聲地吼道：「來人——」

一名副官聞聲站了出來。

「你立刻去昌都軍糧府查證！」

大約半炷香功夫，那名副官從軍糧府回來了，在趙爾豐耳邊說了幾句話，趙爾豐聽後，吩咐立即傳喚陳渠珍的頂頭上司林修梅。

林修梅進帳後，趙爾豐詢問林修梅，是否派遣陳渠珍前往藏軍駐地偵察。在事實面前，林修梅無言以對。

一切都清楚了，趙爾豐大怒，叫了一聲：「來人——」

「給我撤去此人的頂戴、佩刀，並立刻撤去管帶之職。」

陳渠珍和林修梅一樣大驚失色。

幾名邊軍軍官上前，不由分說，將林修梅的頂戴和佩刀摘去，然後押著林修梅出帳而去。

陳渠珍還在迷茫中，卻聽到趙爾豐下令道：「三營管帶一職，由陳督隊官升任。」

此話一出，陳渠珍幾乎不相信自己的耳朵。從將死之人到升官，轉換得也太快了，使陳渠珍如同在雲裡霧裡，但他不敢再說話，只是叩謝出帳。

這件因禍得福之事，陳渠珍無論如何也想不通。

三天後，他終於瞭解到了其中的來龍去脈。

原來，入藏清軍中有一個名叫張鴻升的工程營管帶，與陳渠珍、林修梅諸人都熟悉。此人過去一直在趙爾豐手下做事，擔任過趙爾豐邊軍管帶的職務，但後來有一次犯了軍規，被趙爾豐趕出邊軍。張鴻升回到四川後，想方設法加入了鍾穎的新軍。入藏的時候，鍾穎見他過去在邊軍中任過管帶一職，於是便委任他為工程營管帶。

這工程營的管帶是個虛銜，手中無實權。張鴻升日思夜想的，是如何將虛銜的工程營管帶一職變成有實權的步標管帶。當陳渠珍被藏軍俘虜的消息傳到昌都後，張鴻升得知一個消息：趙爾豐曾向林修梅詢問過陳渠珍被俘一事，諮詢林修梅應該如何處理才好。林修梅沒有為陳渠珍辯解，在趙爾豐面前一聲不吭。張鴻升認為自己的機會來了，於是，他連夜找到林修梅，對林修梅道，自己曾在趙爾豐手下做過事，知道趙爾豐是一個脾氣極為暴躁之人，如果趙爾豐就陳渠珍被俘一事再問林修梅，林修梅最好裝作不知情。因為在趙爾豐的幕僚中，趙爾豐信任的親信文書傅華封是自己最好的朋友，他一定會為林修梅說話。

接著，張鴻升又去見了傅華封，卻反過來為陳渠珍辯護，對林修梅則大加詆毀。他的意思是再明白不過了：想借此機會取代林修梅成為三營管帶。傅華封作為張鴻升的老朋友，自然在趙爾豐面前拼命說林修梅的壞話。趙爾豐一聽，聯想到那天自己詢問陳渠珍被俘一事時，林修梅一聲不吭的態度，頓時對林修梅不滿，認為林修梅作為陳渠珍的上司，明知陳渠珍是受命前往偵察，出事之後，卻不說清真相，有推卸責任之嫌。所以，趙爾豐才故意演出了那天在大帳裡的一幕，其真實目的是試探林修梅是否會說出真相。誰知林修梅相信張鴻升的話，在趙爾豐故意怒斥陳渠珍時依然不吭聲，所以趙爾豐更加憤怒，不僅當場赦免了陳渠珍的貪功冒進之罪，還認為陳渠珍是一片忠勇，於是當場撤去林修梅的三營管帶一職，由陳渠珍繼任。張鴻升機關算盡，不僅害了林修梅，自己的陰謀也落了空。

第二天一大早，陳渠珍按照清軍的慣例，到趙爾豐的大帳中謝恩，同時將藏軍主帥登珠堪布托自己帶回的信呈交趙爾豐。

趙爾豐見到陳渠珍後，先是訓斥了一番，接著勉勵他盡職盡責，最後還交給他一個任務：「你已經與藏軍有過接觸，多少瞭解藏軍的一些情況，本帥交給你一個任務，三天之內，你必須草擬出一份我軍如何進軍的計畫。」

陳渠珍心裡暗暗高興，因為他在進藏前，曾花時間搜集過有關西藏的風土人情和藏軍情況，寫成了一份詳細的進藏計畫書，並且上交了鍾穎。入藏後，對行軍中遇到的諸多問題自然更加熟知，加上這次又親自深入藏軍之中，對藏軍情況更為瞭解。因此，完成趙爾豐的這個命令，對自己來說不是難事。

告別了趙爾豐，陳渠珍回到營地，向鍾穎彙報了自己與趙爾豐見面的情況和趙爾豐的打算。

三天後，鍾穎與諸位管帶和陳渠珍經過反覆研究，向趙爾豐遞交了清軍下一步進軍的計畫。在這份計畫中，陳渠珍建議清軍仍兵分兩路，入藏清軍為前鋒，先占領恩達，然後取道類烏齊、三十九族地區向拉裡進發，而邊軍則直接由恩達沿川藏大道直趨拉裡。兩軍在拉裡會師之後，再視西藏局勢，決定下一步是否向拉薩進軍。在這份計畫中，陳渠珍發揮自己在軍校學習的專長，特意在計畫中附上了自己精心繪出的多幅地圖。

趙爾豐看到這份計畫後非常滿意，隨即下達命令，兩路大軍定於兩天後出動。

臨行前，陳渠珍上門看望了林修梅，林修梅絲毫沒有因為自己被撤職，由陳渠珍頂替自己的職位而有任何不滿。這使得陳渠珍對林修梅的胸懷和涵養暗暗表示欽佩。兩人促膝談心，林修梅向陳渠珍說出自己打算留在昌都，利用親歷西藏的經歷，撰寫一部治理西藏的書，供朝廷在治理藏事時參考，他們一直談到深夜方才分手。

第三天一大早，在鍾穎的命令下，陳渠珍率領三營全體官兵，告別了林修梅，作為全軍的先鋒，向昌都挺進。

第八章 深夜密令

陳渠珍作為全軍的先鋒，從昌都出發後，沿途擊敗藏軍，到達了恩達。藏軍統帥登珠堪布來到陳渠珍軍營相見，沒想到，趙爾豐卻密令陳渠珍……

陳渠珍率三營全體官兵從昌都出發後，當天便抵達了他曾被藏軍俘虜之地——臘左。由於到過前方且被藏軍俘虜過，陳渠珍對沿途地形和藏軍情況較為熟知。臘左前方三十里地就是藏軍主力一部集結之地林多壩。陳渠珍找到幾名當地的藏人，得知此部藏軍仍在此駐紮。

第二天晚上，陳渠珍下令一個尖兵班先行出發，主力隨後跟進，乘夜色向林多壩發起攻擊。林多壩地勢開闊，一條小河橫在村子前面。部隊到達這裡後，陳渠珍分出一支部隊，從小河上游四五里的地方悄悄踏冰過了小河，自己則率主力從正面進攻。黎明時分，兩路部隊到達了藏軍營地前方一處陣地，藏軍卻不知清軍已到營地前，陳渠珍一聲令下，清軍槍聲大作，藏軍官兵從睡夢中驚醒，胡亂套上衣服便拼命逃竄，如潮水般狼狽敗走，陳渠珍部攻占了林多壩。

緊接著，清軍乘勝追擊，兵鋒直指藏軍主力所在之地恩達。這一仗，陳渠珍部擊斃藏兵四十餘人，而己方僅陣亡九人，負傷十七人，算是一個小小的勝仗。消息傳到昌都，趙爾豐聞訊後大喜不已，他隨即下令，讓陳渠珍部按照原定作戰計畫，向類烏齊和三十九族地區前進。

與此同時，趙爾豐派遣的邊軍的三個營也向駐守恩達的藏軍主力發起攻擊，三個營的邊軍趁藏軍不備，分別繞至其兵營三面，然後在夜間一齊進攻，藏軍從夢中驚醒，無力抵抗，只得落荒而逃。

藏軍主力被邊軍主力擊敗後，一路後退早已不見蹤跡。這使得陳渠珍所部的進攻變成了輕鬆的行軍。部隊進入類烏齊地區後，由於已是冬月中旬了，陳渠珍所部清軍這才領略到了西藏腹地惡劣的地形和氣候。

類烏齊一帶的山脈本是唐古喇山脈支系，險峻異常，一路上，清軍都是在冰天雪地的山嶺中緩緩而行。

夜晚宿營時，儘管官兵們都身著厚厚的冬裝，但還是常常在半夜被凍醒，只得再燃起篝火取暖，直到天明。在行軍中，身體強壯的官兵還好些，一些有病的官兵就慘了。陳渠珍為了照顧這些生病的官兵，下令為每一個班配備一匹馬，專門給生病的士兵乘騎。有了這種特殊的照顧，這才使得生病的官兵勉強能跟上隊伍。

這樣一來，個別狡猾的士兵就打起了歪主意。

營中有一位士兵，平時就顯得比別人狡猾，他見雪地行軍如此辛苦，就假裝生病，於是班長就在行軍時讓他騎在馬上。初次進藏的士兵都不知道，由於西藏氣候過於寒冷，人騎在馬上的時間千萬不能過長，中途一定要間歇地下馬，下地行走一段時間，讓雙腳血脈相通、雙腳發熱之後，再開始騎馬。騎在馬上一段時間後，又必須下馬步行，如此反覆。

這名狡猾的士兵，因為不懂這樣的道理，為了多騎馬少走路，便在騎上馬後，長時間不肯下馬。有一天，他一大早就騎在馬上，直到下午宿營時才準備下馬，誰知雙腳被凍僵，竟無法下馬，靠別的士兵把他從馬上抱了下來。當天晚上，他的雙腳開始發紅腫脹，要不是軍醫連續幾天的細心治療，他的一雙腳就廢了。從此之後，再讓他騎馬反而成了一件難事。

還有更好笑的一件事：營部的書記官范玉昆，因年紀已五十多歲了，知道一路上行軍十分艱辛，於是，在出發前，他特地買了一條狐皮圍巾想在路上保暖，因狐皮圍巾漂亮，范玉昆還不讓官兵們隨便亂摸。范玉昆下巴留有鬍鬚，平時與陳渠珍等人開玩笑時，常常用一把美鬚在無鬚的陳渠珍等人面前炫耀。有一天夜裡特別冷，早上部隊出發時間又早，一路上大雪瀰漫，范玉昆和其軍官一樣，騎在馬上行軍。下午時分到了宿營地，范玉昆也下了馬，可是，當他試圖解開圍在脖子上的狐皮圍巾時，沒有想到的事發生了：由於天氣過於寒冷，范玉昆一路呼吸出的水汽凝結成冰，竟將狐皮圍巾上的狐毛與鬍鬚緊緊地凝結在一起，無論如何也無法解開。幾名年輕的軍官對他開起了玩笑，他們故意幫助范玉昆解開鬍鬚，可是稍稍一用力拉開與狐毛緊緊凝結在一起的鬍鬚時，范玉昆卻像殺豬一樣痛得大聲喊叫，引得周圍的士兵們大笑不已，一名軍官竟笑得肚子痛得蹲在地上。最後，還是陳渠珍命人把范玉昆扶到火堆旁烘烤好半天後，待狐皮圍巾與鬍鬚間的冰化開，范玉昆這才得以解脫。從此之後，此事成為了大家取笑范玉昆的話題。

部隊繼續朝昌都西北方行進，不幾天便進入了霍爾三十九族的地界。

霍爾三十九族地區位於昌都西北部，是一塊極為特殊的地區。它是西藏北部牧區三十九個部落的總稱，有納書克貢巴族、畢魯族、奔盆族、達格魯族、拉克族、色爾箚族、箚嘛爾族等。霍爾三十九族地區縱橫千餘里，人口約有十餘萬。早在元朝時，蒙古人古潤烏倫台吉統治了霍爾德地區，成為第一代霍爾王，之後連續經過八代霍爾王的統治，最後形成了現在的霍爾三十九族地區。清廷控制西藏後，霍爾三十九族地區又成了清駐藏大臣的直轄地，大清在這個地區分設有「千戶」、「百戶」管轄，由於這個原因，這裡的藏人對漢人極為友好。也正是這個原因，霍爾三十九族的藏人，素來與前、後藏（註1）藏人的關係不甚和諧，陳渠珍率軍進入霍爾三十九族地區後，才慢慢體會到了這個地區的藏民對漢人的友好態度。

霍爾三十九族地區比類烏齊地區地勢更高，正是由於地勢高峻，這裡氣候比類烏齊地區更加寒冷。尤其是遠處那些白雪皚皚高聳入雲天的山嶺，使人頓生敬畏之心。然而，這個地區地勢雖高，卻不像類烏齊地區那樣遍布高山深谷，這裡地勢比較開闊，此時雖是冬季，到處冰天雪地，但沿途不時可見星星點點散布在高原上的農田、村莊。駐藏大臣在這個地區有十餘個馬站，每個馬站約有一天的路程，專門接待來往的官員與行人，陳渠珍的部隊，沿途都得到當地夫役、糧草和馱牛等接濟。

經過一個多月的艱苦行軍，臘月二十八日這天，歷經千辛萬苦的陳渠珍才率軍抵達拉裡。

拉裡是川藏路上一個重要的驛道，屬於趙爾豐的川邊管理。這裡常住居民近千人，有不少來自四川、雲南等地的漢人。看到漢人的面孔，陳渠珍內心不禁倍感親切。

在拉裡，陳渠珍從當地漢族官員的口中，瞭解到了前方藏軍的情況：

原來，從臘多一直後退的藏軍主力，經邊軍和陳渠珍的新軍打擊後，在五天前已經通過拉裡，向拉薩方向繼續後退，統兵頭領登珠堪布則率部分藏軍從南路繞道回拉薩。

陳渠珍對此半信半疑，因為他和登珠堪布接觸過，知道他素來膽小謹慎，不會扔下藏軍主力，自己跑回拉薩。

就在這時，陳渠珍接到鍾穎的命令，要他迅速率軍趕到江達。

原來，藏兵退至江達之後，其先頭部隊兩千餘人，在距拉薩七十里處的烏斯江設壘固守。又有一部約三千人，已退入工布地區。統兵的登珠堪布尚落在後面，還沒有到達。鍾穎命令陳渠珍率部到江達之後，一定要嚴加戒備等等。

由於要準備糧草，加上已到了除夕，陳渠珍決定讓官兵在這裡過一個年，第二天再率軍出發。

除夕之夜，陳渠珍按照內地時吃年飯的慣例，同營部職員一同宴飲，歡度除夕。

一行人剛剛吃完年夜飯，就聽到軍營後方傳來一陣急促的槍聲。陳渠珍連忙喚過護兵班長張子青：

「你帶人去看看，究竟發生了什麼事？」

「是——」

張子青向陳渠珍敬了一個軍禮，急忙帶人出去了。

張子青走後，陳渠珍已無心吃飯了，他下令眾軍官分頭回各自的部隊，準備迎敵。

就在這時，張子青返回大營，陳渠珍連忙向他詢問情況。

張子青上氣不接下氣地回答道：

「報告大人，情況已經弄清楚了，是一隊藏軍企圖趁我軍過年時，對我軍進行偷襲，現已被擊潰，我軍還抓獲藏兵一名。」

陳渠珍大喜不已，吩咐道：「快把俘虜押進來！」

話音剛落，兩名清軍押著一名藏兵就進了大營，陳渠珍對其進行了審問，這一問才知道，統率這支藏軍的竟然是自恩達脫逃之後棄軍逃走的登珠堪布。而且陳渠珍還從俘虜口中得知，藏軍根本不是襲擊清軍，登珠堪布是想要率藏軍繞道回拉薩。

聽說是陳渠珍在這裡駐兵，於是便急著過來與陳渠珍相見，不料與清軍發生誤會，雙方交了火。

陳渠珍一聽大驚，連忙派張子青帶人前往藏軍營地，請登珠堪布進營。

陳渠珍之所以如此，是有自己的想法的。

他知道，登珠堪布是這支藏軍的統領，又是十三世達賴喇嘛和藏方信任之人，如果自己控制了登珠堪布，就等於在一定程度上控制了這支藏軍。很快，張子青將登珠堪布帶到了營帳，陳渠珍連忙與登珠堪布熱情相見，並吩咐立即設宴，準備好酒好菜，親自為登珠堪布壓驚，這使得登珠堪布感動不已。

當天，登珠堪布在陳渠珍的殷勤招待下，喝得酩酊大醉。

陳渠珍待其睡下後，喚過張子青，讓他帶人在堪布的營帳周圍嚴密布防，防止登珠堪布離開清軍營地。

這一切做完後，他將登珠堪布已被自己控制一事，向在拉薩的駐藏大臣和趙爾豐分別發去密電。

第二天一大早，陳渠珍親自陪同登珠堪布，一起向江達進發。

一路上，陳渠珍與登珠堪布相處得極為親熱，招待也盡心盡力。

經過三天的行程，終於到達了江達。

江達是西藏大鎮之一，藏語意為「大穀口」，是西藏歷史的古城之一，其歷史可以追溯到唐朝和吐蕃聯姻時期。元朝時，這裡開始設立驛站，當時是內地經西藏東部通向拉薩的必經之地。清朝統治西藏後，這裡更成為清軍的重要驛站，又是周圍的物資集散地，市面極為繁華興盛。這裡常年有居民百戶，加上附近的寺廟僧眾，約有千人以上。就在陳渠珍率軍到達江達之前，藏軍在這裡企圖進行抵抗，他們先是焚燒了駐藏大臣囤積在這裡的大批糧草，還在街上進行了搶掠。後來見清軍勢大，便逃離了江達。陳渠珍率軍到江達之後，發現街面上靜悄悄的，遠遠望去，一片荒涼景象。於是，他下令部隊在此駐紮下來，並派人去前方偵察藏軍情況。

就在陳渠珍部到達江達的第二天，趙爾豐屬下的邊軍三個營，也風塵僕僕地趕到了江達。有了這三個營的邊軍支援，陳渠珍的心總算放了下來。

在抵達江達的第八天晚上，陳渠珍突然接到了趙爾豐寫來的一封密信，他摒退左右，拆開密信，只見信中寫著八個大字：速將堪布暗中處決！

陳渠珍大吃一驚，他萬萬沒有想到信中竟會是這樣的內容。在與登珠堪布接觸的這些天裡，他覺得登珠堪布無論從哪方面講，都是一個好人，他並不像西藏其他與大清離心離德的官員那樣當面一套背後一套。這樣一個人，現在又在自己的掌握之中，為什麼一定要殺掉他呢？

陳渠珍是湘西人，記得大清有這樣一種說法：天下民風強悍莫過於湖南，而湖南民風強悍的，又莫過於湘西。作為一個湘西人，陳渠珍在這些年的軍旅生涯中，自認為是一個硬心腸的人，可是現在要他殺掉登珠堪布這樣一個絲毫無過錯的人，他卻於心不忍。

然而，他的這種想法只是一剎那間的事。他想，這就是政治上的較量。他不過是大清的一個下級軍官，有關西藏大局的問題，他是不完全明白的。不過有一點他是知曉的，那就是趙爾豐一定是從西藏的大局出發，才下這個命令的。

陳渠珍猜想得沒錯，西藏的局勢，此時已發生巨變。

原來，就在清軍剛剛到達昌都之時，十三世達賴喇嘛已經從北京返回西藏。他經過前幾年那次英印大軍長驅直入西藏，兵臨拉薩城下後，就對大清國勢衰弱、英國的強大有了進一步的認識，開始產生了靠近英國的打算。就在十三世達賴喇嘛回到闊別五年的拉薩之後不久，傳來了清軍加快進入西藏的消息，尤其是聽到鍾穎率清新軍兩千人，正在經入藏大道直奔拉薩而來的消息後，十三世達賴喇嘛心裡更加不安。儘管駐藏大臣百般安撫十三世達賴喇嘛，但他還是心存顧慮。在這種敏感時節，西藏的二品僧官，也是十三世達賴喇嘛信任之人的登珠堪布，就成了清軍的一塊燙手山芋。如果放登珠堪布回拉薩，登珠堪布勢必會成為與朝廷對抗的人。但是又不能公開處決登珠堪布，因為這一定會成為十三世達賴喇嘛反叛朝廷的藉口。於是，趙爾豐就向陳渠珍下達了祕密處決登珠堪布的命令。

當天半夜，陳渠珍派人祕密將登珠堪布處決。

就在這時，協統鍾穎率入藏清軍的主力也抵達了江達。聽到這個消息後，駐守烏斯江的藏軍自知無法與清軍對抗，於是倉皇撤退。與此同時，清軍也聽說噶倫夏紮•邊覺奪吉征在其家鄉——工布地區的窩冗噶伽集結了數千人馬，準備反擊清軍。於是，鍾穎考慮再三，決定令陳渠珍迅速率所部向東挺進工布，占得先機，自己則率一千多名清軍，徑直向拉薩進發。

工布地區位於江達的西南方向，轄地縱橫八百餘里。東面緊接西藏最為神祕、獨立的波密地區，西南與號稱「野番地」的地區相接。工布之所以出名，還在於它西邊的小鎮阿冗噶伽，是噶倫夏紮•邊覺奪吉的家鄉。在工布的中心，有一個叫做腳木宗的地方，從腳木宗一直往東，騎馬走四天，就到了德摩。

本章註解

① 習慣上，藏區按方言劃分可以分成衛藏、康巴、安多三部分。以拉薩為中心向西輻射的高原大部叫做「衛藏」。這個地區是藏區政治、宗教、經濟、文化的中心。衛藏又分三塊：拉薩、山南地區稱為「前藏」，日喀則地區則稱為「後藏」，整個藏北高原稱為「阿裡」。歷史上，前藏是達賴的地盤，後藏是班禪的地盤。念青唐古喇山——橫斷山以北的藏北、青海、甘南、川西北大草原叫做「安多」。安多藏區範圍大致相當於青海省的海北、海南、黃南、果洛四個藏族自治州，甘肅省的甘南藏族自治州和四川省的阿壩藏族羌族自治州北部。「康巴」藏區範圍相當於川西的甘孜、阿壩兩個藏族自治州、西藏的昌都地區和雲南的迪慶藏族自治州。

第九章 割麝取香

陳渠珍參加了打獵活動，不僅獵到了可口的藏馬雞，還捉到了一隻珍貴的林麝，並目睹了藏人製作麝香的整個過程……

就在陳渠珍進駐工布地區期間，西藏局勢又發生了重大變化。

宣統二年藏曆正月十二日這一天，鍾穎率入藏清軍一千多人進入了拉薩。此時，正值拉薩大昭寺舉行默朗木大會，兩萬多喇嘛雲集拉薩，清軍進入拉薩城中後，駐藏大臣聯豫派出自己的衛隊迎接入藏清軍。聯豫的衛隊長期以來因為人少，受夠了藏方的欺負，這下見來了自己的大軍，膽氣頓時大了起來，平日裡積壓的憤怒化為了暴行。他們在拉薩城內毆打政府官員，向藏軍開槍，還向大昭寺和達賴喇嘛居住的布達拉宮等處射擊，引起城區秩序大亂，令西藏各界十分恐慌。

剛剛回到拉薩僅兩個月的十三世達賴喇嘛，見自己的安全難以得到保障，就在周圍一些親英人物的慫恿下，決定連夜悄悄逃離拉薩，直奔印度。

當天正午，十三世達賴喇嘛在布達拉宮召見了噶丹池巴策墨林活佛，令他擔任攝政，代理自己管理西藏政教事務。隨後，十三世達賴喇嘛在隨從的護衛下，連夜離開了拉薩，一行人渡過拉薩河後，向南直奔印度方向而去。

駐藏大臣聯豫得知十三世達賴喇嘛離開拉薩的消息後，急忙派出一百多名騎兵追趕，在離拉薩不遠處的曲水宗，清軍與剛剛過河的十三世達賴喇嘛的護衛發生戰鬥。藏軍在十三世達賴喇嘛的侍衛官達桑占東指揮下，借助拉薩河，阻擊了清軍兩天，擊斃清軍十餘人，從而延滯了清軍追擊的速度，十三世達賴喇嘛這才得以脫身。接下來，十三世達賴喇嘛日夜兼程前進，經羊卓雍湖畔的桑頂寺、帕里，最後到達了邊境小鎮亞東，此時，清軍也尾追到了帕裏。十三世達賴喇嘛在英國人的誘騙和協助下，離開了亞東，經錫金到達了印度的大吉嶺。

十三世達賴喇嘛離開拉薩、出逃印度後，朝廷宣布革去他的名號，命令駐藏大臣聯豫另尋轉世靈童替代，此舉對佛教界和社會震動極大，引起中外佛教界人士的強烈反對。朝廷為了緩和各界情緒，一方面責備駐藏大臣聯豫，另一方面將駐藏幫辦大臣開缺。此外，還將趙爾豐從川邊大臣職上調任四川總督，以緩和西藏中上層人士唯恐趙爾豐在西藏推行「改土歸流」政策的擔憂。但是，趙爾豐並未赴成都就任新職，而是繼續滯留在西康，積極進行「改土歸流」，並計畫將工布地區以東、打箭爐以西，包括昌都地區在內的廣大地區籌建為西康行省。

沒幾天，陳渠珍接到拉薩的命令，讓他率部前往窩冗噶伽，查抄反對朝廷、跟隨十三世達賴喇嘛出逃印度的噶倫夏紮•邊覺奪吉的家產。陳渠珍一共查抄了夏紮•邊覺奪吉的三十多處莊房，每莊有牛羊數百或千頭不等，倉庫中儲藏的麥粟等物數千斤不等，此外，還發現了大量奇珍異寶。其中有一部寶貴的一百零八卷的《甘珠爾經》，經文全是由赤金所寫，是一件稀世珍寶。

陳渠珍在工布地區駐紮了兩個月之久，在此期間，他四處巡視各地藏民村寨，安撫百姓，並向一些極貧的藏民提供糧食。清軍所需的糧草和夫役，陳渠珍都按價付錢。而且，他還嚴令部下禁止擅自進入民房及喇嘛寺。他的這些所作所為，受到了工布地區藏民的歡迎，工布地區反對朝廷的大小敵對勢力也很快得以肅清。

不久，陳渠珍接到率部開赴工布以東德摩的命令。

陳渠珍到達德摩後，受到了親大清的德摩第巴一行官員和當地藏民的熱烈歡迎。

在德摩的日子，是陳渠珍入藏以來過得最為輕鬆自在的時光。

清軍駐地是一片大草原，每天早上，陳渠珍都要親自訓練自己管轄下的這一營官兵，從體操、瞄準射擊到跑步，都要做得一絲不苟。而每次訓練，都會引得成百的藏民圍觀。尤其是那些藏人小孩，更是對清軍的訓練感興趣。如果天氣好時，還會有一些老人三三兩兩地前來觀看，但清軍們最感興趣的總還是那些年輕姑娘們，每逢她們到來，操練起來總格外地起勁。

由於西藏高原地勢太高，清軍官兵常常忍受不了長時間高強度的訓練，陳渠珍自然知道這一點。因此，他只在每天早上訓練兩小時左右就讓官兵們回營休息，下午官兵們可以自由活動。

大家最熱衷的活動就是上山打獵。軍隊駐地不遠處就是一大片綿延數十里的森林山地，其間夾雜著大片大片的草原，由於地廣人稀，森林中和林間草地上有各種野生動物。此時正是冬季，是一年中最好的狩獵季節，沒有多久，陳渠珍就愛上這個活動。

一個冬季晴日，德摩第巴邀請陳渠珍到一處名為麝香溝的地方獵麝，陳渠珍爽快地答應了。一大早，多日來陰沉沉的天空上，竟然出現了湛藍的色彩。東邊山頭上初升的朝陽，已經露出了半個臉，幾朵淡淡的白雲，慢慢地在藍天上移行。心情極好的陳渠珍帶著范玉昆、張子青和幾名衛士騎著馬，來到了德摩第巴家門前，和等待已久的德摩第巴及管家、家丁和下人匯合後，二十多人的隊伍一溜煙離開德摩，朝著大森林方向跑去。

眾人騎馬行進在林間山路上，心情格外輕鬆。起伏的小山長滿了密密的松樹，松林被白雪覆蓋，像一幅巨大的白色絨毯，一直延伸到遙遠的山峰下。遠處河流蜿蜒曲折，在密密的松林中時隱時現，兩側河岸上滿是積冰，在陽光的映照下，升起一條條細長的夢幻般的薄薄霧帶。

一行人邊說邊走，不一會兒就轉進了一條通往森林深處的小路。小路兩旁的松樹高大而茂密，穿過這片松林，眼前出現了一片不大的雪坡，積滿了厚厚的白雪，馬匹在厚厚的積雪中行進，顯得很吃力，大家只好下馬步行。

一路上，這些人在狩獵經驗豐富的德摩第巴和傭人的帶領下，在林間雪地中不時獵到了一些小動物，有幾隻野兔和一隻雪白的藏馬雞。

陳渠珍還是第一次見到西藏的這種特殊的白色野雞，它長得非常漂亮，特別是它的尾羽，下垂時酷似馬尾。

陳渠珍不禁感嘆道：「真是漂亮啊！」

德摩第巴笑了起來：「本布（註1）沒見過吧？這叫藏馬雞，是我們西藏獨有的野雞。」

「牠的肉味如何？」

「好吃極了，這藏馬雞幼時喜歡吃金龜子、螞蟻、蜈蚣等昆蟲，長大後則改吃嫩樹葉、花蕾、草籽、草根等植物，偶爾也偷食藏人種的青稞和小麥，正因為牠的食性特別，故而肉味非常好，過會兒請本布嘗一嘗就知道了。」

德摩第巴說完後，陳渠珍仍不停地向德摩第巴詢問藏馬雞的一些習性，德摩第巴見陳渠珍對藏馬雞這樣感興趣，繼續對他道：「藏馬雞分為藍馬雞和白馬雞兩種，本部是沒見過藍馬雞，牠才叫漂亮呢！牠們的尾巴都是深藍色的，有金屬般的光澤，頭和腳呈紅色，眼圈就像兩個鮮紅的太陽，耳毛特長而且聳起。如果我們今天運氣好，也可能打到。」

德摩第巴一席話，說得陳渠珍心癢難耐。

眾人分散開來，向山林中進發，開始尋找獵物。陳渠珍跟在德摩第巴的身後，在林中雪地上深一腳淺一腳地走著。德摩第巴不愧是打獵的好手，一個時辰不到，又帶著陳渠珍他們打到了好幾隻野兔和兩隻雪白的藏馬雞。

正當陳渠珍興高采烈時，在他們正對面白茫茫的山坡林地間上，突然出現了一隻大動物，德摩第巴一見，立即叫了起來：「麝——」

陳渠珍定睛一看，可不是嗎？在潔白雪地的映襯下，只見眼前一隻大麝，通體棕黃，面頰灰褐，兩條白毛條紋從頜下直連腹部，看起來十分漂亮醒目。

一眨眼間，麝已經跑進了左邊的密林中了。

「呀喝——」眾人立刻策馬追了上去。

大家兵分兩路，從左右兩側包夾，力圖將麝趕出樹林，好在前面的雪坡上活捉牠。陳渠珍也精神全來了，和范玉昆、張子青跟在眾人後面，打馬追了上去。麝在眾人的圍趕下無路可逃，只得重回雪坡。牠看到人們步步逼近，驚恐萬狀，像野兔一樣來回奔跑，行動迅捷無比，企圖衝出眾人的包圍。但奈何，陳渠珍等二十餘人已從四面八方擋住了麝的退路，倒楣的麝只好在人群中央不斷來回奔跑，不一會兒，就被弄得筋疲力盡，最後被活活捉住。

幾名藏族人立刻將麝按倒在雪地上，從腰間拔出利刀，直插牠的腹部，接著連皮剜下了整個肚臍。一眨眼的功夫，一團血淋淋的東西出現在陳渠珍的眼前。

原來，他們是在割取珍貴的麝香。

這一幕看得陳渠珍目瞪口呆，他是生平第一次親眼看到這樣殘忍地割取麝香。

麝香有特殊的香氣，可以製作高級香料，如果在屋內放一點，使會滿屋清香，而且香味持久。它更是極有價值的名貴藥材，性辛、溫、無毒、味苦，入心、脾、肝經，有開竅、辟穢、通絡、散淤之功能，主治中風、痰厥、驚癇等。但有一點，懷孕的婦人絕不能嗅到麝香味，否則極易造成流產。自從入藏以來，陳渠珍透過沿途藏人頭領的饋贈和自己購買，已經有了近百顆麝香。他見過的成品麝香都是球形、外形呈扁圓形或柿子形，如同一枚家鄉的油桐子大小，它們的開口面略扁平，密布灰白色或棕褐色而細短的毛，呈一種不規則的漩渦狀排列，中央有個非常細小的孔，內行人稱為囊口。麝香背面，也就是藏在麝腹內的部分，則是一層微皺縮而柔軟的內皮，棕褐色略帶紫色。如果剖開，囊內淡黃色質地柔軟，微有彈性的麝香精華——麝香仁，會散發出一股濃濃的香味。可是眼前這一團血淋淋的東西，陳渠珍實在無法把它和自己見過多次的高貴精品聯繫起來。

「這就是麝香？」陳渠珍指著雪地上那一團割下來的東西，問道。

德摩第巴道：「還不算，回去後還要把它掛在屋內橫樑上，經過幾十天的時間，讓它慢慢陰乾。再將臍部雜質取淨，將毛剪短，然後再挖一個土窯，把麝香放在其中，再用新鮮樹葉包裹，覆蓋一層薄土，最後在上面燒火，用來去除腥味，經此製作之後，才能成為合格的麝香。」

陳渠珍這才大體瞭解了麝香的製作過程。

「那麼，這麝香是如何生長的呢？」

「說來話長了，」德摩第巴想了一想：「麝這種野獸是森林中的精靈，牠不是一年四季都能產香的，只在春夏兩季之間一個較短的時間內才能生成。這是由於牠在此期間，時常側臥在地上，肚臍便會自然而然地張開，於是，牠腥臭的肚臍就吸引一些譬如螞蟻之類的小蟲，這些小東西因為聞到了麝肚臍處的腥臭味道，就會循著氣味，攀爬到麝的肚臍上。這時，麝便會閉緊肚臍，將這些小東西吸收其中，然後又繼續張開肚臍，吸引另外的小東西。時間一長，麝的肚臍間便填滿了蟲蟻等物，後來逐漸轉變為麝香。」

陳渠珍驚奇不已：「這未免太神奇了吧？」

「老一輩人都這麼說，不過，也沒有人親眼看到過。」德摩第巴道。

「那麼，如果是大的東西鑽到麝的肚臍上，麝香豈不是會很大？」陳渠珍好奇地問。

「那是當然的。我們這裡，普通的麝香每顆不過三五錢重而已。而有一種「蛇頭香」，重量都在一兩以上，是麝香中的極品，也叫做麝香之王。是蛇聞到麝臍部的腥臭味之後，爬到了麝的肚臍處，這時，麝便會夾緊蛇頭，不一會兒，蛇就會被悶死，一個多月之後，蛇身會腐敗脫落，但蛇頭仍然含在麝的肚臍之中，時間長了，便成為蛇頭香。」

陳渠珍是受過近代科學教育的人，他對這種類似於神話的傳說似信非信。過了很多年後，他才弄清了麝香的來由，原來，麝香不過是雄性麝肚臍和生殖器之間的腺囊分泌物，根本不是像德摩第巴所說的那樣。

一行人開始準備午餐，他們先在林中一塊避風的凹地上燃起了一堆大火，將整隻麝剝皮剔肉，肉切成長條，再把野兔和藍馬雞收拾乾淨，架在火堆上燒烤。隨著火越燒越旺，麝肉條開始「滋滋」作響，肥碩的麝肉在大火的燒烤下，滴下一串串熱油，滴下的肥油落入火堆中，又使柴火燃得更旺。野兔、藍馬雞的香味也在林間空地上空瀰漫開來。

德摩第巴從火堆上取下一隻烤好的藍馬雞，撕下一隻肥碩的雞腿，遞給陳渠珍：「本布嘗嘗這雞的味道如何？」

陳渠珍從德摩第巴手中接過雞腿，只見這隻藍馬雞腿表皮呈焦黃色，但全然沒有烤糊的那種色彩。剛才陳渠珍就已注意到了，藏族下人在烤雞前，要先在雞肚子裡塞進一把從林間無雪的空地上採下的一種不知名的野草，然後將雞掛在大火堆的旁邊慢慢燒烤，而不是將雞放到大火上直接炙烤。陳渠珍迫不及待地咬了一大口，外酥內嫩，一股奇異的香氣頓時沁入心脾——從沒吃過這麼可口的烤雞！即便是剛入藏時，在行軍路上吃到的貝母雞，也不如手中的這隻烤藍馬雞鮮美！很快，一隻完整的雞腿全進了陳渠珍的肚子。

德摩第巴見陳渠珍吃得如此香甜，索性又撕了半隻雞給他，陳渠珍也不客氣，接過後又立即吃了起來。

大家紛紛從火堆上取下自己喜歡的烤肉條，蘸上作料，一邊欽酒，一邊津津有味地嚼著。

德摩第巴一邊吃，一邊對陳渠珍道：「本布，這裡離我的大舅子、現任德摩的營官加瓜彭錯家不遠，他的夫人燒得一手好菜，我們何不到他家坐坐？」

「有何好菜？你不妨先說來聽聽。」說到有好吃的，陳渠珍可是不會放過的。

「她最擅長做一道用醃酸青菜做湯的魚，味道極為鮮美，據說是一位從黔省東南部苗地來的商人所教，是苗疆特有的一道名菜。有一年駐藏大臣路經此地到拉薩，夫人獻上這道菜，可吃得駐藏大臣讚不絕口。」

陳渠珍聽後，著實難忍肚裡的饞蟲，於是爽快地答應下來。

野餐後，一行人收拾好東西，在德摩第巴的帶領下，沿著一條林間小河邊前進。

在林中雪地上走了十餘里地後，一行人終於走出了森林，來到了一條河前。從這裡望去，遠處竟是一眼望不到邊的草原，河有數丈寬，眾人乘坐一種兩丈多長，寬約一米左右，用一截整木剜刻而成的「船」，平穩地渡過了河。

過河又走了兩里多路，便到了一處極為富麗堂皇，高達五層的藏式碉樓。碉樓四周有一道用土夯築而成的低矮圍牆，德摩第巴告訴陳渠珍，這就是加瓜彭錯的家。走近圍牆大門，聽到動靜的加瓜彭錯已經帶著下人迎了出來，德摩第巴首先向加瓜彭錯介紹陳渠珍、范玉昆和張子青，加瓜彭錯一聽是清軍頭領，連忙鞠躬問好：「今天一大早，我家院子樹上就有喜鵲叫，原來真是有貴客到來，快請進，快請進。」

陳渠珍也隨即答禮：「如此冒昧打擾，還望營官見諒。」

加瓜彭錯手一揮，一位下人隨即將潔白的哈達依次敬獻給陳渠珍、范玉昆和張子青，然後謙恭地請陳渠珍一行人進屋。

在加瓜彭錯的引導下，陳渠珍等人走進了加瓜彭錯家的三樓客廳。

走進客廳，陳渠珍打量了一下室內陳設，只見靠窗沿牆擺著一圈高一尺左右，寬約三尺見方的「卡墊」，形成馬蹄形的環繞形式，在馬蹄形中間，安放一張桌子，一行人坐下後，下人奉上酥油茶，又在桌上擺滿自家製作的果餅零食，招待得極為殷勤。

在客廳喝完酥油茶後，加瓜彭錯帶領陳渠珍、范玉昆和張子青等人上到四樓，參觀他家的大經堂。

入藏這麼長時間了，陳渠珍對藏人的居所已經有所瞭解。有錢藏人的居所一般分臥室、客廳、經堂和廚房等部分。其中經堂屬淨地，專門供奉佛像。一進經堂，陳渠珍等人就被眼前的景象吸引，經堂面積不大，朝東面開有兩扇窗戶，經堂中央矗立著柱子，上部繫著白色的哈達，中部紅色，下繪藍、白忍冬條紋。當然，最豪華的還是佛龕，供奉著釋迦牟尼、度母和金剛三尊高大的佛像。佛龕下放著自家做的酥油花，色澤鮮豔、做工精美。佛龕下部為壁櫃，壁櫃內安放香燭、法器和經卷等物。在經堂的一角，陳渠珍還看到一面懸掛著的法鼓。經堂的四面牆上，掛著十餘張唐卡，佛龕前擺著轉經筒，整個經堂顯得莊嚴而又潔淨。

這時，外面傳來一陣熱烈的鼓噪聲，德摩第巴對陳渠珍和范玉昆、張子青等人道：「大人們都累了，不如到外面放鬆一下！」

本章註解

① 藏人對漢官的稱呼，這裡專指對陳渠珍的尊稱。

第十章 一見鍾情

一場拔竿表演中，藏女西原矯健的身姿，讓陳渠珍念念不忘。

加瓜彭錯家後面是一塊空曠的壩子，壩子的北面是一間破舊的小寺廟，這塊空曠的地面上，已經聚集起了數百名男女老幼。見加瓜彭錯帶著幾位陌生客人到來，圍觀的人群連忙分開一條道路，讓他們走到壩子中央。

殘破廟宇的牆壁上，立有一個簡陋的木製圓形箭靶，箭靶中心用黑泥畫一個如同人拳頭大小不規則的圓圈。數百名村中藏民圍成三面，十來名藏族漢子在離箭靶約一百來步的地方，手執長弓，準備進行射箭比賽。圍觀的藏民都穿著節日的盛裝，男右女左，排列在靶場兩側，陳渠珍一行人興致勃勃地走上前去，觀看這些藏族漢子的射箭比賽。

加瓜彭錯見陳渠珍對射箭興致頗高，便介紹道：「射箭比賽是我們工布德摩地區最為流行的活動之一，這裡山高林密、草原遼闊，狩獵是我們先祖謀生的重要手段之一。後來隨著時間的推移，我們的祖輩靠放牧為生，狩獵活動退居從屬地位，但射箭作為一種傳統的活動，被我們藏民一代一代地流傳下來。現在，德摩地區的藏民們，無論什麼傳統節日，都一定會舉行射箭比賽。」

加瓜彭錯說完，從旁邊一個下人手中取過一張弓遞給陳渠珍，陳渠珍接過後，仔細端詳，只見藏民的弓不是用竹子，而是用牛角做成的，上面繪有各種花紋或圖案，弦用牛筋製成，外形與內地明顯不同。他試拉了一下弓弦，韌性很強，說明這弓力量很大。而箭則與內地的大同小異，也是由羽毛、箭杆、箭鏃組成，箭鏃是用鐵打製而成，一般有棱鏃，箭杆用松木製成，與內地不同的是，箭杆的下方纏有各種色彩的絲線，羽毛大約是禿鷹或山鷹等猛禽的翅羽。

十來名藏族男子按順序站成一縱列，準備依次上陣比賽，而兩旁的青年男女，此時齊聲唱起箭歌，並伴以強勁的工布鍋莊舞蹈，為選手助威鼓勵，把現場氣氛和眾人的情緒推向了高潮。

第一位比賽的選手站了出來，只見他左手持箭，右手拉弓，瞄準前面的圓形箭靶，「嗖」地一聲將箭射出，急如流星的箭飛向了廟宇牆壁上那個木製的圓形箭靶，穩穩地插在箭靶中心的圓圈邊緣。雖然離箭靶圓圈的正中央還有一段距離，但畢竟也算是射中了圓圈，周圍的人們立即發出了一陣叫好聲。之後兩箭，一箭中的，一箭射空，也算是不錯的成績。

第二位選手登場了，這位藏族男子是一位中年人，他的外貌體型不及第一位參賽者那樣魁偉，他連發三箭，卻沒有一支箭射中圓圈。在他之後，又有三名漢子上場射箭，由於距離較遠，仍無一人射中箭靶中心的圓圈。

這時，一位身材高大的漢子上場了，只見他將帽子去掉，露出了盤在頭頂的髮辮，髮辮上的紅絲線穗垂於右耳後，絲線髮辮上套有象牙箍、玉環和鑲有珊瑚、瑪瑙等珠寶的銀飾。身上穿著只有在節日才穿出的用羊皮做成的「紮規」（註1），外套一件用毛料縫製的圓領寬袖長袍——「楚巴」。楚巴領子、袖口、下擺都是豹皮鑲邊，寬約尺許，袖口鑲邊還用白狐皮毛拼嵌，象徵堅固不摧的含義。褲子均為白繭綢縫製，腳穿一雙棕色皮底絨幫的長筒藏靴。他佩有兩把銀刀，一把長約一尺左右的銀刀垂掛於右臂，另一把長約兩尺的銀刀斜插於腹前，活脫脫一副西藏康巴漢子的英俊形象和剽悍氣質。他一上場，圍觀的人們立即發出一陣熱烈的掌聲。只見他一個馬步，將弓拉滿，瞄準箭靶就是一箭，可惜連靶邊都沒能沾上，引得眾人一陣哄笑。他隨後連發兩箭，沒有一箭射中箭靶。他那華麗的服裝、壯實的身材和誇張的射箭手法，與他拙劣的射箭技術形成了鮮明的對比，圍觀的人群中，有人笑得彎下了腰。

當七八名參賽選手全部射完後，德摩第巴見一旁的陳渠珍看得饒富趣味，便道：

「本布久經沙場，用槍肯定準頭極高，莫非對射箭也有心得？」

陳渠珍笑道：「心得談不上，不過是年少時候也玩過弓箭，見了眾人射箭的場面，不免勾起兒時回憶。」

德摩第巴一聽，立即對他道：「既然如此，本部何不一試身手，一來重溫兒時舊夢，二來也讓我等化外邊民領略一下大人的風采。」

一旁的范玉昆面露難色，小聲地問陳渠珍道：「大人，能行嗎？」

陳渠珍笑道：「如此喜慶場面，我也不妨來湊湊熱鬧。」

其實，陳渠珍的心裡是有數的。在他的家鄉湖南湘西鳳凰，由於那裡的男子們都尚武，不少地方都流行射箭的遊戲。陳渠珍從小就把射箭玩得嫻熟，雖然這麼多年過去了，但他在心裡還是有數的，因為他發現，這裡的射箭距離遠不如他家鄉的射箭距離，而且靶子也要大得多。

陳渠珍說完，隨即脫下大衣，露出一身軍裝，從旁邊一位藏族漢子手中接過弓箭。此時，看到外來的客人要參加射箭比賽，而且還是大清的軍官，圍觀的藏人越來越多。陳渠珍也來了興致，只見他拉開馬步，左手持長弓，右手拉滿弓弦，看準靶心，奮力就是一箭，此箭隨即飛向箭靶，最後穩穩地釘在圓形箭靶中心的圓圈內。場上先是一陣沉默，但僅僅過了片刻，上百人一齊發出了熱烈的叫好聲。陳渠珍再次射出兩支箭，全部射在箭靶中心的圓圈內，場上的藏人的叫好聲簡直震破了天。

加瓜彭錯對陳渠珍道：

「想不到本布的箭法如此神勇，真令我等刮目相看！」

陳渠珍謙虛道：「哪裡哪裡，我自從軍之後，已經多年不摸這東西了，不過是兒時在家鄉戲謔時所為，見笑了。」

他的話音剛落，便看見圍觀的人群紛紛散開，向旁邊一條小河邊跑去。

陳渠珍不知是何意，加瓜彭錯連忙對他道：「本布有所不知，他們要去觀看我們當地的一種有趣的活動——拔竿比賽。」

「拔竿比賽？」

這時，一直沒有說話的德摩第巴對陳渠珍道：「這裡的年輕人喜歡騎著飛奔的烈馬，拔起地上的竹竿，誰拔得多，誰就是勝者。」

「哦！」

「本部不妨移步前往一看。」

眾人於是來到了小河邊。河邊是一片長寬各有數里，綿延不絕的草地，沒有被白雪覆蓋，長滿了半乾枯黃綠色的細草，如同毯子一般，河的對岸便是高聳的雪山。

這些天來，陳渠珍還是第一次看到沒有被雪覆蓋的草地。

久居藏地的范玉昆見他感到驚奇，便道：「大人不必驚奇，這是由於當地的特殊地形所致。」

陳渠珍看著范玉昆：「這是何道理？」

「從北面來的寒流到這裡後，由於被對岸這道雪山所阻，致使小河這邊的氣溫較對岸來得高，大雪降到這裡後，融化速度較快，我們到後這幾天，此處一直沒有下雪，原有的積雪漸漸融化，故有此奇觀。」

眾人正說著，河邊的比賽馬上就要開始了，陳渠珍一行人伴著數百名藏人的歡笑聲，來到了比賽場地。只見草地上，每隔三、四十步的距離，就豎立一根高約一尺左右的竹竿。竹竿共有五根，一直綿延數百步。

剛才跳鍋莊的那些年輕藏族姑娘，此時已經換了裝束，她們人人都在腰間束上一根彩色絲帶，袒露右臂，騎在馬上，個個顯得英姿颯爽，等待著比賽的開始。

一位中年男子舉起了手中的小旗——這是比賽開始的號令。

只見一個姑娘揚鞭策馬，在草地上疾馳如飛，當飛奔到第一根豎立的竹竿附近時，她迅捷伏下身子，將插在地上的那根竹竿拔起，圍觀的人群中立即響起了一陣歡呼聲。她隨即策馬奔向第二根豎立的竹竿，但是，當她再次迅捷地伏下身子，準備將插在地上的那根竹竿拔起時，卻拔了一個空，圍觀的人們立即發出一陣惋惜聲。她繼續策馬向前飛奔，連續拔了兩次竹竿，都落了空，最後，她只帶著拔除了兩根竹竿的成績返回。

接下來的幾位姑娘，最多也都只是拔掉了三根竹竿。

作為一名職業軍人，陳渠珍的馬術十分熟練，他知道，在飛奔的馬上拔下插在地上的短竹竿，即使是騎術精湛的軍人，也不是一件容易做到的事，這些姑娘，能拔掉兩三根竹竿，已是十分了得的事了。

就在陳渠珍心裡這樣想時，一位更為年輕的姑娘登場了。

眼前上場的這位姑娘看上去不過十六、七歲的樣子，一頭又粗又黑的頭髮高盤在頭頂，紅撲撲的臉上鑲嵌著兩顆波光瀲灩的眼睛，明豔動人。當她騎在馬上，腰板挺直，神采飛揚，一身合適貼身的藏袍包裹著結實的身體，更給人一種大方莊重、英姿勃發的美感。

陳渠珍只覺得自己的心臟「撲通」直跳，腦中是一片混亂，他只是一個二十多歲的年輕軍官，雖然娶過親，對男女之事早已諳熟，但看到眼前這位美麗的藏族少女，還是使他全然喪失了自治能力。

這位姑娘正是西原。

就在陳渠珍胡思亂想之際，西原已經開始準備拔竿了。

其實，西原已經注意到陳渠珍了。她知道，今天的主角無疑是這位一身戎裝、英俊瀟灑的漢人軍官。

從舅舅加瓜彭錯和桑吉的阿爸德摩第巴一直陪著這位漢人軍官來看，此人必是一位重要人物。她的心裡突然湧現一種難以用言語形容的思緒，一種只有懷春的少女對心愛之人才有的情感。她隨意地瞟了陳渠珍一眼，恰好與陳渠珍的目光相遇，兩人都立即避開了對方的目光。

一聲號令響起，陳渠珍的思緒這才回到了拔竿比賽的現場。西原的視線也已經從陳渠珍身上移開了，她高揚馬鞭，用力抽在馬屁股上，馬兒一受驚，立即揚起四蹄，在草原上奮蹄狂奔。當西原飛奔到第一根豎立的竹竿附近時，她敏捷地伏下身子，伸出右手，一下子將插在地上的那根竹竿拔起。

「好啊！」圍觀的人群中立即響起了一陣歡呼聲，陳渠珍也情不自禁地鼓掌。

此時，騎上馬上飛馳的西原，藏袍一角被高高撩起，猶如一名勇猛的武士，策馬奔向下一根豎立的竹竿，當西原飛奔到第二根豎立的竹竿附近時，她依舊敏捷地伏下身子，伸出右手，再次將插在地上的那根竹竿拔起。

身形敏捷矯健的西原在人們的吶喊助威聲中，一口氣接連拔掉了全部五根竹竿。在人們的歡呼聲中，西原左手高舉五根竹竿，策馬返回。當她經過陳渠珍面前時，故意裝作不經意地看了一眼陳渠珍，一顧盼一回眸，一下子就揪住了陳渠珍的心。

看著躍馬揚鞭，身姿飛揚的西原，陳渠珍的心裡湧起了無限的愛慕。野性與嬌媚並存的這位藏族少女，已經在陳渠珍的心裡植下了根……

比賽結束後，大家回到了加瓜彭錯的家中，加瓜彭錯夫人指揮下人，給眾人一一獻上酥油茶和各種乾果，還有許多陳渠珍叫不上名的麵食，大家邊吃邊談，你一言我一語地議論剛才的所見所聞。范玉昆和張子青尤其稱讚藏族姑娘們體力強健、馬術精湛，當然印象最深的還是西原。

「這位女子不知哪家的姑娘，竟有這般精湛的騎術，實在難得。」范玉昆讚道。

張子青接過他的話：「正是，如此才貌雙全的姑娘，就是到了我們漢人地區，也是萬中選一。」

聽到二人的議論，一旁的德摩第巴笑道：「不瞞二位，此女正是下官的親戚，也是加瓜彭錯的姪女，名字叫西原。」

范玉昆道：「不知芳齡幾何？」

「今年剛滿十六。」

陳渠珍忍不住脫口而出：「如此女子，竟能在飛馳的馬上連拔五竿，即便是男子漢大丈夫，也比她不上。」

陳渠珍這番話，真是聽得加瓜彭錯心裡比蜜還甜，但表面上還是得裝出一副謙遜的表情：「大人抬舉了。山野異族女子，怎比得上漢地那些大家閨秀。」

陳渠珍無限感慨地道：「如此絕色女子，簡直是仙女下凡！」

接著，又談論了一會兒西原，眾人的話題轉到了其他方面。

其實，加瓜彭錯對陳渠珍這次到來懷有極大的期待。

原來，噶廈對工布地區的藏民一直是橫徵暴斂，加瓜彭錯擔任德摩的營官多年，早就心懷不滿。自從陳渠珍率軍進駐工布地區，特別是抄了噶倫夏紮•邊覺奪吉的家後，這種情況發生了根本性的改變。加瓜彭錯希望進一步與陳渠珍或其他駐德摩的清軍將領建立良好的關係，透過和朝廷軍隊的交往，鞏固自己在工布德摩地區的地位。因此，加瓜彭錯道：「本布率大軍進駐德摩，藏民無不歡欣鼓舞。」

陳渠珍道：「哪裡，哪裡，我軍遠道而來工布德摩，未對工布德摩百姓有寸尺之功，實在是慚愧之極。」

「本布這是哪裡話，我德摩地區幅員遼闊，但人煙稀少，物產不豐，西南和南面有野番地阻隔，尤其是東面和東北面的波密多次侵擾，長期以來，德摩百姓深受其害。自從大軍進駐德摩以來，波密這才稍有收斂。」

進駐工布德摩之後，陳渠珍曾請教過當地的一些高僧和官員，初步瞭解了工布地區的情況，尤其是德摩一帶受波密侵擾更甚。而且他還發現，工布地區，尤其是與波密接壤的德摩地區的藏民和官員，一談起波密來，都有一種談虎色變的感覺。

「這波密地區有何本事，使得諸位如此畏懼？」

「唉！」德摩第巴嘆了口氣，「本布有所不知，這波密是一塊特殊的地方，它的面積遼闊，西邊與工布交界，北邊同碩板多接壤，東面一直到丹達，南面則可越過野番地區和白馬崗地區，經珞瑜地區（註2）到印度，人口有數萬之眾。波密的地勢，千山萬嶺，綿延相連，很少有什麼出產，那裡的人民生活貧苦卻生性強悍，這種特性使得他們經常向外掠奪。因為連年受害，那些與波密接壤地區的藏民，對波密畏之如虎狼，一談到波密，人人色變。」

「那拉薩方面為何不對其用兵？」陳渠珍道。

加瓜彭錯回答：「噶廈在歷史上也曾多次對波密用兵，但因波密地勢險峻，加之波密人十分兇悍，藏軍每次進剿均無功而返。無法征服波密，以至於波密竟成既不從屬於西藏又不從屬於大清的半獨立王國。尤其是現在的波密王白馬策翁，為人狡黠，其大女婿林噶更是強悍。」

「那依你看，之所以無法征服波密，原因何在？」

加瓜彭錯略一思索，道：「下官雖是營官，但要說起軍事方面的事來，在大人面前，也只能是班門弄斧了。不過，據下官看來，藏軍之所以無法征服波密，是以下幾個原因所致。」

「你且說來聽聽。」陳渠珍道。

「一是波密地區地域廣大，地形封閉且險峻，到處是雪山環繞的河谷地帶，地形崎嶇，難以通行。這些河谷地帶，大都長著茂密的原始森林，構成天然的障礙，拉薩來的軍隊無法適應這裡的地形。二是波密氣候濕潤多雨，而西藏其他地區則乾旱少雨，拉薩來的軍隊同樣不能適應。三是波密地區物產貧瘠，不能解決自身的吃飯問題，故長年向工布德摩地區掠奪吃大戶，養成了其剽悍好戰民風。四是波密可通過占領的白馬崗地區，經珞瑜地區到印度，與英國人交易，故波密軍隊配備有先進的武器。而拉薩來的軍隊千里迢迢來到波密，後勤供應不足，故多次進剿波密均無功而返。」

陳渠珍聽完加瓜彭錯對波密的這番介紹，覺得非常有道理。但是，西藏軍隊的戰鬥力他是知道的，由於缺少訓練，不過是一群烏合之眾而已。波密軍隊雖然強悍，想也不會比藏軍強到哪裡去。只是加瓜彭錯的這番介紹，讓陳渠珍對波密的自然條件不敢小覷。

陳渠珍道：「這波密估計有多少人馬？」

德摩第巴回答：「波密人口雖不過數萬，平時常備兵也不多，但一旦有戰事，可聚集上萬男子作戰。」

陳渠珍平時也聽到過當地的其他官員和一些寺院的僧侶談論波密的情況，他們都對波密的日益強大和對工布德摩的騷擾表示憂慮。他們認為，如果任其長久如此，不加懲治，這種禍患必定會蔓延到西藏腹地。

想到這裡，陳渠珍對大家道：

「諸位不必煩惱，如此強人強地，本官定將上奏駐藏大臣，全力進剿。」

德摩第巴和加瓜彭錯一聽陳渠珍這話，當即大喜不已，德摩第巴激動地對陳渠珍說道：「本布如能剿滅波密，實為我工布德摩的大恩人。」

眾人正說著，西原和桑吉走進屋來，兩人的手裡都提著酥油茶壺，正準備為眾人續茶。

此時的西原，早已脫去藏袍，換上了一身長及腳面的綠色綢袍，綢袍裁剪得十分合體，凸凹有致地顯露出她姣好的身材，而旁邊的桑吉由於年紀要小些，發育得不及西原豐滿，這更加襯托出西原的成熟與美麗。

加瓜彭錯一見西原，立刻拉著她對大家道：

「這就是我的姪女西原，剛才連拔五竿的就是她。」

西原微笑道：「小女子剛才獻醜，讓各位大人見笑了。」

桑吉低身來到范玉昆和張子青面前，依次為他們續滿酥油茶。從西原一進屋內開始，陳渠珍的眼睛就沒離開過她。西原則走到陳渠珍面前，為他續茶。西原續滿酥油茶後，緩緩站起身來，這時，二人目光相對，西原害羞地低下頭，然後起身離去。

加瓜彭錯見陳渠珍一直看著西原，便對陳渠珍道：「本布既然如此喜歡西原，不如讓她來服侍您如何？」

此話一出，大家當場呆住了，隨即，齊聲叫好，尤其是范玉昆和張子青更是興奮。

陳渠珍只當是在說笑，便也笑道：「好啊！既然營官這樣說，就按營官的話做就是了。」

其實，陳渠珍不過是趁著大家高興，隨口一說罷了。然而，他萬萬沒有想到的是，就是這麼隨口一說，按照藏人的風俗規矩，卻讓他得到了一段曠世情緣。

加瓜彭錯夫人特地為陳渠珍一行人準備好了家宴，各種美味的藏式菜肴擺滿了整整一桌子，都是加瓜彭錯夫人親手烹製的。

陳渠珍看到其中有一道菜，是一盆用醃酸青菜做湯的魚，雖然還未嘗到，但香味已飄進了他的鼻孔。

素來酒量不大的陳渠珍，竟然破天荒地喝了滿滿三大杯青稞酒，結果弄得酩酊大醉。

本章註解

① 藏人的一種武士服。

② 已被印度侵佔，即「麥克馬洪線」以南的中國領土，約九萬平方公里。

第十一章 情定雪峰

南迦巴瓦峰美麗的風景和潔淨的湖水，見證了一段青年男女堅貞的愛情……

屋內死一般沉寂。

在西原家三樓的小經堂裡，大家已經這樣悶坐了半炷香的功夫了。

「弟妹，妳倒是說一句話呀！」

這是加瓜彭錯第三次問西原的阿媽了。

作為西原的親伯伯，加瓜彭錯打心底希望自己的弟媳能同意這門親事。他倒不是完全從政治的角度考慮，也是為西原著想。弟弟去世得早，弟媳一個人把西原拉扯成人，花費的心血可想而知。但他自己又何嘗不是如此呢？加瓜彭錯和夫人不知在西原身上傾注了多少關愛，自己的兒女有什麼好吃的，一定會送一份過來給西原。西原病了，找郎中求藥，都是他親自出面，就連西原的成人禮，也是他一手操辦的。西原家任何大事小事，加瓜彭錯都會代為解決。在他的心裡，他和夫人早已把西原當成了自己親生的女兒，現在遇到了這件事，自然也要為西原的幸福著想了。

說起這件事的起因，還是因為那天招待陳渠珍時，他發現西原對陳渠珍有一種非常強烈的愛慕，而且陳渠珍對西原也是非常喜歡。他是過來之人，這種事一看便明白。事後，他特地問了西原，西原的答覆令他大吃一驚。

「我就是看上他了，而且非他不嫁！」

西藏少女，尤其是姪女西原對愛情的真誠與直率，加瓜彭錯自然是知道的。他多次到過打箭爐、成都，甚至還到過印度，相比起來，英國的少女大方坦然，看不上的男子，她們也會有禮貌地拒絕。而漢人少女則像是深藏在溫室中的花朵，她們少與外人交往，她們把與陌生男子交往看成是有損名聲的事。而藏人少女則不一樣，她們對待愛情熱情似火，在鍋莊上遇到了心儀的男子，就會不顧一切地去愛。而他的這位姪女，則是藏人少女中的典型代表。

「妳與他才見過一面，哪裡談得上非他不嫁。」加瓜彭錯故意說道。

「你不是告訴過我漢人有一句古語，『有緣千里來相會，無緣對面不相逢』嗎？我現在就是這樣一種感覺，我覺得他是這世上最適合我的人。」

「那妳告訴阿達，他好在哪裡？」

加瓜彭錯在內心深處，對漢人有一種特殊的親近感，他的父親曾是一位頭人兼商人，從年輕時候起，父親跟著家裡的馬幫走南闖北，到過內地許多地方，結識了不少的漢人。加瓜彭錯從十六歲起，就跟著父親做生意，在他的眼裡，大多數漢人對藏人是友好的。記得有一年，他和父親帶領馬幫來到打箭爐，父親發高燒說起了胡話，三天沒有吃一點東西，是一位漢人朋友找來了一位老郎中，用中藥治好了父親的病。事後，父親要重謝這位漢人朋友，卻被婉言拒絕。這件事，在加瓜彭錯心裡留下了很深的印象。

正因為如此，他和一些反感漢人的藏官不同，他覺得漢人與藏人本來就是一家，早在贊普松贊幹布時，就娶了漢人的文成公主，漢藏一家的觀念，從小就在他腦子裡札下了根。平時，他也沒少給西原灌輸過這種思想。為此，他也常常不被一些反對漢藏友好的官吏喜歡，特別是最近一些時候，漢藏之間產生了一些矛盾，有的人甚至叫他「藏奸」，但他依然我行我素。為此，夫人多次提醒加瓜彭錯注意，他都不以為然。作為姪女從小就最信賴、最尊重的人，加瓜彭錯的這種思想，必然會影響到西原。

「他英俊、瀟灑。」

「我們工布德摩的小夥子英俊、瀟灑的可不在少數。」

「他有教養、有才華、有氣質。」

「哈哈哈哈——」加瓜彭錯笑了起來，「妳一個小姑娘，知道什麼是教養、才華和氣質，平時聽到大人說了這幾個詞，這下全都用上了。」

西原不高興了，她反駁道：「阿達，你不要取笑我，反正我覺得他哪裡都好。」

「還有一件事，妳可能還不知道吧。」加瓜彭錯對她道：「他可是一個結過婚的男人。」

「這有什麼，他們漢人的男人不都是有幾個老婆嗎？再說了，我們藏族的女人還允許有幾個丈夫呢！」

「還有，他可是一個漢人的軍官，是不可能一輩子留在我們西藏的，妳想過沒有，如果有一天他要返回內地老家，妳怎麼辦？」

「那我當然要和他一起走啦……」

話剛一出口，西原就意識到自己有些魯莽了，這件事八字還沒一撇呢，自己就在這麼大言不慚地表了態，好像陳渠珍就是自己的丈夫似的。再說了，人家對自己是什麼態度，會不會喜歡自己呢？還有，阿媽就坐在自己的身邊，聽到這句話，阿媽的心裡會是怎樣想？阿媽對這件事是什麼態度？這些都還是未知數，而自己卻——

西原有些不自然了，說實在的，她雖沒有和那個陌生的漢人軍官說過一句話，但是，她在心裡已經明明白白感覺得到，他一定會喜歡自己的。那天在拔竿比賽場上，他不是一直盯著自己在看嗎？還有，在阿達家中，她和桑吉為他們倒酥油茶時，他盯著自己看的那副神態，不就已經清楚地表明他是非常喜歡自己的嗎？

女兒和加瓜彭錯的這番對話，讓西原的阿媽心裡像打翻了五味瓶一樣，說不出是什麼滋味。女兒竟然當著她的面，如此強烈地表示喜歡那個漢人軍官，還說要和他一起走，簡直是要了自己的命。說實話，就她而言，她對那位漢人軍官也是很有好感的，雖然那天在加瓜彭錯家裡，她只是和客人們禮節性地見了一面，但那位漢人軍官留給她的印象是非常深的。他不像同齡的藏族小夥子，甚至是那些有錢人家的少爺，而是顯得非常有風度、有禮貌，而且很有教養，看得出來，他一定讀過很多書，不是那種只知道打仗的莽夫。如果他和女兒在一起，僅就外貌上來說，彷彿就是天造地設的一對。她也相信，那位漢人軍官也一定會喜歡自己的女兒的，因為那天她也在後院看到了，當女兒和桑吉進去為客人們奉上酥油茶時，那位漢人軍官那雙一直盯著女兒的眼睛……

可是她轉念一想，剛才那種心情卻蕩然無存了。

丈夫去世這麼多年來，她一個人守寡把西原養大，雖然家境不差，但她也沒少吃苦，她對女兒的感情是無與倫比的。現在，女兒要和一個素不相識的漢人相好，這讓她在心裡如何想得通啊！

與其他的人家不同，她是一個寡婦，只有西原這樣一位女兒，如果女兒和那位漢人軍官好上了，就代表自己將面臨一個兩難的選擇：是將女兒留在自己身邊，還是為了女兒的幸福，讓女兒自由自在地去飛翔。自從去年為女兒舉行過成人禮後，西原的阿媽其實就做好了和女兒分開的心理準備，只是沒想到這一天來得如此突然。

這些年來，她對女兒的婚事是有過打算的，按照她的想法，是要為西原選擇一個上門女婿。工布德摩地區也有這種風俗。而她也很開通，女婿可以由西原自己選擇，將來自己和女兒女婿守在一起，可以享受天倫之樂。但是，她也知道，西原是一個很有主見的孩子，又是一個不安分的姑娘，在婚姻問題上，更是心高氣傲。這一點，她多次在和女兒閒談裡，在聽到女兒和她的好友桑吉的聊天中，就清楚地知道，這也是她最擔心的地方。

而現在，這一天終於到來了。

她想起這一年中的好幾起上門提親的事，最早是當地一位大頭人的兒子，人長得英俊，西原卻說人家呆頭呆腦。有一個是拉薩貴族的大少爺，人品也不錯，人家一眼就看上西原了，可是西原卻說他是什麼『繡花枕頭』。還有一個土司的少爺，對西原也是一見鍾情，可是找人一打聽，此人卻是風流成性……

西原才剛剛十六歲，即使是按照德摩當地的婚嫁習俗，她也還可以等上一兩年。因此，西原的阿媽一直對女兒的婚事並不著急，可是現在事情突然起了變化，而且西原喜歡的還是一位來自內地的漢人軍官，這就不得不令她傷感了。對於自己女兒的性格，西原的阿媽比誰都清楚，由於從小沒有父親，而自己又對西原過於溺愛，故而養成了西原現在這種倔強的性格。剛才女兒的話引起了她的警覺，憑自己對女兒的瞭解，女兒是一位說得出做得到的人。

加瓜彭錯夫人見屋內的氣氛有些緊張，便站起來打圓場，她開口道：「這事我看還要從長計議，最好是讓西原母女倆好好坐下來談談，這不是一件小事，而是關乎西原一輩子的幸福，草率不得。」

一時間，幾個人都沒有說話，屋裡沉悶極了，加瓜彭錯夫人走到窗前，輕輕地推開了一扇窗戶，一股帶著草原氣息的涼風吹了進來，似乎衝淡了屋內沉悶的空氣。

加瓜彭錯看著西原的阿媽：「弟妹呀！妳就說句話吧！」

「我能說什麼，女兒大了，哪裡還會聽我的！」

西原聽出了阿媽這句話的意思，她走到阿媽身邊，挨著阿媽坐下。

「阿媽，您不是一直希望我能找到幸福，一輩子快樂嗎？在桑吉的成人禮那天，您不也和我說過『阿媽只希望妳一生幸福，只要妳過得好，哪怕妳離阿媽幾千幾萬里，阿媽都會高興的』這樣的話。」

「阿媽是這樣想的，也是這樣做的，但是，阿媽不希望妳找一個漢人。漢人就像是水中的浮萍，天空中的流雲，是沒有根的，他們的心在西藏留不下來。我們工布德摩有多少好的小夥子，阿媽也為妳找了這麼多，可是妳為什麼一個也看不上，非要找一個遠到摸不著邊際的漢人。」

「因為我喜歡他——」

「喜歡他？你對他瞭解多少？」

「喜歡一個人不是由時間來決定的，有的人，一輩子生活在一起，卻沒有感覺。有的人，只要見上一面就一輩子不會分開。就像我們在鍋莊上認識的小夥子，又能有多少瞭解？還有，當年阿媽和阿爸，不也是一見鍾情的嗎？」

是啊，當年自己不也是像今天的女兒一樣，鬼使神差地看上了西原的阿爸。自己的阿爸開始也是反對，可是後來——西原的阿媽不吭聲了。其實，她不是想要干涉女兒的婚事，藏族人沒有這個傳統。她只是不希望女兒和一個漢人結婚，因為漢人不可能一輩子在西藏。如果有一天女兒跟隨丈夫離去，那樣一來，她就可能永遠見不到女兒了。

西原有些賭氣道：「反正我一定要和他相好，你們就看著辦吧！」

西原的阿媽有些嚇住了，她知道女兒的性格，只好放軟了口氣，對加瓜彭錯道：「你先瞭解瞭解吧，找個時間，請他來家裡吃頓飯。」

這一天早上，在加瓜彭錯的安排下，陳渠珍和西原相約到林珠措（註1）眺望遠近聞名的南迦巴瓦峰。陳渠珍帶著一名衛士，如約來到了西原家，剛剛走近院子裡時，正在客廳和阿媽、桑吉等待著陳渠珍的西原風也似的撲了出來，桑吉在她的後面連聲叫喊也無濟於事。

「您來啦？」

西原來到院子裡，見一身戎裝的陳渠珍站在那兒，身材挺拔，器宇軒昂，衛士牽著兩匹馬站在一旁。

陳渠珍點點頭。

眼前的西原，與那天在拔竿比賽場上的裝束又不一樣，她今天穿著一件小牛皮做成的合身藏袍，藏袍外套一件紫色的上衣，頭上的小辮攏成一大股，黑油油的頭髮與紅色的絲線編織成一根獨辮，獨辮上紮上了一根通紅的絨線，顯得十分醒目。頂飾是一顆黃色的琅琅，配上一塊綠松石，這種精緻而又簡練的髮型，更能襯托出西原的俏皮與嫵媚。就在這時，桑吉陪著西原的阿媽走了出來，陳渠珍一見，連忙迎上前去，按照藏族的禮節，給西原的阿媽行了一個禮。

「您好！」西原的阿媽向陳渠珍打著招呼。

陳渠珍也恭敬地向她施禮，然後對她道：「您好，一大早就上門煩擾，還請您原諒！」

「你就是那位漢人管帶？」就在這時，桑吉已經來到了陳渠珍面前，她調皮地上下打量著陳渠珍，看得陳渠珍反倒有些不自在。「怪不得西原姐姐對你這樣好，我也喜歡你！」

陳渠珍臉紅了，藏族少女的這種大方開朗的性格，是他從來沒有見過的。內地的鄉間女子，尤其是家鄉湘西鄉間的女子，結婚前連陌生的男子都難見到，見到生人羞得頭都抬不起來，哪裡能像藏族少女這樣愛恨分明。

西原把桑吉拉到一邊：「妳別瘋了，哪有這樣看人家的。」

「喲喲喲，現在就護上了，照他們漢人的話，妳這叫『重色輕友。』」

西原一聽，伸手就往她的腋下搔癢，不等西原的手到，桑吉已敏捷地跑開了，丟下一串清脆的笑聲。

帶上西原阿媽為他們準備的食物，一行人騎上馬，朝著草原深處奔去。

今天，他們要去看南迦巴瓦峰，這是西原提議的。由於路途太遠，他們不可能騎到南迦巴瓦峰山下，但可以在林珠措遠眺南迦巴瓦峰。

陳渠珍早就聽說過這座西藏有名的神山了，前些時候，范玉昆好幾次提出要去看一看，都因軍務繁忙，未能如願。想到今天就能夠看到它，陳渠珍的心裡又多了幾分高興。

西原縱馬和陳渠珍並行，馬兒也許是多日沒能像今天這樣在大草原上盡情奔跑了，顯得十分興奮，牠們揚開四蹄，跑得虎虎生風。陳渠珍見騎在馬上的西原矯健異常，風兒把她的頭髮向後吹起，辮子上那根通紅的絨線，隨著馬兒的奔跑不停地跳躍著，從後面看去，如同一團跳動的火焰。

眼前西原的身影，深深地感染了陳渠珍，和這樣美麗動人的藏族姑娘在大草原上盡情馳騁，他的心彷彿年輕了十歲。

「快追上我！」

西原一邊朝陳渠珍大喊，一邊奮力打馬，她的馬兒跑得更快了，很快和陳渠珍拉開了距離。

陳渠珍身上那種軍人不服輸的勁頭頓時被調動起來，他同樣奮力打馬，馬兒也撒開四蹄，朝著西原追了上去。

「啊呵——」

西原喉管發出的長聲，在這遼闊的大草原上久久迴響，聽得出來，這個十六歲的少女今天的心情是多麼興奮。沒有誰能體會她此時的心情，能和心愛的人這樣在大草原上盡情的馳騁，她覺得自己是世界上最幸福的人，身體輕快得似乎都要飄起來了。

陳渠珍受到了感染，也放開喉嚨，隨著西原盡情呼喊：「啊呵——」

中午時分，西原把大家帶到了離德摩有幾十里地的一處美麗的山谷。

在陳渠珍的眼前，展現出了一幅美麗的畫面：一座巨大的湖泊被群山環抱，籠罩在淡淡的薄霧中。湖泊四周淺水處已經結了冰，一圈雪白的冰層中央，湖心處還未完全冰凍的湖水依然還是藍白色，深深的湖水還在頑強地抵抗著冰雪的侵蝕。湖水的對面盡頭，是綿延不絕的群山，山勢巍峨起伏，山腰以上全被冰雪覆蓋，雖然沒有綠色，卻顯露出一派蒼涼的原始美景。遠處，一座山峰與周圍的山峰比起來，顯得特別高大雄偉，山巔白雪皚皚，雲霧不時自山下升騰而起，更顯出它的壯觀。

「這是什麼山，真雄偉啊！」

陳渠珍被眼前的美景所陶醉，在那座山峰的腳下，雲霧不斷地冉冉升起，這座高大的山峰籠罩在時隱時現的迷霧之中，更顯出它的神祕。

「這就是我們工布這一帶最高的山峰南迦巴瓦峰，我們叫它『羞女峰』。」

紮西在一旁搶先答道。

這些天來，紮西也與陳渠珍混熟了，加上西原從小和他一起長大，從來沒有把他當成下人和奴隸，所以，只要沒有其他人在場時，紮西和西原說話總是很隨便。

「羞女峰！」陳渠珍覺得有些奇怪。

是這樣的，桑吉對陳渠珍說道：「南迦巴瓦峰太高了，它一年到頭總是被積雪遮蓋，加上雲霧繚繞，所以，人們很難看到它的真面目，時間長了，我們這裡的人都把它叫做『羞女峰』。」

「原來是這樣！」

「南迦巴瓦峰還有一個奇特的現象，」西原看著陳渠珍，聲音比平時溫柔了許多：「太陽出來的時候，山上和山腳的水汽就會變成雲霧，遮住了南迦巴瓦峰；到了晚上太陽下山後，這些雲霧就會慢慢散去，這時才容易看清南迦巴瓦峰。所以，看南迦巴瓦峰要在早、晚。還有，南迦巴瓦峰雲霧繚繞，春夏季節極不容易看到南迦巴瓦峰的真面目，可是在秋冬季節，雨水少了，空氣顯得潔淨，人們反而更容易看到南迦巴瓦峰。」

陳渠珍靜靜地聽西原說完，他想，別看這個藏族姑娘年紀不大，懂得還真不少呢！

紮西跟桑吉一邊打鬧著，一邊向湖邊不遠處的一片樹林跑去，陳渠珍則和西原在湖邊草地上坐了下來。遠處的雪山籠罩在淡淡的雲霧中，像一群戴著白帽的老人，一個挨著一個，山勢巍峨起伏，一座山頭連著一座山頭，像一波又一波凝住了的巨浪，與美麗的冰湖交相輝映。湖邊山體上，樹林和灌木叢層層疊疊，一直向上，消逝在雲霧之中。

「美嗎？」西原柔情地問道。

「美極了！」陳渠珍扭頭看了西原一眼，此時的她也正盯著自己看，她那雙火熱的眼神，使得陳渠珍這樣一個結過婚的人幾乎把持不住。

陳渠珍想起了那天，當加瓜彭錯把西原的阿媽邀請他吃飯，以及西原決定要嫁給他這件事告訴陳渠珍時，他簡直不敢相信自己的耳朵。

說實話，那天和范玉昆、張子青第一次在加瓜彭錯的家宴上，加瓜彭錯說出想把姪女西原許配給自己那番話，他只是當家宴上的玩笑話，並沒有放在心上，沒想到竟是認真的……

「西原非常喜歡您，她阿媽想和您見一次面，請您到家裡去吃頓飯，您看如何？」

「西原是個好姑娘，她說了，她是非您不嫁的……」

當加瓜彭錯對他這樣說時，陳渠珍反倒沉默不語了。

對於西原，他的印象實在是太深刻了，西原的美麗大方，是他這些年來沒有遇到過的，雖然他已結過婚……

「給我講講您的家鄉吧，我想聽。」突然一個清脆的嗓音，將陳渠珍從思緒中拉了回來，他扭過頭來，看著西原道：「說些什麼呢？」

「說什麼我都愛聽！」

陳渠珍想了一想，對西原道：「那我就給妳講講我的家鄉和家鄉的女人吧！」

西原睜大了眼睛看著他。

「我的家鄉在湖南湘西鳳凰，古時候又稱鎮筸。湖南是魚米之鄉，可是我的家鄉湘西鳳凰卻是一個貧瘠的山區，是一個苗漢兩族人民雜居的地區（註2）。從蒙古人入主中原的時候起，幾百年來，那裡的苗漢民族和中央政府之間的衝突就一直沒有中斷過。歷任政府都會在我的家鄉駐紮一支大軍，因地名叫鎮筸，故稱為「筸軍」。家鄉的男人也就養成了勇武剽悍的性格，他們從小就去從軍，為朝廷南征北戰，立下了赫赫戰功。每當戰事平息，他們常常帶著朝廷賞賜的黃金白銀、綾羅綢緞衣錦還鄉。那些以性命拚得了一官半職的軍官，晚年解甲歸田後，就在家鄉的沱江邊蓑衣斗笠垂釣，過一種世外桃源的日子。他們走在街上，可以引來無數鄉人羨慕的眼神，就連那些沒有官職的普通筸軍士兵，到了年老體衰之時，也可以在後輩面前自誇一下當年南征北戰的榮耀。這種尚武風氣，使家鄉的男人從小就嚮往當兵的生活，以致當兵吃糧成了鳳凰男子世代的傳統。

我從小就嚮往這些家鄉的英雄，特別喜歡到軍營外面看那些士兵操練，我們一群小夥伴，也常常模仿軍人，在街頭巷尾舞槍弄棒。我們更喜歡看大人們從山上獵取到的野豬或豹子，在村子裡開膛破肚。

然而，這些男人的榮耀，都是建在無數女人的痛苦之上的。我從小看慣了那些丈夫、兒子在外當兵的女人，無論是白髮老娘還是年輕妻子，沒有哪一天不是在對親人的期盼中度過的，她們的心與親人的安危緊緊繫在一起。有的人等了一輩子，等來的卻是令人心碎的噩耗……那種悲痛，不是一般人能夠忍受的。我之所以和妳說這些，是為了讓妳對我和我的家鄉有一個真實的印象，和我們這樣的軍人在一起，妳要比尋常的女人付出更多。」

「我懂，我能做到！」西原語氣堅定地說。

「妳家境富裕，在阿媽的溺愛下長大，剛剛踏上生活的旅途，還沒體會到生活的艱辛，妳對愛情的期待還是一種少女的幻想和衝動——」

「您錯了！」西原打斷了他的話：「我是沒有體驗過生活的艱辛，可是你別忘了，我們藏族姑娘天生不怕吃苦，我們能夠面對生活中的任何困難。哪怕是滅頂的災難，只要是和心愛的人在一起，我們可以跟隨他走到任何地方！」

陳渠珍心中一陣激動，他知道，藏族人是說得到做得到的，特別是像西原這樣把愛情看得高於生命的藏族少女。

「我結過婚，而且我是一個漢人，是一個軍人，隨時隨地都可能倒在槍彈炮火之下，做軍人的妻子，妳將會付出妳想像不到的代價。」

「您不要和我說這些，我們藏族也是一個在馬背上長大的民族，我們是在血與火中成長起來的，身上流有祖先的血。我們只要認定了一個人、一件事，就一定會以生命來對待。對待愛情，我們也是這樣。」

陳渠珍看著西原，根本無法相信這番話是從她這樣一個十六歲的姑娘口中說出來的。

這時，從遠處傳來了桑吉的喊聲──「西原姐姐，你們快來呀，這裡可好玩了！」

清脆的聲音在湖畔四周的山間迴盪，激起一陣陣清晰的回聲，西原和陳渠珍都沒有回應，還沉浸在剛才的對話中。

雲霧依然籠罩著大地，不過，雲層下似乎已經看得見淡淡的紅暈。南迦巴瓦峰巨大的三角形峰體依舊籠罩在朦朧的淡白色霧靄中，從山巔上空騰起的一種縹緲神奇的紫氣，緩緩融入湛藍的天際中。與周圍的雪山比起來，它呈現出一種朦朧的雄姿，給人一種莫名的心靈震懾。

西原不知不覺地把頭靠在陳渠珍的肩頭，一股年輕女性的體香立即沁入陳渠珍的心脾。

看著眼前如此迷人的風光和身邊美麗的藏族姑娘，陳渠珍完全陶醉了。這使他想起青年時讀過的那些描述古人愛情的名篇佳句，那首不知被多少才子佳人吟誦過的《詩經．秦風．蒹葭》，和眼前的美景，還有他的心境，是多麼的相似啊！

蒹葭蒼蒼，白露為霜。所謂伊人，在水一方。
溯洄從之，道阻且長。溯游從之，宛在水中央。
蒹葭萋萋，白露未晞。所謂伊人，在水之湄。
溯洄從之，道阻且躋。溯游從之，宛在水中坻。
蒹葭采采，白露未已。所謂伊人，在水之涘。

溯洄從之，道阻且右。溯游從之，宛在水中沚。
彷彿就在那河中洲……

本章註解

①「措」在藏語中指湖泊。

②陳渠珍家鄉湘西在西元一九五七年更名為湘西土家族苗族自治州，該州也是中國土家族的核心地區之一。由於土家族的民族認定是在一九五七年，故當時湘西鳳凰縣還沒有土家族一說。

第十二章 漢藏婚禮

潑水禮儀、哭嫁歌、「攔車馬」，西原和陳渠珍舉行了一場令人印象深刻的漢藏混合婚禮。

後來的事就順理成章了，甚至一頓飯還沒吃完，西原的母親就認同了這門親事。

經過商量後，雙方決定按照德摩當地藏人的風俗，再結合陳渠珍家鄉的風俗來迎娶西原。

回到軍營後，陳渠珍把結婚日期告訴了范玉昆和張子青，整個軍營都沸騰了。范玉昆成為了這次迎親的總管，他的老家在貴州東部，與湘西毗鄰，風俗習慣相似。再說，他已是五十來歲的人了，經歷的事也多。

在范玉昆和張子青的全力安排下，大夥兒都忙碌了起來。

日子一天天的過去，終於到了迎親的上午。

陳渠珍騎著一匹白馬出了軍營。他頭戴一頂范玉昆不知從哪裡弄到的漢族禮帽，身穿范玉昆在當地現做的家鄉式樣的長袍，肩上斜掛著一根大紅綢，臉上洋溢著幸福的笑容，完全一副漢族新郎官的打扮。在他的身後，范玉昆騎在一匹黃色的馬上，同樣也是禮帽長袍，他們的後面，一名士兵牽著一匹潔白的懷孕母馬——這是按照德摩當地的習俗給西原準備的，象徵著新娘子出嫁後會生下很多的孩子。另有一名士兵帶著藏人常用的彩箭，箭盒上有明鏡、璁玉、珠飾等。幾個曾經在軍樂隊待過的士兵吹奏著熱鬧喜慶的曲調，朝著西原家的方向走去。這一隊由近百名清軍官兵組成的熱鬧離奇的迎親隊伍，一路上吸引了不少藏人。

這時，在西原家大門前，一群孩子站在高處，不停地向遠處瞭望，等待著新女婿前來迎親。

一個時辰左右，迎親隊伍終來到了西原家大門前。

早就等在這裡的西原家請的喜樂班子奏起了歡快的藏樂，看見新郎一干人等到來，女方家的客人們立即湧上前來。男人們上前去問候，婦女們則排成兩行，夾道歡迎新郎一行人。

在范玉昆的陪同下，陳渠珍下了馬，準備穿過人叢，朝西原家的大門走去。

就在陳渠珍剛剛步入人叢的那一刻，一群藏族婦女嘴裡突然發出一陣怪異的喊聲。緊接著，她們身後又出現了三名婦女，每人手裡都提著一隻木桶。陳渠珍正感到納悶，提著木桶的這三名婦女，竟將木桶中的水朝著陳渠珍潑了過去。幸虧陳渠珍在軍中多年，練就了極快的反應能力，劈頭蓋臉的涼水，只淋濕了他的衣袖一角。陳渠珍不顧禮儀，抱頭跑入西原家的大門，這才躲過了下一輪的襲擊。倒是毫無防範的伴郎范玉昆，被澆成了落湯雞。他那副不知所措的窘態，引得女方家的親朋和圍觀的鄰居們大笑不已。

原來，這場在新郎到來時向其潑水的禮儀，是德摩地區的婚禮習俗之一。清水是由雪山上取回的聖潔積雪融化而成，它象徵著吉祥如意。向新郎潑水，意味著新婚夫婦日後互敬互愛，祝福他們的愛情像雪山上的聖水一樣長久，一樣聖潔。

范玉昆換好衣服後，帶著清軍官兵組成的迎親隊伍進了西原家的大門。

待眾人下馬後，西原家人引領著陳渠珍和范玉昆上到三樓，其他人則由女方家的人以酥油茶相待。客廳內，坐著新娘的親友，陳渠珍進去後，先向女方家的每位成員獻上哈達，然後向西原阿媽送上一份「奶錢」，以感謝她對西原的養育之恩。這時，身著絢麗婚服的西原，蓋著新娘蓋頭，由桑吉陪伴，緩緩步入屋內，羞澀地坐在阿媽的身邊。

在加瓜彭錯的引帶下，西原來到了家裡的神龕前，點上了自己在娘家的最後一盞酥油燈。這時，桑吉帶頭唱起了藏族新娘的哭嫁歌，屋內所有的女人都跟著她和起來。這首千百年來每一位藏族新娘出嫁前必唱的歌，節奏緩慢，曲調哀婉，動人心弦。屋內所有的人無不為之感動，西原更是淚如雨下。

我親愛的阿媽呀，
是您懷胎十月生下了我，

您給我成長的香甜乳汁，
您張開翅膀為我遮住風雨，
我在雲朵下茁壯成長。

我親愛的阿媽呀，
如今我已是成熟的姑娘，
就要離開家鄉嫁到遠方，
像一隻展翅高飛的金鳳凰，
離開阿媽去遠方翱翔。

我親愛的阿媽呀，
您的恩情比千年湖水深，
您的恩情比萬年雪山重，
女兒今生怎樣才能夠報答，
珍藏在心底永世不忘。

西原的阿媽此時早已哭成了淚人兒，她和幾個女性親戚站成一排，對著西原又唱起了離別歌。在如泣的離別歌聲中，西原手裡捧著裝有五穀雜糧的福籮，由桑吉攙扶著，跟在阿媽身後，圍著房屋的中柱一連繞了三圈，然後把潔白的哈達繫在了中柱之上。

隨後，西原在桑吉的陪伴下，緩緩走出了屋子，陳渠珍和范玉昆跟在她們後面，西原的阿媽和加瓜彭錯夫婦，還有所有的親戚，一直把她們送到大門口。

范玉昆從張子青手中接過彩箭，繫在西原的背上，表示她已經屬於男方家的人了。接著又把璁玉放在新娘的頭頂上，這塊璁玉被藏族人稱之為「靈魂王」的玉石，表示男方的靈魂已託付於女方了。然後，彩箭交到了前去送親的陪人——桑吉手中。

在西原的阿媽和加瓜彭錯夫婦及所有親戚的注視中，西原騎上了陳渠珍為她準備的那匹懷孕的白馬。

阿媽一直把她送到大門口。

當西原出門時，女方家人一手拿彩箭、一手拿羊腿，站在樓上高喊：「不要把我家的福氣帶走呀！」反覆多次，直到接親的隊伍走遠。

在全是軍人組成的男方迎親馬隊中，女方家中的送親隊伍也十分奪目。走在送親隊伍最前面的是一位手持九宮八卦圖的開路僧人，他穿著一身絳紅色的喇嘛服，在他的身後，是一位手搖銅鈴，向四周彈灑水酒的喇嘛，第二位喇嘛一邊走著，口中還念念有詞。原來，按照藏族的風俗，姑娘出嫁時，要由喇嘛向山神祈禱姑娘出嫁順利。在他們的身後，是騎著白馬、一身喜服的西原。在西原的後面，是長長的送親和迎親隊伍。

行走在德摩廣闊的原野上，西原悄悄地揭開頭上的蓋頭一角，見頭上是碧藍的天空和朵朵白雲，遠方的雪峰如同一個個老人，彷彿在默默地為她今後嶄新的生活祝福，剛才離家時悲愴的心情，此時已蕩然無存。她還悄悄地看了看前面的陳渠珍，只見他騎著馬，身子筆直地挺立著，樣子顯得非常英俊。想到自己今後就要和這個陌生的漢人男子生活在一起，她的心裡不禁湧現一種難以言喻的興奮、激動，也有一丁點擔心，甚至還有一絲恐懼。總之，有一種難以用言語來形容的思緒。

不知不覺，迎親隊伍到了軍營。

進入大門，兩隊分列於大門兩側的士兵高舉起手中的槍支，向迎親隊伍敬上一個整齊的軍禮。進入大門後，迎親隊伍來到陳渠珍的新房前——這是用軍營中一間舊房加以粉刷而成的，一行人全都下了馬。

此時，新房門前擺上了一張小方桌，方桌上放有香燭、酒、帛、一個雞蛋、一升米和一杯茶，有人手拿一隻大公雞，攔住送親人的路，口中念念有詞，然後一刀殺死公雞，一腳踢翻桌子，送親隊伍方可繼續前進。

這個是湘西盛行的「回喜神」儀式，俗稱「攔車馬」。之所以要這樣，是因為人們相信新娘從屋裡出來時會帶著女方祖先的鬼魂，「回喜神」就是為了驅趕新娘身上的鬼魂。

這是范玉昆按照陳渠珍老家湘西鳳凰迎親的習俗安排的。

本來，按照湘西迎親習俗，接下來，新郎和新娘家還要各選一個伶牙俐齒者，湘西人叫做「禮生」，男女雙方兩位「禮生」各自一問一答，從天上地下，人間萬事萬物，大事小事，一直到女方禮生「理屈詞窮」，再也無法對下去時為止，男方家這才撤去方桌，新娘才能進堂屋成親。可是現在陳渠珍獨自一人在外，而新娘又是西藏姑娘，這套禮儀也就免了。

西原在桑吉的攙扶下，緩緩地朝新房走去。

進入屋內後，陳渠珍按照湘西的禮儀，與西原共同遙拜在家鄉的父母，然後拜了天地，最後是夫妻對拜。

由於男方一邊全是軍人，沒有女儐相，於是，伴娘桑吉陪著新娘西原進入了洞房。按照湘西的習俗，拜完堂之後新娘和新郎就會進行「搶床」，所謂「搶床」就是看誰先坐到床上，因為有誰先坐到床上以後就是誰當家的說法。

陳渠珍沒有搶著往床上坐，而是在院子裡招呼賓客，熱鬧的酒席一直持續到傍晚。

當月兒悄悄升起的時候，賓客們總算是散去了，

范玉昆和一夥兄弟把陳渠珍送入了洞房。

本來，按西藏的習俗，新人結婚後，新娘要回娘家居住一段時間，短則一個月，多則要幾個月，有的甚至要住上一年之久，等期滿之後，男方家才能派人接回新娘。到那時，這對「新人」方能住在一起。可是現在，雙方卻依照漢族的規矩，舉行完結婚儀式後，就要同房了。

接下來，就是漢人的「鬧洞房」這個習俗了。

陳渠珍手下的湘西籍官兵早就憋足了勁，他們商量好了，一定要好好地鬧一鬧長官和他的藏族妻子。

在湘西，尤其是在陳渠珍的家鄉鳳凰古城，自古就流行一整套鬧洞房的程序，家鄉人叫它「吵新娘」。它是新郎新娘結婚的當夜，客人們戲弄新娘的一種習俗。

首先是看新娘，也就是客人們在吃完喜酒後，向新郎提出要求看新娘，而新郎決不能拒絕。在進入洞房時，范玉昆當著眾人，先念出四句對新郎新娘的祝詞，然後才讓新郎新娘進入洞房。

陳渠珍在眾人的注目下，來到床前，輕輕地把蓋在西原頭上的蓋頭揭開。

「哇——」

所有的人都不約而同地驚叫起來，其中不少人是故意叫的。

不過，此時的西原也的確是美豔照人；她的臉上薄薄地擦了一層加瓜彭錯從印度給她買回來的香脂粉。

一頭油光黑亮的秀髮，按照當地的婚俗，對半分開梳在兩旁，中間是珠瓔頂髻，數十股小辮披在腦後。小辮上綴滿了玉珠和珊瑚。在綴滿玉珠的頭網上，那一副三角形的巴珠頭飾十分搶眼，幾乎遮住了她的小半邊面孔。髮髻上有一顆名貴的綠色松耳石。脖頸上的短項圈上，配以珠玉穿成櫻珞的長項鏈，層次分明地懸在胸前，更顯出她無限的嬌媚。她穿著一件大紅色的外袍，波紋皺褶上綴著孔雀領花朵，顯得格外喜慶。在她纖纖婀娜的柳腰上，繫著一條彩色的腰帶，凸顯出她那一對高聳迷人的乳房。尤其醒目的是，她那豐潤柔美的手臂上戴著一副海螺鐲。而中指和無名指上，則套著一隻寶石鑲嵌的漂亮戒指。整個人看起來，顯得十分嫵媚和豔麗。。

陳渠珍自己也陶醉了，雖然這些天他與西原經常在一起，但是，看到此時的西原，他還是有一種初次見到美人的感覺。

新人的床帳裡，放著一根軍用蠟燭，在陳渠珍的家鄉湘西，新人的床帳裡是要有一盞紅棗燈的，要由伴娘或其他人把紅棗燈點上，家鄉人叫做「添丁」，寓意著新婚夫妻來年一定會添上人丁。此時，陳渠珍遠在西藏，當地也沒有什麼紅棗燈，只好用軍用蠟燭代替了。

伴娘桑吉緩緩地走過去，把放在床帳裡的蠟燭點燃，紅紅的火苗紅照著新娘西原美麗的臉龐，更顯得嬌媚萬分。

伴娘桑吉扶著新娘西原，和新郎陳渠珍一同站立在新房中央，所有參加鬧洞房的賓客環坐在他們周圍。

由於軍中沒有糖果，范玉昆想出了一個辦法，將白糖化水後，盛在大盤裡，然後放在屋外的冰天雪地中凍上一夜，第二天再將成塊的糖塊切成小塊，包上錫紙，這就做成了「喜糖」。只見西原端著一盤「喜糖」，緩緩走向范玉昆，范玉昆卻故意不拿，而是讓給旁邊的張子青，西原只得又走向坐在范玉昆下一位的張子青。可是張子青依然不拿，而示意西原將「喜糖」遞給再下一位客人，如此循環往返，在房內走了好幾圈，西原手中的「喜糖」最終還沒能送出去。

看著她一臉尷尬，鬧洞房的人都笑開了。

接下來是「吵新娘」了，在官兵們的要求下，西原被迫當眾和陳渠珍擁抱接吻。西原哪裡見過這種陣勢，拼死也不肯和陳渠珍擁抱，可是官兵們哪裡能夠饒過她，在大家起鬨聲中，懂事的西原只好害羞地抱住了陳渠珍。

擁抱接吻結束後，官兵的活動一個接一個，有的提出家鄉有關新人的問題，要新郎新娘回答。有的對新郎新娘惡作劇，張子青和一名士兵還趁新郎新娘不注意時，將一隻好不容易從野外洞中捉到並捆住了手腳的小兔子，悄悄放進了新娘和新郎的被子裡……

最後的節目是官兵齊聲要求新娘和桑吉對唱當地藏人的婚禮歌，兩人應要求唱了起來，那如歌如泣的歌謠，深深地打動了新房內所有的官兵：

英俊的新郎像南迦巴瓦峰上的雄鷹，
美麗的新娘像林珠措快樂的遊魚，
新郎和新娘相親又相愛啊，
像莽莽草原上碧綠青草根相連；
新郎和新娘雙手牽在一起啊，
像茫茫雪山下千年古藤纏大樹。

英俊的新郎像南迦巴瓦峰上的雄鷹，
美麗的新娘像林珠措中快樂的遊魚，
新郎和新娘相互依偎啊，
像水中的鴛鴦一樣相親永遠不分離，
新郎和新娘永遠不分離啊。
愛情像雪山上冰雪一樣地久天長……

夜深了，所有鬧洞房的賓客們都走了，只剩下陳渠珍和西原。

屋內那一大盆牛糞篝火正燃得通紅，使小小的屋內瀰漫著一股熱騰騰的氣息。此時，西原解開了一直盤在頭頂的長髮，剎那間，油光黑亮的秀髮如同瀑布一樣從頭上傾瀉下來，遮蓋住了她的小半個臉龐。

看著西原那張半隱在秀髮下嬌豔無比的臉龐，陳渠珍的心都醉了。

「累了吧？」陳渠珍關心地問。

西原點了點頭，嫣然一笑：「沒想到你們漢人的鬧洞房會是這樣。」

「妳不會不高興吧？」

西原含羞地看了陳渠珍一眼：「怎麼會呢，我很高興。」

「按照你們藏族的規矩，婚禮應該跳鍋莊，而且會通宵達旦，現在讓妳按照我們家鄉的風俗舉行婚禮，真是委屈妳了。」

西原只含笑搖搖頭，閉上雙眼，輕輕地靠在陳渠珍身上，似乎在享受無盡的甜蜜。

陳渠珍摟著她，心裡湧起無限的憐愛：「我一定會好好待妳的，我發誓！」

西原抬起頭來，雙眼發亮地看著他：「您要記得對我的承諾！」

西原曾經要陳渠珍向自己作出三項保證，一是要永遠愛她；二是永遠也不離開她；三是永遠也不拋棄她。陳渠珍聽後十分感動，藏族少女對愛情、對婚姻的要求如此純粹，絲毫沒有沾染上許多漢族少女及家庭看得最重的金錢和門戶。

「妳放心吧，我們湘西漢子，說出的話是要用命來兌現——」

「我不要您說這話。」西原連忙捂住了他的口。

停了一會兒，西原道：「我也會兌現對您的三條承諾。」

陳渠珍接過她的話頭：「一是永遠也不背叛愛情，二是永遠愛我家鄉的親人，三是要永遠敬重我家鄉的妻子。」

西原果斷地點點頭。

陳渠珍感動地把她緊緊摟在懷裡。

夜已經很深了，西原慢慢地將自己的衣服脫下，沒有絲毫的做作，就大方地將一副雪白的軀體顯露在自己的心愛的人面前。

陳渠珍激動地看著美麗的妻子，有一種透不過氣的感覺，呼吸好像都停滯住了。

「我心愛的人兒啊！」他輕輕地呼喚了一聲……

第十三章

獨立王國

在工布東北部有一個名叫波密的地區，這裡山高林密，地形險要，存在著一個綿延了千年的半獨立酋長國……

在波密的腹地，有一個叫做索瓦卡的地方，這裡到處是高山峽谷，懸崖峭壁。就在這險峻的群山之中，聳立了一座嵯峨雄壯，氣勢磅礴的藏式宮殿。它的周圍，有許多低矮的藏式泥房，遠遠看去，猶如眾星拱月。此時正是夜晚，在茫茫天地間，可以看到宮殿裡眾多窗戶中透出的酥油燈光，還有它周圍的那些小泥房，星星點點，與天空中的繁星融合在一起，讓這片土地分外地神祕。

這裡就是第二十六代波密土王白馬策翁的行宮。

宮殿中有一個不大的經堂，是白馬策翁最喜歡待的地方。經堂中央矗立著一根粗大的紅色中央柱，繞過這根紅色的中央柱，經堂正面是豪華的佛龕，佛龕供奉著釋迦牟尼、度母和金剛三尊高大的佛像。佛龕前擺著一個轉經筒，每逢白馬策翁有心事時，他都喜歡轉動一下經筒，可以使他不安的心靈得到安靜。

此時，白馬策翁正坐在佛龕旁邊一張座椅上，低頭沉思著。

他看起來不過四十歲，由於歲月風霜的侵蝕，額頭上已起了深深的皺紋，頭上也出現了白髮。他在等待著屬下們的到來，準備一起商量一件有關波密生死存亡的大事。

早在鍾穎剛剛到達德摩時，就曾經給白馬策翁捎過一封信，信中寫著，朝廷大軍已開到德摩，希望波密向朝廷投誠，以免大軍征剿。白馬策翁立刻給鍾穎覆了信，稱：「我等本來就是大清皇帝的屬民，實無投誠的必要。」將鍾穎敷衍過去。不料現在鍾穎再次來信，口氣要比上次要嚴厲得多，大有不投誠就驅兵進剿的架勢。

白馬策翁很是驚恐，立刻召見幾名最得力的部下，緊急商量對策。

這時，他的大女婿林噶悄悄地走了進來。

「奢可削（註1），波王（註2）等您好久了，請隨我來。」一名僕人立即迎了上去。

這林噶年紀不過二十多歲，身材魁梧，相貌堂堂，任何時候腰間都掛著一把藏式長刀。其人膽大異常，性格暴躁，打起仗來不怕死，在波密可是個赫赫有名的人物。正因如此，白馬策翁才把大女兒嫁給他。

在僕人的引導下，林噶朝著白馬策翁的經堂走去。

進入經堂後，林噶首先向白馬策翁行了一個大禮。

白馬策翁讓他坐下，然後把鍾穎的信遞給他。

林噶看完，把信還給岳父，平時最喜歡說話的他，此時卻沒有說一句話。

經堂內一片死寂，顯然，林噶也被信的內容深深震撼，白馬策翁見林噶默不吭聲，焦急道：「怎麼樣？」

「岳父大人，朝廷此次派遣大軍前來，表面上是要與我們談判，實際上是下了最後通牒。」林噶眉頭深鎖。

白馬策翁一邊收起信，一邊道：「奢可削，你說得很對，朝廷既然興此大軍，一定不會就此罷手。想我波密，自止貢贊普小王子到達嘎朗湖畔以來，已有一千多年的歷史。大清開國以來，我波密表面上歸屬於大清，實際上卻一直處於大清和噶廈都無法過問的境地。這些年來，朝廷內外交困，無力顧及西藏，我們才有今天的偏安。可是自趙爾豐在川邊實行『改土歸流』以來，朝廷對西藏的關注到了一個前所未有的程度，大批清軍進入西藏。十三世達賴佛爺逃亡印度，西藏已成大清直轄之地，我波密自然而然也就成了關注的重點。」

林噶道：「我擔心朝廷會馬上對波密用兵。」

「這是遲早的事，這封信中已說得很清楚了。」白馬策翁繼續說道：「上次我給鍾穎回信，表明我波密本來就是大清的屬民，根本不存在什麼重新投誠一說。可是這次他又來信，態度強硬，擺明是準備對我們動手了。」

「岳父分析得有道理，德摩本來就有數百清軍駐紮，此番鍾穎又親率大軍到來，還要召集我波密各部首領開會，他們一定不會放過我們的。」

白馬策翁想了一想，對林噶道：「我們要做好軟硬兼施的準備，尤其是在軍事上更要做好對付清軍的準備。」

林噶本是一員悍將，對清軍壓境，他早在心裡作好了打算，只是不清楚白馬策翁是怎麼想的。不過，據自己對岳父的瞭解，此人向來就不是一個軟柿子。這些年來，白馬策翁在與西藏軍隊的幾次大戰中，還有與周邊的白馬崗地區及珞巴、門巴人的衝突中，都表現得異常強橫。他猜測，在對付清軍這件事上，白馬策翁決不會束手待斃的。想到這裡，他覺得有必要對岳父表明自己的態度。

「岳父大人，小婿認為，我波密地域廣闊，地形複雜，到處是原始森林和高山峽谷，加上數萬民眾，一旦開戰，聚集萬名勇士不成問題。自從朝廷在川邊實行『改土歸流』政策以來，波密已成為下一個目標，我們只能依靠自己的力量，利用山高林密，和我波密勇士英勇善戰的特性，阻止清軍深入內地，避免生靈塗炭。」

白馬策翁看了看林噶：「你認為我們真能與清軍抗衡？」

林噶道：「清軍從內地萬里迢迢來到西藏，後勤補給極為困難。再說，他們根本無法適應西藏的氣候。而我們——」

白馬策翁打斷了林噶的話：「可是清軍常年在川邊與藏人交戰，戰力強悍，武器先進，恐怕難以與之抗衡呀！」

「岳父多慮了，」林噶道：「我波密也不是軟弱之師。況且開到德摩的清軍並不是趙爾豐手下驍勇善戰的邊軍，而是四川新入藏的學生軍隊，缺少實戰經驗。從武器裝備上看，這幾年，我們向印度的英人多次買進槍支彈藥，並不比清軍差多少。」

林噶的話並未消除白馬策翁心中的憂煩，趙爾豐的邊軍戰鬥力就不必說了，單就這支入藏的學生新軍來說，不久前也曾把藏軍打得一敗塗地，實力不可小覷的。

「清軍槍炮甚利，我方與之相比，實力懸殊啊！」

想到這裡，白馬策翁心裡亂極了。他想獨自待一會兒，便揮了揮手，讓林噶先退下去了。

小經堂裡只剩下白馬策翁一人，他的心緒稍稍安定了些。

剛才女婿的話還在他耳邊迴響，他明白，這一次面臨的是前所未有的考驗，身家性命，波密的興衰和前途，都將取決於自己的決斷。

酥油燈淡黃色的火苗輕輕搖動，白馬策翁的眼前，王國的往事一幕幕浮現……

波密的歷史，可以追溯到很久以前。早在唐代時期，藏王松贊幹布統一了西藏大部，建立了吐蕃王朝，定都拉薩，從那時起，波密地區就成為吐蕃王朝的一部分。到了吐蕃第七代王止貢贊普統治時期，止貢贊普本人被大臣所殺，他的三個王子為避災難，逃到了工布地區，其中小王子逃到波密的嘎朗湖畔，在這裡建立起「波密王朝」，又稱「嘎朗王朝」，並成為第一代「波密王」（嘎朗王）。

西元一二四〇年，第二代波密王在一個名叫嘎朗德巴的地方，建起了一座王宮，起初不過是低矮的藏式碉樓，經過歷代波密王的擴建，成了一座雄偉的宮殿。

到了元末清初，占據青藏地區的固始汗死後，其子孫與西藏地方勢力不和，藏內政局開始動盪。康熙四十四年（西元一七〇五年），固始汗之孫拉藏汗，殺了藏王第巴桑結嘉措，廢黜六世達賴喇嘛倉央嘉措，另立了一位六世達賴喇嘛，引起了西藏僧俗界的不滿。拉薩三大寺僧人暗中與蒙古準噶爾部聯繫，密謀借準噶爾部的力量，推翻拉藏汗的統治。康熙五十六年（西元一七一七年），策零敦多布率蒙古準噶爾軍六千餘人從新疆南下攻占拉薩，殺死拉藏汗，摧毀了和碩特蒙古部在西藏的統治。一支準噶爾軍還占領了嘎朗德巴，焚燒了嘎朗王宮。準噶爾軍退去後，波密王在索瓦卡另外新建起了現在的王宮。

在宗教信仰上，歷代波密王均屬世俗領主，尊崇藏傳佛教噶舉教。境內的另外兩大土著民族，門巴人崇信噶舉教，而珞巴人則信仰佛教。

從地理位置上看，波密自古以來即屬於康區，元代和明代的統治者，都在康區設立行政區，對波密地區進行管理。清代順治、康熙、雍正、乾隆四朝（西元一六四四至一七九五年）經營西藏的同時，也多次對波密地區進行過安撫整頓。到了道光元年（西元一八二一年），波密王國發生動亂，並反抗朝廷。道光皇帝命駐藏大臣派軍進攻波密，經過三年戰爭，最後征服波密，波密王承認是大清皇帝的屬民。但是，到了光緒七年（西元一八八〇年）前後，實力復蘇的波密王開始向附近的白馬崗和珞瑜地區擴張，並很快控制了這個地區。

白馬策翁本不屬於波密王顯赫的家族，他之所以能登上波密王的寶座，是由於一次偶然的事件。

光緒七年（西元一八八一年），噶廈為了打破波密長期的半獨立狀態，開始在波密地區設立政權，此舉嚴重影響到波密的局勢穩定。光緒二十五年（西元一八九九年）的冬天，正是第二十五代波密王紮布・索南央堅統治時期，曲丹瑪和紮丹瑪因爭奪權力而結下仇恨，拒絕服從紮布・索南央堅的命令。紮布・索南央堅上報駐藏大臣和拉薩的噶廈政府，駐藏大臣為了更深地介入波密政局，故派出軍隊緝拿曲丹瑪、紮丹瑪，兩人被抓後，駐藏大臣才弄清原來是內訌，而紮布·索南央堅偏袒紮丹瑪。駐藏大臣為顯示其權威，將曲丹瑪和紮丹瑪一同處死，這引起了曲丹瑪的部屬強烈不滿，將紮布·索南央堅殺死。後來，還是白馬策翁站了出來，在妻子——紮布·索南央堅女兒的支持下，平定了叛亂。由於歷代波密王的王位，並非都是像內地那樣父子相傳，於是，白馬策翁登上了第二十六代波密王的寶座。

在整個西藏地區，波密可算是個獨特的地方，這塊位於西藏東南部，地處念青唐古喇山東段和喜馬拉雅山東端的閉塞山區，幅員遼闊，但是由於山高林密，自然條件的限制，這個地區物產不豐，糧食遠不夠吃，故而波密人把到工布德摩藏區搶劫，當成了一項生財的路子。

白馬策翁自己也不是個安分的人。他掌握了波密的大權後，經常派兵到附近的地區，如東北面的碩般多地區、西面的江達地區和西南面的工布地區進行搶掠。尤其是相鄰最近的工布的德摩地區，更成了受害的重災區。不僅如此，過往商客更是成了波密人搶掠的對象。

噶廈政府幾次派兵進剿波密，都因地形複雜、氣候惡劣等原因，被波密軍打敗。

究竟是降，還是戰，這是白馬策翁必須決斷的大事。

如果降，波密勢必要納入朝廷的直接管轄之下，時間一長，朝廷會不會像對待川邊那樣，在波密進行「改土歸流」。到了那時，波密的自主性也就不復存在了，自己很可能會成為最後一代波密王。

想到這裡，白馬策翁覺得背脊有些發涼，他起身走到屋角，用鐵鉤撥了撥火盆中燒得紅紅的炭火，再回到原處坐了下來。

既然不能降，那就只有一條路了，就是戰。

可是波密一共只有幾萬人，就是把能夠拿起刀槍的男子都算上，充其量也不過萬人。波密常備軍極少，士兵大多數都是山民，缺乏訓練，雖說從印度買回一些先進的步槍，但大多數還是原始的火繩槍和土炮，一旦和清軍開戰，能否擋得住呢？

一個女僕悄悄地走了進來，為白馬策翁斟滿了一碗滾燙的酥油茶，然後悄悄地退了出去。

白馬策翁端起酥油茶，輕輕地啜了一口，又想起了剛才林噶方才說的那些話，轉念一想，清軍的主力已集中在拉薩，開到德摩的不過兩三千人而已。再說了，這支清軍並不是趙爾豐的邊軍，而是缺少實戰經驗的新軍，訓練雖好，卻沒有經過什麼大戰，加上又是第一次入藏，對高原特殊的地形、氣候都極不適應，而波密地區幅員遼闊，到處是崇山峻嶺，深溝峽谷，許多地方都是一夫當關、萬夫莫敵的險地。相比之下，波密軍對地形熟悉，在人數上也占有優勢。而且，此時正是西藏隆冬時節，高山缺氧反應、險峻的雪山深谷，都是清軍難以應付的，波密軍憑險阻攔，清軍未必能深入波密腹地。再說，波密基本上不產糧，清軍無法從當地弄到糧草，時間一長，後勤跟不上，只有撤出波密。

想到這裡，白馬策翁緊張的心情漸漸放鬆開來。

一個方案在他腦中成熟了起來：一方面，派人前往德摩和清軍談判，利用和談拖住清軍。另一方面，在波密全境，包括剛征服不久的白馬崗地區，徵調全波密的青壯男子，兵力集中在德摩方向，阻止清軍攻入波密。

這時，一位貼身男僕走了進來：「陛下，大人們都已到齊，正在隔壁等候您的召喚。」

白馬策翁站起身來，沉聲喝道：「叫進來——！」

本章註解

① 藏官「駙馬」之意。

② 指白馬策翁。

第十四章

隨夫出征

陳渠珍奉命進攻波密，預料會有一場惡戰，打算將妻子暫時送回娘家，不料西原執意隨夫出征……

波密如同一個獨立王國，這是清廷所不能容忍的。聯豫與趙爾豐商量後，決定將收復波密作為籌建西康行省和西藏行省的第一步，便發起了對波密的軍事進剿。

鍾穎率步兵一標，炮兵、工兵各一隊，來到工布地區，準備進攻波密。

在與陳渠珍商量後，鍾穎決定以德摩為出發地，由西向東，向波密腹地進軍，直奔波密王宮所在地索瓦卡。

在出征之前，陳渠珍對身邊的幾個人作了安排。

首先是范玉昆。范玉昆平日為人勤勉，陳渠珍對他的印象一直十分良好。這次進攻波密，無疑是一場苦仗，范玉昆已經五十多歲了，自到了德摩後，與清軍駐地附近的一位藏族寡婦結了婚。儘管范玉昆在貴州已經有了妻子兒女，但畢竟離家多年，現在又孤身一人在西藏，也需要有人照顧。於是，陳渠珍就為其操辦了婚禮。誰知沒過多久，那位藏族婦女竟懷上了范玉昆的骨肉，這樣一來，陳渠珍決定把他留在德摩，不再讓他隨軍打仗了。陳管帶的這個決定，把范玉昆感動得不知說些什麼才好。

范玉昆不能隨軍上前線，可是營裡的文字工作還得有人來幹，於是，陳渠珍想到了營部司書楊湘黔。此人是湘西永順人，年紀四十多歲，為人溫厚謹慎，聰明能幹。平時陳渠珍對他也很關照，兩人的關係一直不錯。在范玉昆因年紀大而不能隨軍到波密前線的情況下，陳渠珍特地將楊湘黔帶在身邊，實際上頂替了范玉昆的角色。

第二個便是張子青。這個早年就在四川雲南一帶闖蕩江湖的哥老會成員，入藏後對陳渠珍可謂是忠心耿耿。加上他為人十分機敏，又有心智，陳渠珍對他十分信任。雖然張子青在陳渠珍面前從不談政治，但有好幾次，陳渠珍都發現他在軍中和一些思想激進的士兵來往，這種舉動，遠遠超出了一個護兵班長的職責範圍。但陳渠珍沒有多想，仍然對他頗為倚重。這次出征波密，陳渠珍考慮到張子青平日裡與上下級關係都不錯，和德摩第巴、加瓜彭錯的關係也很好，就決定把他留在德摩，並且將其提升為營部的後勤總管，負責營裡的整個後勤供應。

最後便是自己的愛侶西原了。

自從與西原結婚以來，陳渠珍可以說是過上了一段極為幸福的生活。兩人住在軍營中，無事的時候，陳渠珍經常陪伴妻子到駐地附近的山上和林間走走。天氣晴朗的時候，陳渠珍便帶著幾個護兵，一同去山上去打獵。有時打到過多的獵物，陳渠珍和西原還特地給西原的阿媽送去一些，女兒和女婿的孝順，讓西原的阿媽感動不已。西原的陽光和開朗，給他帶來了無限的欣慰。

這次出征波密，陳渠珍考慮到西原是一個年輕女子，自然要她留在德摩。

「先生，您這麼做是不合適的！」西原聽到丈夫對自己的安排後大為不滿：「按照我們藏人的規矩，新婚妻子是不能離開丈夫的！」

「我這是去打仗，很危險。」

「正是因為危險，我更不能離開您！」

「妳要是覺得寂寞，我可以暫時把妳送到阿媽那裡，等打完了仗，我再把妳接過來。」

西原看著他：「我是您的妻子，我一定要跟您去波密。我身體健壯，對那裡的地形和人文風俗都十分熟悉，這次出征波密，一定會遇到很多困難，說不定我還能幫上忙呢。」

西原的這句話使陳渠珍心中一震，他想了一想，最後還是同意了帶上她出征。

西原聽後十分高興，摟住陳渠珍的脖子，撒嬌地說道：

「先生，今晚就讓我好好地伺候您吧！」

藏族少女的感情奔放程度和對愛情的忠貞，陳渠珍自結婚以來，已經深深地領略到了……

一切準備妥當後，陳渠珍作為全軍的前鋒，率兵從德摩出發了。

陳渠珍的這個營，按編制應有五百人，可是自從入藏以來，部隊官兵接連生病，減損已達三分之一。臨行前，陳渠珍又留下一部分人守衛德摩，這樣一來，隨他進攻波密的官兵不過兩百來人。但考慮到新軍訓練有素，裝備精良，這些兵力也就不算少了，加上配備的三挺機槍，只要不是波密軍隊全軍來攻，陳渠珍有自信可以應付任何局面。

波密位於工布地區的東北面，德摩到波密最近的邊界村子是一個叫魯朗的小村，距德摩有七十里地。過了魯朗，就進入了波密境內。

陳渠珍率軍從德摩出發不過一個多時辰，便進入了山區。這裡到處是高大的山峰，直插雲霄，沿途也有很多懸崖絕壁和冰山。部隊翻越了長達十多里地的德摩大山，到了傍晚，終於到了魯朗，陳渠珍吩咐全軍在此紮營過夜。

當天晚上，魯朗第巴前來晉見陳渠珍，陳渠珍向他詳細詢問了波密的情況，然後告訴魯朗第巴，明天一早，請他帶著一名傳令兵和一封文告，前往離魯朗約一百里地的冬九，向波密軍的冬久指揮官勸降。

第二天一早，魯朗第巴和陳渠珍所派遣的一名傳令兵離開魯朗，進入了波密。

站在工布地區與波密的交界處，看著傳令兵漸行漸遠的身影，陳渠珍的心突然收緊了一下，心底莫名湧起一種不祥的預感。

「先生，您怎麼啦？」

聽到西原關切的問話，陳渠珍扭頭看了看西原，挽起了她的手，道：「沒什麼，我們回去吧。」

「我覺得您不應該對波密人寄予太多的希望，我們世世代代生活在這裡，和波密打了不下幾百年的交道，對波密人的性格，是非常清楚的。」西原道。

陳渠珍沒有吭聲，他已經想到這一點了，但還是安慰西原道：「放心，不會有事的。」

兩天後，魯朗第巴一個人回來了，陳渠珍這才知道，波密人不僅沒有接受招安，反而殺掉了他派去的那名傳令兵。

陳渠珍萬萬沒有想到波密人竟如此蠻橫殘暴，又驚又怒，立即決定向波密境內進軍。

第二天凌晨四時，天空中還是漆黑一團，陳渠珍便率軍進入了波密。

全軍沿著一條山路艱難前行，山路兩旁是高大的樹木，四周雜草叢生，陳渠珍生怕遇到波密軍隊的埋伏，於是派出偵察部隊，在魯朗第巴的帶領下在前面開道。

誰知一路上竟然沒有看到一名波密山民，更不要說波密兵了。

傍晚時分，陳渠珍吩咐部隊野營。

為了保持聯繫，他決定在此留下一個排的兵力。

第二天，部隊繼續出發，一路上也沒有遇到一個波密士兵，又過了兩天，陳渠珍率軍到了冬久。

冬九是波密境內一個普通的小村子，建在一條河北岸的山包之上。一道綿延六百多里的山脈深深地切入波密腹地。

為了等待鍾穎率領的後續部隊，陳渠珍下令，部隊不再前進，就在冬久駐紮下來。

次日，鍾穎率大軍也到了冬九，陳渠珍向他彙報了這裡的敵情後，兩人商議，決定再給白馬策翁送去一封信，讓他在五天之內來冬九相見。

陳渠珍將信交給兩名冬久山民，讓他們去給波密軍隊送信。

兩名冬久山民走後的第五天，清軍不僅沒有等到白馬策翁，反而偵察到波密軍隊已經在境內大規模集結，其先頭部隊已開始向冬久一帶挺進，顯然，波密王是準備與朝廷大軍一戰了。

鍾穎隨後召開會議，在會上，所有的軍官都主張立即向波密腹地推進，用武力解決問題。

第二天一早，按照前一天制定的作戰計畫，陳渠珍和另一名管帶各帶一個營的官兵，作為全軍的先鋒出發了。

深入波密腹地後，陳渠珍和官兵們這才領略到了波密地形的複雜和自然條件的惡劣。一路上到處是曠野荒山，道路兩旁茂盛的野草竟高達三、四尺，令人害怕的是，草尖上到處是一種細小如針的旱螞蟥，官兵們行軍時，根本無法看清這種旱螞蟥。可是一聽到人的響動，這些旱螞蟥就會迅速蠕動，拼命朝人的身上鑽，一旦接觸到官兵們的皮肉，就立刻刺破人體血管，拼命地吸吮鮮血，一眨眼的功夫，它的身體就會漲大到一寸多長。官兵們苦不堪言，一邊行軍，一邊還要提防、拍打朝自己身上鑽的旱螞蟥，行軍速度大受影響。

走了不到三十里地，陳渠珍只好早早下令宿營。

在西原的建議下，陳渠珍吩咐官兵們將宿營地周圍的野草燒個精光，這天晚上，官兵才得以睡了一個安穩覺。

當天夜裡，陳渠珍和另一名管帶商量，兩個營的官兵一同行進，一旦發生戰鬥，狹窄的地形會使部隊根本無法施展，於是，決定由陳渠珍率本部官兵先行，那名管帶率部稍後跟進，作為陳渠珍部的後援。

第二天，陳渠珍率本部官兵繼續向前推進，兩百來人的部隊行進在崎嶇難行的路上，一會兒上山，一會兒下山地走了十多里地之後，偵察兵回來報告，說發現前面有波密兵阻擋。新軍前部立即停止前進，擺開陣勢向波密軍隊射擊，一時間，山谷中響起雙方激烈的槍聲。

陳渠珍很快來到前沿陣地，他發現對面山上，波密軍隊占盡地利之勢，居高臨下，阻止了新軍的前進。如果從正面進攻，必然會損失嚴重，陳渠珍轉念一想，派遣了一隊弟兄繞到山頭後。幾個時辰之後，槍聲響起，雙方展開了一場小戰，波密軍隊稍事抵抗後，很快就撤走了，消失在密密的山林中。

陳渠珍指揮部隊追擊，一路上，他發現波密兵沿途丟下了一些衣服鞋子之類的東西，認為這是對方的誘敵深入之計，便下令新軍緩慢偵察前進，避免中了波密軍隊的埋伏。

在一山口處，陳渠珍再次留下一個班的官兵守衛。

部隊繼續出發時，陳渠珍手下只剩一百多人了，而且一直不見後面的部隊跟上來。儘管如此，陳渠珍還是義無反顧地帶領部下前進。沿途亂石堆積，山勢嵯峨險峻，全靠嚮導尋「路」前行。一些「路」緊貼懸崖，下面是深不見底的山谷，只聞響徹山谷中的水流聲，卻不見其蹤，令人驚心動魄。放眼看去，處處是高大茂密的參天古樹，有的竟高達十餘丈，古樹下方纏繞著拇指粗細的山藤，官兵們異常小心，遇到可疑的地形時，隊伍都要停下來搜索一番，直到確信沒有埋伏後，才繼續前進。

一路上，西原都緊緊跟在陳渠珍的身後，她穿了一件德摩一帶普通家庭婦女的傳統服裝「古木」，只不過她已對這種服裝進行了改良，不僅緊身短小，而且用牛皮做成。這種皮製的「古木」，在山林中穿行時，不易被樹枝等刮損，顯然，西原為了此次能跟隨陳渠珍出征波密，早已做好了準備。

進入波密以來，陳渠珍和手下官兵們都累得夠嗆，尤其是高山缺氧反應，使得不少士兵都嘴唇發青，不得不在路邊休息。而西原在行軍的過程中，絲毫沒有表現倦怠，在一些險要路段，還不時攙扶陳渠珍，妻子那矯健強壯的身體，讓陳渠珍暗暗佩服，在心裡又添了幾分喜愛。

新軍在登上一座高山之後，隊伍中出現了一陣騷動，原來，官兵們看見遠處山下的一面坡地上，散布著數十頂大小不等、各式各樣的波密兵的帳篷，如同一朵朵雨後突然冒出來的蘑菇。

這些帳篷遠處的背景是白雪皚皚的山峰，活像一條睡臥著的巨蟒。

陳渠珍下意識地握緊了刀柄，一場血戰就要拉開帷幕了！

第十五章
血戰波密

進入波密後，陳渠珍率領的新軍中了敵人的埋伏，新軍拼死血戰，傷亡慘重，西原也拿起了槍，加入了戰鬥……

在陳渠珍的命令下，新軍在山頂上停了下來。

陳渠珍先是仔細觀察了一下地形，然後將幾名軍官召集在一起，大家的意見基本上是一致的：我方孤軍深入波密境內已有一百多里，而波密軍一直沒有進行過像樣的抵抗，依波密軍的戰鬥力，必然事有蹊蹺，波密軍很有可能是在行誘敵深入之計。加上新軍人數又太少，後面的弟兄也還沒跟上來，因此，軍官們都主張穩妥進軍。

陳渠珍同意了。

他派出一個班的偵察兵，下山搜索前進，大部隊則在山上等待。

偵察兵開始沿著一條山路下山，陳渠珍一直從上注視著他們，由於山路十分狹窄，加上左邊是一片密林，右邊是險峻的懸崖，士兵們只能一個接一個魚貫下山。偵察兵下山行走不到半里地，他們的前方和左面密林中突然響起了一陣密集的槍聲，四五名士兵猝不及防，當即中彈倒在山路上。緊接著，從左側密林中又傳出「轟——」地一聲巨響，這顯然是波密軍隊的土炮在轟擊，隨著這聲土炮聲響，又有幾名士兵倒地。陳渠珍見波密軍隊的伏兵出現了，立刻大吼一聲，指揮官兵們進行還擊，三挺機槍吐出熾熱的火舌，直射向波密軍隊藏身的密林，波密軍也不甘示弱，用手中的槍和土炮向山上的清軍射擊，一時間，場上硝煙瀰漫。

戰場前方的山路上，由於波密軍不停地射擊，幾名未被槍彈擊中的偵察班士兵緊緊地伏在地上，一動也不能動。如果不盡快將他們救回，隨時有可能喪命。於是，陳渠珍派出一個排的士兵，從左面的山林中前進，待進到波密軍藏身的密林中時，再吹響軍號，與山上新軍夾擊林中的波密伏兵。

如此安排之後，這個排的士兵進入了密林中，不一會兒，林中響起密集的槍聲，陳渠珍明白，這個排的士兵已經與林中的波密軍接上了火，在新軍出其不意的攻擊下，林中的波密伏兵紛紛逃竄，陳渠珍指揮山頂上的新軍乘機衝下山，將偵察班倖存的士兵全部救回。

安置好傷患後，陳渠珍帶兵下山攻擊波密軍隊，下山的路卻被波密軍隊完全封死。在離山頂約一里地的下山路上，波密兵在這裡修築了一道一人高的石頭工事，橫亙在山路之上，使得新軍無法通過。新軍發起了幾次衝鋒，都被打退了回來，傷亡很大。而且，附近地區山上的波密軍隊也從山頭陣地向新軍開火，一時間，形勢對新軍非常不利。如果不盡快衝下山去，時間一長，一旦波密軍從四面山上圍攻上來，可就大難臨頭了。

陳渠珍冷靜地分析了一下戰場形勢，決心攻破下山路上波密軍的這道石頭工事，然後全軍衝下山去，脫離眼下這個險境。

於是，新軍向波密軍發起了攻擊，很快，就攻到了離石頭工事前一百來米處。波密軍見新軍逼近，瘋狂地向新軍射擊，衝在最前面的七八名新軍士兵被波密軍的槍彈擊中，無聲無息地倒在地上，其他的士兵趕緊伏在地上，密集的火力打得他們抬不起頭。

陳渠珍命令新軍集中全部三挺機槍，向波密軍的石頭工事掃射，子彈像雨點一樣打在工事的石壁上，濺起一簇簇火花，幾名尚未隱蔽好的波密士兵來不及躲閃，當即被子彈擊中，慘叫一聲後，倒在了地上。衝鋒的新軍見波密軍被己方的火力壓制住後，立即匍匐前進。眼看新軍離石頭工事越來越近，波密軍頓時慌了手腳。這時，數十名新軍士兵站起來，吼叫著衝了上去，與波密軍展開了肉搏戰。

波密人長期生活在自然條件艱苦的山區，身材都十分健壯，新軍士兵雖然身體條件不如波密士兵，但也進行過長期的專業軍事訓練，對抗起來並不落下風。

只見一名新軍士兵手挺刺刀，迎面碰上一名提著藏式長刀的波密士兵，人高馬大的波密士兵兇猛地朝新軍劈頭就是一刀，新軍見對方來勢兇猛，機靈地朝旁一閃，躲過了這一刀。波密士兵沒能砍中，略一遲疑，就被新軍士兵一個突刺，刺刀深深捅入波密士兵腹內，還來不及哼一聲就倒在了地上，鮮血噴了新軍士兵一臉。清軍士兵抹了一把臉上的汙血，又向旁邊一名波密兵撲去……

經過一場短暫激烈的拼殺，波密軍支持不住，只得狼狽地潰逃。

就在新軍與波密軍在石頭工事前激戰時，戰場形勢卻又發生了變化。波密軍見新軍人數不多，便趁新軍集中力量攻打石頭工事時，派出一部分軍隊迂迴到了新軍的後面，並且人數越來越多。

陳渠珍一看情況不妙，在奪取了石頭工事後，便率軍衝下山去，占領了一面緩坡，然後準備衝下山谷。山谷中是一條小河，河兩岸有一片較大的開闊地，只要衝到了那裡，憑藉官兵們手中的先進武器，就算脫離危險了。

緩坡上有許多大如房屋的巨石，新軍依靠緩坡上的這些障礙，一邊抵抗著波密軍的進攻，一邊下撤。新軍所有的人都投入了戰鬥，陳渠珍和楊湘黔也抄起了槍，不停地向波密軍射擊。在陳渠珍精準的槍法下，十餘名波密士兵先後送了命。而離他不遠的楊湘黔，雖然年紀偏大，但由於長年征戰，戰鬥經驗也極為豐富，而且槍法也好，可說是彈無虛發，在他的槍下，一連有好幾名波密士兵被擊中倒地死去。

西原也抄起了一位陣亡新軍士兵的步槍，在距離陳渠珍不遠的地方，與新軍士兵們一起戰鬥。由於經常隨加瓜彭錯進山打獵，她也有一手好槍法，一連打死好幾名波密士兵。

突然間，她發現有幾名波密士兵趁陳渠珍全神貫注朝前方射擊時，竟然偷偷地繞到了陳渠珍的身後，企圖偷襲陳渠珍。西原大驚失色，眼看開槍射擊已經來不及了，她急中生智地大喊了一聲，陳渠珍一回頭，正巧看到了那幾名波密士兵，於是連續開槍射擊，兩名波密士兵應聲倒地。這時，西原也開了槍，打倒了陳渠珍後面一名波密兵。其餘的波密兵見陳渠珍已有準備，而且還有人支持，只得退了回去。西原幾步奔到陳渠珍面前，見他沒有受傷，這才放下心來。

陳渠珍看著滿面污泥的西原，心裡十分感動。

就在這時，不少波密士兵大概也看出了陳渠珍是新軍的指揮軍官，於是一邊射擊，一邊吼叫著朝陳渠珍和西原這邊撲了過來。西原連忙拉著陳渠珍躲在一個巨石後面，陳渠珍見地形不利於己方，連忙指揮士兵們快速撤退到山谷中。新軍士兵們邊打邊退，西原見情況危急，和陳渠珍一起，飛也似的朝山下河谷跑去。波密軍看出了新軍的意圖，吼叫著快速朝新軍進逼。陳渠珍和西原相互掩護，帶領新軍士兵們迅速下撤。下撤途中，前面突然出現一道一人高的石坎，眼見波密軍吼叫著越來越近，西原顧不得許多了，她心一橫，一縱身跳了下去。還好，當她從地上站起來時，發現自己並沒有受傷，她馬上轉過身來，讓陳渠珍跳下。陳渠珍見西原已跳下，也就閉上眼睛，一縱身也跟隨她跳了下去。西原在下面將陳渠珍接住，兩人迅速前進。

就在他們剛離開這道石坎時，另外幾名新軍士兵也隨他們跳下。波密軍發現這裡有新軍，連忙朝這邊開槍，一陣槍彈射來，幾名新軍士兵當即倒在血泊中……

不一會兒，所有的新軍都撤退到了河谷中，開闊的地形和新軍強大的火力，打得企圖衝下山谷的波密軍死傷慘重。

波密軍幾次集中兵力向河邊的新軍進攻，都被擊退。

在激烈的戰鬥中，新軍的先進武器發揮了關鍵的作用，三挺機槍的火力，使河邊的緩坡上躺滿了上百具波密兵的屍體，其他的波密軍再也不敢進攻，兩軍就這樣僵持住了。

陳渠珍清點人數，發現受傷、陣亡和失蹤的新軍官兵已達六十多人，能參加戰鬥的已不到百人，不禁心如刀絞。

天色漸漸暗了下來，河谷中的霧氣也濃了起來，隨著槍炮聲的停息，這裡似乎又恢復了往日的那種寧靜，周圍的山峰上樹林中，剛才被槍炮聲嚇跑的一些不知名的山雀又飛了回來。牠們也許是惦記著自己尚在窩中不能飛走的幼鳥，站在枝頭婉轉啼鳴。山林中還出現一小群西原管牠們叫做「綳勃」的動物，牠們長著老虎模樣的頭，狐狸一般的尾巴，兩肋還生有肉翼，全身長著棕紅色的毛，在陳渠珍看來，樣子很像內地的飛龍，牠們此時也紛紛回到了樹林，在樹上上躥下跳，很是醒目。這些自然界的精靈們，全然看不出上千人剛剛在這裡進行了一場血腥的戰鬥。

夜幕終於降臨了，激戰了一天的士兵們又累又餓，橫七豎八地躺在河谷岸邊休息。時間不斷地流逝，已經大半夜了，西原覺得這樣下去不是辦法，於是，她對陳渠珍和幾名軍官道：

「先生，我們四面都是波密人，只是現在天色已晚，波密人不敢進攻，一旦天色放亮，波密人一定會拼全力向我們進攻，我估計周圍的波密人不下千人，而我們能戰者不到百人，後果是不堪設想的。我軍那名管帶所帶的部隊一直沒有跟上來，說明他們離我們還遠，我們不能再指望他們，現在我們被困在這裡，彈藥越來越少，又沒有糧食，官兵們又累，如何能堅持下去。與其這樣守在這裡，不如趕緊離開此地！」

幾名軍官聽後，連聲說好，一名排長對陳渠珍道：

「大人，夫人說得在理，我們困在這裡是死路一條，應該趁夜色馬上離開這個是非之地。」

頂替范玉昆的楊湘黔也在一旁道：「大人，事不宜遲，我們不如立即就走！」

陳渠珍覺得西原說得極有道理，他沒想到這個年僅十六歲的藏族新婚妻子，竟能有如此心計，這不能不讓他刮目相看。於是，他站了起來，向官兵下達了撤退的命令。

部隊立即悄悄行動起來，由於嚮導已不知去向，部隊在西原的帶領下，向來的方向撤退。陳渠珍下令，不准拋棄傷患，幾個士兵在西原的帶領下，摸黑從樹林中砍下一些樹幹，做成了簡易的「擔架」，把幾名重傷的士兵抬上，輕傷者由同伴攙扶，經過大半夜的行軍，終於走出了波密軍的包圍圈。

當新軍官兵們爬上了附近一座大山的半山腰時，實在走不動了，好在天色已明，西原帶領士兵們在山坡上尋了些無毒的野菌生吃了，這才稍稍有了些氣力。

當官兵們鼓起最後一絲力氣爬上了這座大山的山頂時，終於遇到了後援的那名管帶所率領的新軍。

第一次進攻波密失敗後，陳渠珍與那名管帶的部隊合兵一處。有了這麼多生力軍的支持，陳渠珍有了信心和勇氣。按照陳渠珍的意見，是要趁波密軍剛取勝疏於防範之時，迅速組織一次進攻。陳渠珍率一軍從連綿的山嶺上前進，從山林中迂迴到波密軍隊駐地，居高臨下從側面進行攻擊。那名管帶率另一軍，從正面進攻，波密軍力不從心，必然棄險撤退。然後兩軍會合，直取白馬策翁在索瓦卡的行宮。

然而，那名管帶對陳渠珍的這個進攻方案並不認同，陳渠珍知道，他可能是被前一天自己與波密軍的戰鬥嚇住了。但是，面對眼前那名管帶這種態度，陳渠珍也無可奈何，他只得和那名管帶一起，固守待援。

第二天，大批波密軍進逼新軍營地，波密兵滿山遍野，看起來不下四、五千人，他們仗著人多，一次又一次向新軍營地進攻。然而，新軍以逸待勞，用優勢火力連續打退波密軍的進攻，波密軍損失慘重，只得暫時停止了進攻。半夜時分，又有上千名波密士兵分成三路，漫山遍野地狂吼著向新軍營地撲來，陳渠珍從夢中驚醒過來，親自指揮士兵堅守營地，新軍奮戰了兩個時辰，終於將波密軍打退。

之後一連四天，波密軍都沒有再進攻。第五天，鍾穎從冬久派來的參軍王陵基（註1）來到了新軍營地。

陳渠珍與這位王陵基參軍不太熟悉，只是在鍾穎處開會時見過他幾次，聽說此人是四川樂山人，從四川武備堂畢業後留學日本學習軍事，畢業回到四川後在陸軍軍官速成學堂當副官。此人頭腦較為清晰，據說鍾穎很是喜歡他。

王陵基在得知這幾天的戰況後，極力主張陳渠珍先退兵回到冬久，與鍾穎合兵一處，然後，再請趙爾豐大帥派出邊軍，從波密北面的碩板多方向配合進攻波密，到時鍾穎再率軍進兵，兩路合攻，方可剿滅波密。

他對陳渠珍道：「如此惡劣的地形，雙方兵力懸殊，我軍的後勤供應又不足，加上我軍新敗，士氣低迷，再繼續抵抗下去，我軍的處境會越來越艱難。與其這樣僵持，不如先行退軍，待得到休整，再圖後舉。這也是鐘大人的意見。」

聽王陵基這一說，尤其是他最後那句話，陳渠珍鑒於目前新軍所處的形勢，也沒有其他更好的辦法，只得同意王陵基的意見。

當天晚上，新軍開始悄然撤退。王陵基率一個排的兵力先行，另一個營跟隨，陳渠珍的這個營斷後，部隊悄悄出了營地，向冬久方向撤退，還好，波密軍絲毫沒有發覺。

第二天，新軍安全撤退到了離冬久不過幾十里的一個叫做納衣當噶的地方。這是一個地勢險要的村子，村子雖不大，但村外有一道堅固的五、六尺高的石牆，左邊與絕壁相連，右邊則直達一道長百餘丈的險峻斜坡，斜坡下是一條河面寬闊、水流湍急、無法涉渡的河流。石牆上有一道兩米多寬的石門，完全堵住了外面進入納衣當噶的道路。可以這麼說，新軍只要守住了石門，波密軍就無法越過納衣當噶，也就無法到達冬久了。

新軍進入納衣當噶後，陳渠珍馬上指揮官兵們對石牆進行加固。第三天，數千波密軍便跟蹤而至。波密軍見新軍已退入納衣當噶，便立刻發起猛攻，新軍憑藉險要地形，多次打退波密軍的猛攻，波密軍傷亡極為慘重。

戰鬥最緊張的時候，西原竟不知從哪裡找來了幾隻兇猛的藏獒，幫助新軍防守陣地。有幾次波密軍企圖在夜間偷襲石門，多虧這幾隻藏獒的狂吠驚醒了新軍，使得波密軍的偷襲落了空。有一次，新軍發現一百多名波密兵縋繩企圖從懸崖下到石牆內，新軍不動聲色，待波密軍快要下降到石牆內地上時，立即集中火力向波密軍猛烈射擊，縋繩而下的波密兵無法還擊，一百多人幾乎全部喪命。還有一次，陳渠珍正坐在石門左側的石牆下，碰巧西原做好了青稞麵餅給他和士兵們送來，陳渠珍從西原手上接過一張麵餅吃起來，就在這時，只聽到頭頂上響起了岩石爆裂的「隆隆」巨大聲響，新軍官兵們抬頭一看，只見波密兵從山上將一塊巨石推落下來。就在這時，西原拼命地把陳渠拉開跑出去二十來步遠，就在他剛剛離開後不久，這塊大石頭就落在他剛才坐著的地方，當場把一名新軍軍官砸成重傷。

陳渠珍剛剛定神，驚恐不已的西原就撲了過來，她見陳渠珍絲毫沒受傷，這才放下了一顆懸著的心。

「先生，太險了！」

自從進軍波密以來，西原這是第二次救了陳渠珍的命。沒有西原，被砸成重傷的就不是那名軍官，而是他自己了。

陳渠珍不顧周圍的官兵，緊緊把西原抱在懷裡。

「西原——」

陳渠珍感動地正想對西原說些什麼，卻被西原用目光阻止了。陳渠珍知道西原的意思，在這個深愛著他的藏族妻子面前，他說什麼都是多餘的。

士兵們七手八腳地把那名被砸成重傷的新軍軍官送往後面，不一會兒，傳來了這名受重傷的軍官因傷勢太重而死亡的消息。

一連十多天過去了，雙方就這樣對壘。陳渠珍慶幸波密的險峻地形是一把雙刃劍：新軍向波密進攻時，波密軍可以憑險據守。而現在新軍進行防禦時，波密軍又被險峻的地形所阻。

在這十多天中，雙方激戰不下二十次，新軍官兵僅戰死者就達一百餘人，傷者更多。波密軍的損失更大。但波密軍可以得到後方的支援，反而越來越多，局勢朝著不利於新軍的方向發展。

有一天，新軍哨兵發現對面山上不斷有一些波密軍朝著冬九方向而去，這種情況一連幾天都有發生，而且有時人數還不少，這引起了陳渠珍的警覺。而此時，從納衣當噶前往冬九送信的士兵在返回的路上，也發現波密軍在向冬久方向調動。過了幾天，冬久方面的新軍派部隊運送給養和糧草前往納衣當噶時，開始遭到波密軍的伏擊，這使得防守納衣當噶的新軍人心恐慌起來。陳渠珍明白，波密軍久攻不下納衣當噶，一定是繞過納衣當噶，直接進攻冬九。考慮冬九是新軍進攻波密的大本營所在地，統領鍾穎就率軍駐紮在那裡，而且還有大批軍需品和糧草，冬久一旦有失，新軍將全局震動，後果不堪設想。想到這裡，陳渠珍與眾軍官商量，大家一致決定向鍾穎請示返回冬久，與鍾穎合兵一處，但鍾穎一直猶豫不決。

就在此期間，局勢明顯惡化起來，波密軍已經完全切斷了納衣當噶與冬久的聯繫，納衣當噶新軍的供給線被切斷。接著，鍾穎在冬久也發現數千名波密軍已經繞過納衣當噶，到達了與冬九新軍營地一河之隔的地方，這令鍾穎驚恐不已。在這種情況下，鍾穎終於同意陳渠珍率領防守納衣當噶的新軍全部退回冬久。

這天半夜，接到命令的陳渠珍悄悄率軍撤出了納衣當噶。

新軍離開納衣當噶後不久，就被波密軍發現了，連夜在後面追趕。當新軍離開納衣當噶不到三十里地時，天色已大亮，這時，大批波密軍已經追了上來，陳渠珍立即將部隊分成兩部分：一部分帶著傷患和糧草先行，其餘部隊由他率領，埋伏在一處險要山谷的兩邊。不一會兒，上千名波密軍的先頭部隊進入了這條山谷中，陳渠珍一聲槍響，新軍的槍炮彈從兩側山上傾瀉而下，打得波密軍鬼哭狼嚎。尤其是幾挺機槍，成為波密軍最害怕的武器。陳渠珍一見波密軍大亂，便乘機率軍從山坡上衝下，波密軍不知新軍虛實，不敢抵抗，大敗而逃。

陳渠珍率軍狂追一陣，波密軍屍橫遍野……

波密軍萬萬沒想到新軍竟會回頭反擊，此戰下來，波密軍被新軍擊斃一百多人，傷者數百人，其大隊人馬倉皇後退數里，新軍得以安全脫身，返回冬久。

沒幾天，從拉薩又開來兩營步兵和一營騎兵，帶著六門格林炮來到了冬久，有了增援，鍾穎才放下心來。

本章註解

① 王陵基（西元一八八三到西元一九六七），字方舟，四川省樂山人。四川武備堂畢業，後留學日本學習軍事，畢業於日本士官學校。西元一九〇八年任四川陸軍軍官速成學堂副官，辛亥革命後任川軍第二鎮標統。後歷任川軍團長、旅長、師長。參加過圍剿紅四方面軍。抗戰中歷任國民黨軍長，第九戰區副司令長官，江西省政府主席。西元一九四六年月三十一日晉升為陸軍上將、第七綏靖區司令官。西元一九五〇年二月在四川被捕，成為國民黨戰俘中軍銜最高者，西元一九六四年獲得特赦。

第十六章 冬久之戰

陳渠珍率軍撤退到冬久後，與鍾穎合兵一處，全力部署冬久的防禦戰。

新軍一共三千多人，波密則集中了近上萬人圍攻冬久，兩軍展開了慘烈的攻守戰……

陳渠珍撤退到冬久後，將戰況、損失情形對鍾穎作了詳細的彙報。當鍾穎聽說西原也與新軍一起戰鬥，還在戰場上救了陳渠珍一命的事後，感嘆不已。

接下來，鍾穎最關心的是冬久的防禦問題。

新軍在冬久的兵力，應該說是非常雄厚的。除了陳渠珍的營外，鍾穎還帶來了一個標的步兵，按照新軍的編制，應是兩千人的兵力。但因為入藏後生病者較多等因素，只剩約一千多人的兵力。此外，鍾穎還帶來了炮兵和工兵各一隊，陳渠珍率軍退到冬久後，拉薩方面又開來了兩個步兵營和一個騎兵營，這樣算來，冬久新軍一共五個步兵營、一個騎兵營、一個炮兵隊和一個工兵隊，總兵力共有三千多人。鍾穎和陳渠珍估計，與新軍作戰的波密軍隊應在萬人左右，這就是說，考慮到波密的人口數，這應是波密全部的兵員了。雖說新軍人數明顯少於波密軍，但武器裝備還是較波密軍精良，兩軍對壘，應該不至於居下風。但是，由於波密軍是當地人，常年在深山間勞動，對高原氣候適應，身體強健，後勤供給輸線短，士兵作戰和生活的要求都低，一句話，波密軍占盡了地利人和的條件，使得新軍倍感壓力。

冬九左邊是一道綿延六百多里的山脈，深深地切入波密腹地，東面兩里多路，有一條河流，河上有一座足有一百多步的木橋。過了橋，中間一條小路兩面高山矗立，十分險要，向西可以通到魯朗，向東北可到納衣當噶。

還沒等新軍布防完畢，一支波密大軍已經開到了冬久，連同前些日子滲透到冬久周圍的波密軍，估計已有四、五千人的波密大軍進抵小河對岸。由於冬久這一側沿河的要隘之處，新軍都有部隊守衛，加上此時已到了四月初，天氣開始回暖，冬久周圍的雪山已開始融雪，融化的雪水流入河中，使得河面變得寬闊，水深流急，波密兵不能徒步涉河，又沒有船隻，故而只能隔河向對岸的冬久新軍射擊，但這對新軍構不成什麼威脅。

然而，一個重大事實擺在新軍面前：就是波密軍雖然攻不進冬久，但可以不通過冬久，而直接從冬久東面河對岸的那條小路，向西直接到冬久的後方——魯朗。所以，鍾穎和陳渠珍都認為，新軍必須把占據了河對岸的波密軍驅逐，控制住那條冬久到魯朗的小路，否則，冬久守軍的後方交通線就會被波密軍隊切斷，到那時，後方的糧秣軍械運不進冬久，冬久新軍就會陷入絕境。

第二天一大早，天才剛剛明亮，新軍一個營的步兵在炮兵的掩護下，經木橋向河對岸的波密軍陣地發動大規模進攻。

在河邊約兩百米的一片密林中，昨天天未亮時就悄悄潛伏在這裡的新軍另一個步兵營的官兵，已經作好了進攻的準備，兩個騎兵連也埋伏在稍後的一處小山後。

在冬久村頭的一個藏式三層土樓上，鍾穎和一些軍官在指揮部裡觀察著戰場情況。在他們旁邊不遠處的樹林中，一個炮兵隊已做好炮擊的準備。

三門野戰山炮首先開始炮擊，一陣陣震天動地的炮聲頓時劃破了這清晨的寂靜，炮彈不斷地飛向河對岸波密軍的陣地，升騰起一股股高達數米的煙塵。在隆隆的炮聲中，透過煙塵，可以看見河對岸和山上的波密軍陣地上，不少的波密軍士兵在炮火的轟擊下來回奔跑躲避，一些波密軍士兵在新軍猛烈的炮擊下陣亡。

新軍的炮擊持續了整整十五分鐘，當炮擊剛一停止，新軍數百名步兵在陳渠珍的指揮下，衝出冬久村前的陣地，向河邊木橋發起了攻擊。

離冬久河不遠處的岸邊，新軍集中了四挺機槍，向對岸的波密軍猛烈射擊，不少波密軍士兵還是第一次見識到這種強大的火力，一些士兵無知地抬起頭來，當即被子彈擊中，一聲不響地倒在地上，其他的人趕緊伏在工事裡。

這時，機槍停止了射擊，一個營的新軍開始衝鋒。看著大批新軍朝著木橋蜂擁而來，剛才躲避炮火的波密士兵又回到了自己的陣地上，用步槍和火槍拼命向新軍還擊。這些來自波密深山中的士兵，很多是常年在山中打獵的好獵手，他們槍法精準，使一些衝在前面的新軍士兵中彈倒在地上。

陳渠珍一看情況不妙，連忙指揮其餘的新軍士兵伏倒在地上，一動也不敢動，戰鬥一時竟僵持住了。鍾穎和一些軍官看到這種情況，心裡焦急萬分。此時，新軍離河邊木橋已不遠，再命令炮兵炮擊會誤傷自己人，於是，鍾穎下令集中機槍火力，再次向河對岸的波密軍陣地猛烈射擊。波密軍的簡易工事在剛才新軍的炮擊中，多數已被摧毀。在數挺機槍的瘋狂掃射下，波密士兵被打得抬不起頭，伏在地上的新軍趁機躍起，向木橋衝去。

波密軍稀疏的火力擋不住數百新軍的進攻，一陣衝鋒之後，新軍終於衝上了木橋，然後從橋上到了河對岸。

波密軍陣地上的士兵見新軍來勢兇猛，只得四下逃散，河對岸的波密軍陣地在新軍的強攻下，最後落入了新軍之手。

昨日天未亮時就悄悄潛伏在樹林中的另一個步兵營的官兵，見首批進攻清軍得手，也隨之衝了出來，向河對岸衝去。兩個騎兵連也衝了出來，上千名新軍步騎兵吼叫著衝過了木橋，繼續向波密軍的縱深進攻。

冬久河對岸的小路兩邊高山矗立，波密軍早就占據這些山頭，俯視著那條小路。新軍衝過橋後，開始向兩邊山頭發起攻擊，波密軍憑藉有利地形，集中全部火力向衝鋒的新軍士兵射擊，子彈像雨點一樣落下，很多新軍士兵無聲地倒在山坡上，但後面的士兵仍不停地向山頭衝。波密軍的火力更加密集了，打得新軍士兵俯在地上抬不起頭。眼看傷亡越來越大，新軍最後只得退下山去。

在第一次攻擊失敗後，新軍又作了充分的準備，在稍作休息後，一個營加上另一個隊的新軍再次發動攻擊。

這一次，新軍吸取了第一次進攻失敗的教訓，數百名新軍分成多路，一邊前進，一邊向波密軍陣地開槍，漸漸逼近了波密軍的陣地。當新軍到達波密軍前沿陣地不到兩百來步時，士兵們一邊向波密軍陣地射擊，一邊盡可能地貓著腰，一步步小心地向上前進。當新軍進到波密軍陣地前約一百來步時，波密軍的步槍開火了，新軍士兵立即緊緊地伏在地下。目標變小，使得波密軍射擊效果大打折扣。但他們仍緊緊盯住新軍，只要一發現新軍士兵躍起衝鋒，便立即集中火力猛烈射擊，打得新軍士兵又趕緊伏下身子，不敢再抬頭。這時，波密軍從別處調來的增援部隊趕到。得到增援的波密軍士氣大振，他們一個反衝鋒，打得新軍士兵支援不住，只得撤下山去。

接下來幾天，新軍用盡了各種進攻方法，也多次將河對岸的波密軍擊退，但是，因為波密軍占據著河對岸小路兩側山峰上的險要地形，新軍的多次進攻，都被山上的波密軍擊退。有兩次新軍甚至攻占了山頭，但在波密軍的拼死反攻之下又丟失。在這種激烈的拉鋸戰中，新軍陣亡三百餘人，傷者更是達到了五、六百人，幾乎占總兵力的三分之一。

就在雙方苦苦相持時，一個令新軍意想不到的事情發生了。

波密軍在這些天的戰鬥中，發現了新軍的一個弱點，那就是後勤供應問題。冬久新軍所有的供給全靠後方的魯朗供應，而冬九距離魯朗約有一百來里地，全是險峻異常的山區，小路多在懸崖之上和高山峽谷之間。稍有軍事常識的人都知道，只要有一支小部隊，就可以完全切斷新軍的後勤供應線，鍾穎一直擔心這個問題。然而，事情還是很快發生了，新軍從魯朗來的一支運輸隊被波密軍攔截，一個排的新軍官兵全數戰死。幾天之後，又一支新軍運輸遭到伏擊。

最後，魯朗至冬久的運輸線被波密軍完全切斷。

這樣一來，冬久的新軍立即陷入了一片恐慌之中，冬九新軍的存糧僅僅能夠支持三天。而冬久周圍的波密軍則越聚越多，而且越來越猖狂。他們甚至敢於在大白天逼近河邊，朝冬久村子裡露面的新軍官兵肆意開槍。而新軍官兵為了節省彈藥，往往只是必要的時候才給予還擊，這更加助長了波密軍的氣焰。

在這種情況下，鍾穎只好決定全軍退回魯朗，也就是退出波密境內。

這天夜裡四更時分，全軍飽餐一頓後，丟掉無法帶走的輜重行李，然後悄悄出了冬久。

大隊新軍剛一過橋，就被波密軍發現，新軍隨即猛烈開火，打退了攔阻的波密軍，並且在全軍過橋後，放火焚毀了木橋，防止波密軍使用。

撤出冬久後，波密軍在後面緊追不捨，新軍一邊阻擊，一邊向前行進，陳渠珍緊緊護衛在鍾穎身邊，並指派了一個排的兵力專門掩護鍾穎。鍾穎雖然只有二十多歲，也久經戰場，但長期大肉大魚，身體過於肥胖，行走多有不便。在這漆黑的夜裡，兩軍彈火紛飛，新軍隊伍中不斷有士兵被槍彈擊中倒地身亡。鍾穎害怕被流彈擊中，故而臥在地上不敢起身。

陳渠珍見勢不妙，只好下令士兵輪番抬著鍾穎前進。

由於新軍的突圍十分突然，波密軍主力完全沒能事先料到，也來不及集結，加上新軍人數眾多，火力兇猛，又抱著破釜沉舟的決心，波密軍隊無法進行有效的攔阻，使得新軍得以順利突圍。

當新軍撤退回到魯朗時，已是第二天上午十點鐘了。

新軍兵敗波密的消息傳到拉薩，駐藏大臣聯豫大為震驚。三千多名精銳的新軍，竟然被只有一萬多人的波密軍隊擊敗，而且還敗得這樣慘，這要是傳出去，會讓朝廷大失顏面。為了不影響西藏和川邊大局，尤其是拉薩局勢，聯豫在與趙爾豐商量後，決定將鍾穎調回拉薩，另以左參羅長裿代替他的職務，並重新增派兵力，準備第二次進攻波密。

羅長裿是湖南湘鄉人，其父是湘軍首創者之一的羅信南。

羅長裿到達魯朗後，正式與鍾穎交接了指揮權。鍾穎將全體將士的印冊檔全部交給了羅長裿，就準備離開魯朗，經德摩回拉薩。

陳渠珍和眾管帶、隊長，還有幾百名士兵，集體為鍾穎送行。

鍾穎雖為皇族子弟，年紀輕輕就當上了統領，但平日裡卻沒有什麼架子，對將士也很寬厚，深得軍心。這次出了這麼大的事，連自己經營了這麼久的隊伍都拱手交給了別人，心情的沉重是可想而知的。

陳渠珍和眾官兵一直把鍾穎送到了德摩山下，鍾穎讓大家就此告別，不要再相送。

「弟兄們，都回去吧！好好幹。」

「統領一路保重！」

眾人大聲地呼喊送別。

羅長裿接替鍾穎後，開始大力整頓駐魯朗的新軍，每天監督官兵們的軍事技術訓練。冬久之戰中新軍各部損失慘重，羅長裿便從四川招收到一批新兵，補充到各軍中，陳渠珍營一共補充到了一百多名湘西籍士兵。新兵們聽說管帶陳渠珍也是湘西人，都高興極了，營裡的凝聚力也大為提高。

短短的時間內，羅長　使駐德摩的新軍士氣大振，籠罩在官兵頭上的失敗陰影很快便消散。羅長裿來到駐魯朗後，還一邊派人暗地裡大力調查、搜捕隱藏在藏民中的波密奸細，一邊安定魯朗地區藏民民心。而此時，駐在冬久的波密大軍，因為摸不清新軍虛實，也不敢越過波密邊界進攻魯朗，雙方就這樣對峙著。

鑒於第二次進攻波密的戰爭就要開打，陳渠珍決定把一直和他住在魯朗的西原送回德摩。雖然西原不願意離開陳渠珍，但陳渠珍向她說明羅長裿不比鍾穎，唯恐上司指責，影響前途。西原一聽這話，也就同意了。

向羅長裿請了假之後，陳渠珍親自把西原送回到德摩的阿媽家裡。

在德摩期間，陳渠珍為了寬慰西原和她的阿媽，沒有像往常一樣住進軍營宿舍，而是一直住在西原阿媽家裡，這令西原和她的阿媽十分驚喜。尤其是西原的阿媽，能和女兒女婿住在一起，別提心裡有多高興了，成天變著花樣弄好吃的給他們吃。陳渠珍還特地和西原上門看望了加瓜彭錯和德摩第巴，把從波密帶回的一些土產送給他們，兩人高興得不知所措。還有桑吉，成天纏著西原和陳渠珍，希望他們能在新軍中為她物色一位和陳渠珍一樣年輕帥氣的軍官。

在上一次進攻波密期間，由陳渠珍提拔擔任營裡軍需官的原護兵班長張子青一直留在德摩，在陳渠珍返回德摩的幾天裡，張子青對他極為照顧。

有一天，范玉昆告訴陳渠珍一件事：「張子青自從接手軍需官工作後，對在波密之戰中受傷的傷兵極為關心，為他們提供最好的飲食和治療。而且，由於德摩地處工布到波密的交通要道上，張子青對過往的官兵，不論是否為本部隊的，都極為熱情地結交，不計金錢地請客吃飯，過路官兵無不稱讚張子青義氣。在德摩一帶，現在他的名氣可是越來越大。」

陳渠珍淡淡一笑：「這有什麼，照顧好傷兵，為過往官兵提供服務是他工作的本職。」

「可是他太過於熱情，現在軍中各支部隊的官兵中，即使是沒見過張子青的，都仰慕他的大名，他不過是三營在德摩管後勤的，卻如此張揚，這很不正常。」

他知道范玉昆是一個老實人，他這樣做，也是對自己好，但對范玉昆的話卻沒有放在心上。

直到後來波密新軍發生兵變，陳渠珍才得知張子青竟然是哥老會的副龍頭，他才想起當時范玉昆此番的忠告。原來，張子青當初之所以這麼做，其實是在暗地裡拉攏人心，為哥老會日後的起事打好基礎，陳渠珍當初完全被張子青蒙蔽了。

第十七章

波密陷落

羅長裿接替鍾穎後，兩路新軍從不同方向大舉進攻，波密顧此失彼，最後陷落。就在白馬策翁試圖逃向雅魯藏布江時……

聯豫和趙爾豐商量後，決定再次對波密用兵。汲取了上次的教訓，新軍這次在路線上作了完全不同的改變。上次是由魯朗、冬久一線深入波密境內，由於孤軍深入，波密得以集中全部軍隊給予迎擊，新軍孤立無援，以致大敗。這次就不同了，除了由羅長裿率新軍由原路經冬久進攻波密外，趙爾豐也同時派出邊軍三個營，由波密北面的碩板多經春多山，直搗波密腹地。

六月天氣明顯轉暖，魯朗周圍的山地開始化雪，草原上長出了嫩嫩的青草。

一天，陳渠珍突然接到羅長裿的命令：作為全軍的先鋒，立即從魯朗出發，進攻冬久！羅長裿將率大軍增援跟進。

陳渠珍接令後，率營從魯朗出發。

進入波密後，一路上，陳渠珍汲取了上次的教訓，先行派遣偵察兵，誰知一路上竟然沒有遇到一個波密兵。

部隊順利到達冬久。

因為河上木橋已被新軍敗退時燒毀，所以陳渠珍下令新軍用長木結繩梯過了河，河對岸有一支上千人的波密軍不敢抵抗，自行退走。

陳渠珍率部隊過了河，這時，他才發現這裡已經空無一人，不禁感到奇怪。

當天晚上，陳渠珍率軍紮營冬久。

一夜無事，第二天起來後，下令將村子附近上次戰死的新軍官兵屍體全部收集掩埋。

兩個多月過去了，上一次新軍防守冬久時戰死的三百多名官兵遺骸，當時只掩埋了在新軍陣地前沿的一部分，那些戰死在波密軍陣地周圍的官兵仍然遺屍荒野，陳渠珍吩咐士兵們將這些戰友的遺骸一一掩埋。

過了一天，羅長綺親自率領大軍到達冬久。

陳渠珍這才從羅長綺口中得知，羅長綺率新軍主力經過魯朗時，與一支約有千人的波密軍在魯朗相遇。羅長綺派一支新軍正面與之對抗，另派一個營乘黑夜迂迴到波密軍的後方，然後兩軍同時進攻，波密軍大敗，共有五、六百人被新軍擊斃，剩餘數百人繞過冬久，逃往波密內地。

陳渠珍認為，這次新軍進攻波密、占領冬久如此順利，恐怕是趙爾豐大帥派出的那三營邊軍，已從北面攻入了波密腹地，這才使得波密軍隊的主力調往北面戰線。羅長綺很贊同陳渠珍的判斷，他決定自己率新軍主力繼續前進，尋找波密軍隊主力作戰，陳渠珍率領本部人馬斷後跟進。

陳渠珍的判斷沒有錯，進攻冬久的新軍之所以如此輕易地得勝，完全是因為趙爾豐所派遣的三個營邊軍，已從波密北面分兩路攻入波密境內。波密軍這兩個月來，只看到新軍一直在魯朗集結、練兵，而且也料到新軍會像上次那樣從魯朗經冬久一線進兵，所以一直是將重兵集結在冬久一線。然而，他們萬萬沒有想到邊軍會從北路進入波密，於是，白馬策翁慌忙將主力撤回北線，然而已經來不及了。

邊軍從北線進入波密後，四次與波密軍激戰，擊斃波密軍三百多人，波密軍損失慘重，境內多處寺廟、重要據點的頭人和僧侶都投降了，邊軍乘勝進抵噶朗。

波密軍兩線作戰，顧此失彼，這樣一來，戰局就發生了重要的轉變。

羅長綺率新軍主力出發後，克服了重重困難，一路深入波密腹地，不到半個月，竟然深入到了波密王國的統治中心。夜裡，新軍在河邊用僅有的一隻牛皮船搶渡，每次只能渡三名士兵。當渡過兩個排的兵力後，天已放亮，這兩個排的新軍出其不意地突襲波密王白馬策翁所在的索瓦卡王宮。

白馬策翁根本沒有料到新軍竟然會突襲到這裡，也不知道到底有多少人，慌忙組織波密軍數百人進行抵抗。兩個排的新軍奮勇攻進王宮，一邊射擊一邊縱火，白馬策翁見大勢已去，只得帶少數隨從突圍，從附近地區的森林中逃往南面的白馬崗地區。

在兩路新軍取得大勝的時候，跟在羅長裿後面的陳渠珍卻沒有多少事可做。他率軍幾乎天天行走在懸崖絕壁間的羊腸小徑上，有時一天只能翻過一座大山。在那些原始森林中行軍時，常常遇到一些波密商人為了休息，在大樹根上鑿成的用來避雨的樹洞。這些樹洞竟可以深達兩三米，一個成年人甚至可以在樹洞中躺直了身體休息，可見這些樹木之大。這樣一直走了好些天，陳渠珍部也沒有遇到過一名波密兵。

一天，部隊在原始森林中遇到了一條大河，河面寬有十多丈，走近河邊，只見河水波濤洶湧，水聲震天。河面原本有一座藤橋通往對岸，但藤橋已被波密人所砍斷，陳渠珍只好命令手下人在河岸宿營。

第二天，陳渠珍派出偵察兵到處尋找當地居民，由於這一帶人煙稀少，加上當地居民全都躲進了原始森林，直到了晚上，才找到一位當地的波密人。

在這個波密人的指導下，士兵們花了兩天時間，終於在河面上搭起了一座搖搖晃晃的溜索「橋」。新軍全體官兵，在那名波密人的示範和帶領下，足足花整整三天時間，才一個接一個地從這座溜索「橋」上溜過了河。

過了河後，部隊突然遇上了羅長裿派出的一小支新軍，陳渠珍這才知道，波密軍已經在新軍和邊軍的夾攻下大敗。這支新軍的排長告訴陳渠珍，附近一個叫做彝貢地方的波密人，在歸順了羅長裿後又重新反叛，竟然圍攻當地的一支新軍。

陳渠珍聽後，火速趕去增援。

當他來到彝貢時，才發現事情並不像那個排長所說的那樣，而是羅長裿率領的新軍到這裡後，當地的喇嘛便前來投誠，羅長裿接受了他們的投誠後，留下一隊步兵駐守彝貢。沒想到這些官兵竟垂涎喇嘛寺中的財物，大肆進行搶掠，這才激起當地喇嘛和藏民一千餘人的反抗和圍攻。經過兩天的激戰，這隊新軍被全部繳械，數十名新軍士兵死亡，剩下的四十多名官兵成為了俘虜。

處理完這件事後，陳渠珍好言安慰了當地藏民，於第二天又率軍出發。部隊在人跡罕見的原始森林和崇山峻嶺中行進了數十里，看到在一座山後，有一個很大的海子，是多年前一次山體滑坡堵塞河道形成的一座堰塞湖。大量的波密兵就駐守在海子的對岸，甚至可以遠遠地看到波密軍做飯升起的炊煙。

陳渠珍決定襲擊這支波密軍，以雪上次兵敗冬久的恥辱。官兵們聽到波密軍主力已經大敗的消息後，也都摩拳擦掌，決心痛擊這支波密軍。當天晚上，陳渠珍利用找來的七隻木船，兵分兩路，由營裡的督隊官率兩隊官兵，分批乘船渡過海子，而自己則率兩隊官兵，繞過海子，越過對岸大山向波密軍迂迴進攻。

這一仗，波密軍根本沒有料到新軍會突然襲擊，而且是兩路進攻，因而大敗，陳渠珍事後清點戰果，共擊斃波密軍四百多人，而新軍僅傷亡四人。

由於附近已無波密軍，陳渠珍便率軍在這裡駐紮下來，一邊安撫當地的波密民眾，一邊等待羅長裿的命令。

在這裡，陳渠珍還遇到一件奇事：一天，幾名士兵閒來無事時，竟然在附近山中挖掘出一些人拳頭或者人頭大小、晶瑩剔透的東西。同時，士兵們又從山中挖來數十塊金黃發紅的蜜蠟，蜜蠟中間還可以看到含有很多死去多年的蜂蟻，形狀仍然栩栩如生。

陳渠珍大為驚奇，便請教了當地一位老喇嘛，老喇嘛告訴他，這就是波密境內珍貴的「雪晶」，是高山上的積雪冰凌經千萬年而形成的結晶，投入火中都不會融化。而那些「雪晶」，這些蜜蠟，則是掛在懸崖絕壁上的蜂巢，經過千萬年後自然形成的，當地的僧人喜歡用它們來做念珠。

陳渠珍對老喇嘛的話半信半疑，不過，還是使他大開了眼界。

進剿波密取得大勝後，新軍繼續在波密境內尋殲殘餘的波密軍隊，尤其是要抓到波密王白馬策翁和他的女婿林噶。

一個漆黑的夜裡，波密王白馬策翁的女婿林噶帶著數十名波密士兵組成的一隊人馬，悄無聲息地來到了波密南部靠近野番地的一處半山腰隱祕山洞。

山洞口位於半山腰的一處懸崖上，只有一條小路可以通向洞口，洞口不大，幾乎完全被古藤遮蓋。林噶一行人進洞後，有人立即迎了上來，帶著他們向洞中深處走去。經過曲折迂迴的洞中小徑，來到了洞中的一處寬敞處。在幾支火把的映照下，林噶這才發現洞中另是一個天地，一個人高高坐在正面的石座上。

林噶仔細一看，發現石座上的人竟是自己的岳父——波密王白馬策翁。

林噶大驚，慌忙上前拜見白馬策翁。

「不必行禮了。」白馬策翁一邊對他道，一邊讓人給搬來一塊平整的石塊當座。

「小婿得到岳父大人的消息，連夜就趕過來了。」

「我讓人把你找來，是想和你商量一下今後的事。」

林噶憤憤不平地道：「我根本沒有想到，朝廷軍隊竟會使用如此卑鄙之手段，從兩面進攻我們，這種戰法，我不服氣！」

白馬策翁嘆了口氣道：「現在說這些有什麼用，我們都犯了一個大錯誤，去年我們擊敗了進攻冬久的數千新軍，上上下下都認為朝廷軍隊不過如此。這一次新軍從魯朗進兵冬久，我仍將波密軍主力集中在這一線，沒想到邊軍乘我軍在北部防備空虛之機，竟然以重兵長驅直入我波密腹地，等我準備調集冬九大軍回救時，已經來不及了。這都怪我。」

林噶本來還想爭辯，見白馬策翁已經如此自責，故而不再說了。

「我找你來的目的只有一個，就是商量一下我們下一步的行動。」

「這有什麼，我一定要和朝廷軍隊周旋到底！」

「說說你的打算？」

林噶想了一想，對白馬策翁道：「我手下還有三百多勇士，下一步，我打算派人聚攏失散的士兵，重新集結在一起，死拼到底！」

白馬策翁搖了搖頭，林噶不解地看著他。

「岳父大人——」他還想說什麼，卻被白馬策翁擺手制止。

「我們不能這麼做。」

「為什麼？」

白馬策翁：「你想想，目前新軍和邊軍在波密境內四處尋找我軍，他們新勝，又有數千大軍，我軍新敗，損失慘重，官兵四散，已成驚弓之鳥。這時你再把他們組織起來，士氣渙散，目標又大，不正好成為朝廷軍隊打擊的目標了嗎？」

林噶著急了：「那我們該怎麼辦？」

白馬策翁道：「朝廷軍隊裡都是漢人，是外地人，不熟悉我們波密的地形，再說了，他們不可能長期留在波密。所以，我們現在應該避其鋒芒，保存實力，等待時機，然後東山再起。」

「岳父大人打算具體怎麼辦？」

「我打算到白馬崗暫避一時，你繼續留在野番地與朝廷軍隊周旋，之後不要再回波密了。如果情況惡化，無法再堅持，也可考慮暫時向朝廷軍隊示弱，如果能被招安，也不妨試試。我們只有一個目的，那就是保存實力，以圖東山再起，切不可意氣用事。你想，我們人都不在了，何談復仇？」

翁婿會面之後的第三天，白馬策翁就帶著兩百多名衛士和部屬，越過了野番地，來到了白馬崗地區。

林噶在白馬策翁離開後，率領手下的三百多人，在野番地的崇山峻嶺中與新軍周旋。

林噶與新軍交戰三次，每次都被打得大敗，最後，他只得率一百多名殘兵，逃到野番地一處叫做格布溝的深山中。

格布溝這個地方地勢十分險要，三面絕壁，後面是綿延百里的白馬崗大山嶺，下有一條湍急的河流環繞。外人想要進入格布溝，只能通過河面上的一座藤橋。

林噶到了這裡之後，看到如此險峻的地形，這才放下心來。

一天，一名新軍信使奉陳渠珍之令在一名波密當地人的帶領下，來到了格布溝招降林噶。

原來，得知林噶逃到格布溝後，羅長禬準備派軍進剿，陳渠珍認為，格布溝這個地方過於偏遠和險峻，不容易攻占，主張招撫林噶。

羅長禬同意後，陳渠珍便派出一名口舌伶俐的信使前去勸降。

這名信使見到林噶後，對他說道：「尊敬的奢可削，朝廷大軍此次之所以與波密軍開戰，是因為波密軍長期侵擾工布地區，朝廷為了安民，不得已才派兵進剿。現在戰事已結束，朝廷大軍也要離開波密了。因找不到波密王，羅大人只好派小人前來，請奢可削回去主持波密地方事務。」

林噶對這名信使的話半信半疑：「羅大人真是這樣說的？」

信使道：「羅大人還讓小人給奢可削帶來一封信。」

信使將信遞給林噶，林噶看後，還是有些懷疑。

於是，信使又在格布溝住了兩天，千方百計地安撫勸說林噶出山，最後，在信使的巧言之下，林噶終於答應跟隨信使下山。

當林噶下山來到新軍駐地後，信使告訴他，為了避免引起誤會，請林噶將部下留在駐地，他自己陪同林噶去見羅長裿。

林噶來到新軍大營，見新軍官員對自己的態度極好，招待也極為周到，這才放下心來。

第二天，陳渠珍親自會見了林噶。林噶見只有陳渠珍一人，不見羅長裿，於是心中產生懷疑。

陳渠珍見他如此，連忙告訴他，羅長裿到昌都晉見趙爾豐大帥去了，今天晚上就會趕回來，明天一早召見他。

陳渠珍這樣一說，才打消了林噶的疑慮。

第二天一大早，陳渠珍陪同林噶去晉見羅長裿。

兩人來到一片空地上，林噶見四周十分荒涼，而羅長裿卻高坐在一張椅子上，周圍布滿了荷槍實彈的新軍，心裡知道事情不妙，但周圍都是新軍，他也不敢亂動。

這時，羅長裿一聲令下，新軍士兵將十餘名被俘的波密頭領帶到，文書一條一條公布他們的罪名，然後大聲喝令全部上綁。

幾名新軍士兵走上前來，將林噶的雙手反過來，想用繩索將他緊緊綁住。林噶不肯就範，一邊破口大罵，一邊奮力掙扎。最後，反綁著雙手的林噶掙脫出來，在空地裡拼命奔跑，場上所有的人大驚失色。陳渠珍見狀，抽出佩刀，從側後猛追上去，當他追到林噶身後時，朝林噶後背就是一刀。林噶被砍倒在地，新軍士兵一擁而上，亂刀將林噶殺死。

林噶死後，為絕後患，羅長裿下令，將各地投降的這十餘名波密大小頭領全部誅殺。

林噶死去的消息傳到波密王白馬策翁耳中，他一時方寸大亂。

對於下一步的行動，一位軍師向他獻計道：「依在下之見，不如盡早翻越白馬大崗，向南渡過雅魯藏布江，過江後憑藉野番地廣闊地界，再與之周旋。」

白馬策翁搖搖頭：「我執掌波密多年，今天弄到這個局面，有何面目去見列位祖先。與其像喪家之犬一樣躲藏，不如正大光明地與之決一死戰。」

軍師勸道：「不可，不可，目前朝廷軍隊風頭正盛，萬萬不可與之正面衝突，還是聽在下此言為上策。還有，此次朝廷大軍前來攻我波密，妄圖致我等於死地，但前年您曾去過雜日神山轉山（註1），您可以有第二次生命，會免受輪迴之苦，來世可保無恙，這朝廷軍隊又奈何得了您呢？」

「這你就不懂了，我前年去雜日神山轉山不假，但那只是小轉，並非是每逢六十年（五個輪迴）的大轉。若靠此轉山來保佑我和波密，那是不行的。我死不足惜，只是我的母親年事已高，不忍心丟她老人家而去。」

軍師見他如此傷感，想起這些年白馬策翁的風光，再也不好勸說什麼。

在之後的日子裡，白馬策翁帶著一百多人在深山老林中流竄。羅長裿在得知白馬策翁的蹤跡後，也調兵到處搜尋。沒幾天，白馬策翁帶的糧食吃完了，也不敢隨便開槍獵殺野獸，這樣新軍有可能會聞聲而至。這樣一來，糧食成了白馬策翁及部下最大的難題。

一天午後，白馬策翁在一片森林中，與一支無意中到這裡搜查的新軍突然相遇，雙方立即發生激戰。新軍分成兩路包抄過來，白馬策翁見狀不妙，在胡亂抵抗一陣後，命令十來名士兵斷後，自己帶著大隊人馬拼命朝森林深處逃去，好不容易才擺脫了新軍。

一天半夜，白馬策翁企圖到林中一個村子找糧食，他們剛剛接近村子，就被駐在村中的一支新軍發現，雙方交火一陣後，白馬策翁憑藉山高林密，又是黑夜，才得以逃脫……

在這種情況下，白馬策翁決定離開白馬崗地區。

幾天後，白馬策翁帶著手下向南翻越了白馬崗，然後朝南奔向雅魯藏布江。來到江邊後，只見江面寬約十來丈，水流湍急，兩岸盡是懸崖峭壁，只有江面上橫亙著一座藤橋，橋對面是野番地的地界。雖然野番地與波密相鄰，但由於白馬策翁多年來對野番部落並不友好，因此，野番人對波密還是存有很大戒心的。此次野番人見波密人在朝廷大軍打擊下土崩瓦解，膽子也大了起來，他們不准白馬策翁過江。白馬策翁只好帶著手下繼續在白馬崗地區流竄。

後來，白馬策翁找到和野番酋長關係極好的一位昌都大喇嘛，在這位大喇嘛的說服之下，野番人才同意白馬策翁一行人過江，躲避新軍的進剿。

多年來，實力強大的波密王從沒有好好對待過野番人，野番人此次讓白馬策翁一行人過江，其實是一個緩兵之計，他們是想趁機殺掉白馬策翁。果然，他們將白馬策翁騙過藤橋後，趁他和隨從不注意之機，幾名野番勇士迅速拔出腰刀，將他的頭當場砍下，其他幾名隨從也同時被殺。

白馬策翁的手下在江對岸看到後，大怒不已，準備強行衝過藤橋，為白馬策翁報仇。然而，江對岸的野番人用弓箭射殺了十多個人後，其餘波密軍見勢不妙，只得逃進了原始大森林中。

接下來，波密王之兄在新軍的追剿下被當地人謀殺，當地人還將其首級獻給新軍，同時將白馬策翁的母親、嫂子等人一併交給新軍，白馬策翁的另一個弟弟後來也被新軍抓獲。

至此，新軍進剿波密的軍事行動，歷時一年多的時間，在付出極為慘重的代價後，終於落下了帷幕。波密戰事平定之後，新軍在波密各地駐有約四個營的兵力，然而，誰也沒有想到的，僅僅幾個月之後，清朝統治被推翻，同時也導致了波密局勢的巨變。

武昌起義的消息傳到了西藏，新軍主力退出波密，只留三個隊（註2）的兵力在此駐紮，波密人重新聚集力量反擊新軍。

波密王白馬策翁無子，他的女兒招旺欽頓堆為丈夫，重新占領波密和白馬崗。兩個隊的新軍全部被波密人消滅，另一個隊的新軍僅有三十多人生還，波密地區重新被波密人控制。

西元一九一四年，英國、中國中央政府和西藏地方政府在印度西姆拉召開會議，英國代表麥克馬洪背著中國中央政府的代表，和西藏地方政府親英派代表祕密談判換文，劃了一條中印邊界線即所謂的「麥克馬洪線」。將白馬崗和野番地以南的門域珞域地區約九萬平方公里中國領土劃歸印度，中國中央政府堅決不予承認。

同一年，藏軍大舉東進，占領了原來被邊軍控制的西藏東部地區，工布、昌都和三十九族地區等盡被藏軍所占，藏軍一直推進到金沙江邊。

西藏噶廈政府要求波密王繳稅並接受管轄，被波密王拒絕。

西元一九二七年，藏軍集中了六個代本共三千人的兵力，分五路對波密發動大規模的軍事行動，波密王旺欽頓堆戰敗，逃到白馬崗地區。藏軍將波密全境劃為三個宗（註3），波密自此歸入西藏地方政府管轄。

至於末代波密王旺欽頓堆的結局，卻成了一個謎。

後人對此有以下幾種說法：

第一種說法：藏軍攻占波密後，旺欽頓堆經白馬崗、門域、珞域地區逃向印度。後來，他的傭人回到波密，說是旺欽頓堆逃到印度後，被英國人利用，封其為「赫哲」稱號，然後回到珞瑜地區。後來，英人聲稱，旺欽頓堆經常酗酒，以致引起中暑而死亡。

第二種說法：旺欽頓堆逃到印度後被印度人收留，關在一間非常簡陋的房子裡，成為一個被軟禁的囚犯。後來，旺欽頓堆設法跑回西藏，借酒澆愁，並沿著雅魯藏布江奔向波密，但在雅魯藏布江邊被同行者殺死。

第三種說法：旺欽頓堆逃到印度後，英國人委任他當了一個小官，給予他一定的俸祿，後來他被英人毒死（也有說食物中毒而死的，還有被仇人殺死的多種說法）。

以上三種傳說，均未得到權威證明。

本章註解

① 雜日神山位於現西藏朗縣境內，是藏傳佛教四大神山之一（其餘三座是梅裡雪山的卡瓦柏格、普蘭的崗仁波齊、玉樹的阿尼瑪卿），相傳是藏傳佛教創始人蓮花生大師的歸隱之地。傳說轉一次雜日神山就可以有第二次生命，免受輪迴之苦，來世可有幸福的生活。每逢藏曆猴年，西藏的一些佛教徒都會去雜日神山轉山朝聖，每十二年為一個輪迴，每五個輪迴即六十年是大轉。白馬策翁是「前年」轉的山，正好是十二年一次輪迴的小轉。西元一九五六年後，印度控制了「麥克馬洪線」以南地區，至今雜日神山的南半部被印度占領，轉山早已無法進行。

② 新軍編制，相當於連。

③ 相當於內地的縣。

第十八章 武昌槍聲

武昌起義的消息傳到西藏，在駐藏新軍內部引起了巨大反響。陳渠珍寫信給西原，要她就變動的西藏局勢做必要的應對準備。

波密全境平定後，邊軍奉命撤出波密，前往昌都，只留羅長裿的新軍在波密駐紮，防止波密軍的殘部興風作浪。

大戰之後，陳渠珍的心情反而不好，這自然是因為西原了。陳渠珍和西原分別已有一些日子，在緊張的戰鬥中，他的精力全都集中在指揮作戰上，沒有時間和精力來思念西原。現在戰鬥結束了，他對西原的思念與日俱增，而且隨著時間的推移，這種思念越來越強烈。他已經給西原寫過好幾封信了，西原雖識藏文，卻不認漢字，信都是通過加瓜彭錯翻譯的。

然而此時，一種新的危機正悄悄在軍隊中蔓延。

自從孫文先生在光緒三十一年（西元一九〇五年）八月在日本東京成立了同盟會，公開向全國提出了「驅除韃虜、恢復中華、創立民國、平均地權」的政治綱領後，革命黨人在國內多次發動武裝推翻滿清王朝的軍事行動，其中最著名的有光緒二十一年（西元一八八五年）的第一次廣州起義、宣統二年（西元一九〇〇年）的自立軍起義和惠州起義。之後還有萍瀏醴起義、黃岡起義、七女湖起義、安慶起義、欽州起義、鎮南關起義、河口起義、馬炮營起義、庚戌新軍起義和黃花崗起義等。這些起義雖然都在清王朝的軍事鎮壓下失敗，但卻在全國種下了反清的革命種子。尤其是革命黨人把重點轉到了清政府組建的新軍中，幾年下來，各地新軍官兵祕密加入同盟會已不在少數，像陳渠珍就是這個時期加入同盟會的，而林修梅更是同盟會中的骨幹人物。

表面上看起來，大清統治似乎還穩定，但全國已經布滿反清的乾柴，只要有一根火柴，全國就會燃起一場熊熊大火。

早在六月開始第二次進攻波密時，四川保路運動爆發一事就在駐波密的新軍中祕密地傳開了。宣統三年（西元一九一一年）五月九日，清政府宣布實行鐵路國有政策，收回由民間出資建造的粵漢鐵路、川漢鐵路，這個舉措引起湘、鄂、川、粵四省各階層人士的強烈不滿。四省民眾隨即掀起了轟轟烈烈的保路運動。在這場運動中，四川民眾反應最為強烈。成都附近的民眾在同盟會和哥老會的領導下，武裝圍攻省城成都，與清兵交戰，成都附近州縣的民眾紛紛回應，幾天之內，隊伍竟發展到了二十多萬。

入藏新軍中大部分官兵都是四川籍，而四川的哥老會組織歷史悠久，組織之廣泛，早已深入到四川的每一個角落，故而影響極大。入藏新軍中雖然有像林修梅、陳渠珍這樣的革命黨滲入，但最大支的還是哥老會組織，他們的人數已經占到駐藏新軍總人數的絕大部分。有些官兵，既是革命黨人，又是哥老會成員。在新軍中，哥老會成員常常利用其影響，在某種程度上左右了新軍的事務。甚至出現下級官兵因是哥老會成員，竟對軍中的上級軍官進行侮辱，而上級軍官卻不敢吭聲之事。

羅長綺是一個維護大清王朝的忠臣，他在得知哥老會在軍中的活動後，大為震驚。於是，他便想借著波密平定的大好機會，對軍隊嚴加整頓，剷除哥老會在新軍的勢力，免除後患。

經過他的祕密調查，得知新軍中哥老會的重要頭目一共有十三人，而陳渠珍的原護兵班長，現任營部軍需官的張子青，竟然是哥老會的副龍頭。

羅長綺準備將他們全部捕殺。

然而，大清的局勢已經大變。

西元一九一一年，九月二十五日這天，一件在近代中國歷史上具有劃時代意義的大事發生：四川榮縣宣布脫離清王朝獨立，成為全中國第一個脫離清王朝的政權。

攝政王愛新覺羅・載灃得知榮縣竟然宣布獨立的消息後，驚恐萬分，連忙調派渝漢鐵路督辦端方署理四川總督，並令他率湖北新軍入川增援在川新軍。

湖北新軍入川後，武漢的防務變得十分空虛。西元一九一一年十月十日（農曆八月十九日）晚間八時，武漢的新軍打響了武昌起義的第一槍，起義軍迅速占領總督衙門，湖廣總督瑞澄倉皇逃走。十月十一日，起義軍宣布改國號為中華民國，廢除清朝宣統年號，改用黃帝紀元，並向全國發布了《布告全國電》，《通告各省文》等文告。

武昌起義的消息傳到北京，震驚了滿清政府，在武昌起義的第二天，攝政王愛新覺羅・載灃緊急命令陸軍大臣蔭昌迅速趕赴湖北，指揮所有湖北各軍及赴援軍隊。同時，還下令海軍提督薩鎮冰率領海軍和長江水師，迅速開往武漢江面，支持陸上新軍進攻武昌。同時，還以北洋軍為骨幹，迅速組建了三個軍，向漢口附近集結。

面對清王朝南下的大軍，武昌起義軍也在積極備戰，雙方在武昌一帶沿江激戰，國內形勢急劇動盪。武昌起義的消息，由英國的《泰晤士報》傳到拉薩，並很快傳到駐工布德摩、波密的新軍中。

一天晚上，羅長𡖖將陳渠珍召到自己的行營中，武昌起義的消息，是由駐藏大臣聯豫手下一名洋文翻譯帶給羅長𡖖的，羅長𡖖把這封密信拿給陳渠珍，陳渠珍看後，大驚失色。

羅長𡖖沉重道：「國內局勢已經發生大變，這個消息是不可能隱瞞多久的，我想，要不了幾天，官兵們都會知道這事，我軍恐怕也會生變。在軍中幾位管帶中，你在官兵中很有威信，我也一直很器重你，我找你來，就是想聽聽你的意見，我們應該何去何從。」

自從接替鍾穎以來，陳渠珍成了羅長𡖖最信任的部下。在羅長𡖖的眼裡，這個來自湖南湘西的年輕管帶有著與眾不同的穩重和老成。他不光軍事才能過人，而且有著湘西人特有的耿直，為人講義氣，很受部隊官兵的擁戴。

陳渠珍想了許久，然後對羅長禬道：「局勢如何發展，我想誰都難以預料，我們軍中這些官兵，大多是從四川來的，四川人中哥老會的勢力之大，恐怕在我軍中也是一樣的。這些官兵本來就對朝廷不滿，一旦他們知道了這個消息，軍心必然大亂，我的意見是，不如率軍離開波密和德摩去昌都，萬一局勢有變，我們進可到拉薩，退可返四川。」

聽了陳渠珍的話，羅長禬一語不發，過了好一陣子，他才對陳渠珍道：「你說的話不無道理，但是你想過沒有，我們都是食朝廷俸薪的臣子，理應忠於朝廷。再說了，瘦死的駱駝比馬大，內地的暴動和革命不一定會成功，既然是軍人，怎麼可以不聽上級的命令，說走就走呢？即使軍中有變，趙爾豐大帥的邊軍就在川邊，到時候就奉命前來鎮壓，我們不如先退到江達，然後再決定是退是進。」

因為對武昌的形勢不甚明晰，陳渠珍也不好再說什麼，便告辭而出。

當天晚上，陳渠珍發現所部的官兵們在竊竊私語，顯然，他們已經知道了武昌起義這件事。

陳渠珍立即找到了楊湘黔，把實情告訴他。

自從頂替了范玉昆的工作，尤其是一起參加了兩次進軍波密的戰鬥後，陳渠珍已經和楊湘黔結下了很深的友誼。在進軍波密的那些血與火的日子裡，楊湘黔表現得像一個勇敢的軍人，儘管他已經四十多歲了。現在營裡的大事小事，陳渠珍都會先聽一聽楊湘黔的意見，而楊湘黔也總能提出中肯的建議。

「現在局勢混亂，軍心不穩，我想請你留心軍中哥老會的動向。」

楊湘黔聽後，沉默了一下，回答道：「這些日子來，大人對我實在是太好了，事已至此，我也不再瞞您了。在我們營中，加入了哥老會的官兵占大多數，而且我還是他們的頭領。不過，我可以告訴大人，我們營中的哥老會組織十分團結和齊心，對大人也十分尊重，大人盡可不必擔心。」

聽楊湘黔這樣一說，陳渠珍大吃一驚，他根本沒有想到楊湘黔竟會是營裡哥老會的頭領，但聽完楊湘黔一席話後，他的心也放了下來。楊湘黔是營裡哥老會的頭領，又完全能掌握營中的哥老會成員，而且和自己的關係也不錯，應該是一個可以依賴的人。

沒過幾天，武昌起義的消息很快在新軍全面傳開，新軍中陸續發現有滿人軍官無故被士兵殺死。至於軍官被毆打羞辱、被驅逐的事情，更是接連不斷。各部官兵都人心惶惶。陳渠珍因為和楊湘黔關係很好，透過他能掌控營裡大部分官兵。加上陳渠珍自己在官兵中一直很受尊重，營中大部分新兵都是湘西子弟，所以，相對來說，他這個營還算穩定。

可是，其他部隊就不一樣了。

一天早上，陳渠珍剛起床，羅長су一個人狼狽不堪地跑進了陳渠珍的房間，見到陳渠珍後淚流滿面。原來，一名護兵竟然公開搶奪他的一件狐裘，一些士兵還包圍了他的住所，他是好不容易才跑出來的。接著，陳渠珍的頂頭上司，一名標統（註1）也衣衫不整地跑了過來，他也是被叛變的士兵包圍後掙脫出來的。

陳渠珍連忙找衣服給他們換上。

很快，一隊士兵跑了過來，看到陳渠珍部的官兵嚴陣以待，這才退去。

鑒於局勢如此混亂，陳渠珍決定率自己營裡那些願意跟著自己離開波密的官兵，返回德摩。

陳渠珍知道，羅長су準備殺軍中哥老會頭領的事暴露後，哥老會的人一定不會放過他。出於對羅長су的關心與尊重，他希望羅長су能跟自己一起走，這樣，他可以一路保護羅長су的安全。但是，羅長су不聽他的話，認為自己如果和陳渠珍一道離開波密，目標太大，容易引起哥老會的人注意，因此，羅長裿讓陳渠珍先走，他自己晚一天再悄悄離開這裡。

陳渠珍勸說無效，只得讓羅長裿的親信同鄉為羅長裿挑選了一個班的士兵護衛，再效仿西漢末年馮異為光武帝劉秀上麥飯粥的故事（註2），將營中唯一剩下的一袋大米留給了羅長裿。

就在陳渠珍準備離開波密返回德摩時，在加瓜彭錯的家裡，德摩第巴、西原的阿媽和加瓜彭錯夫婦，還有桑吉，已經對陳渠珍最後的一封來信商量了很長時間。

自從陳渠珍第二次參加對波密的進攻之後，他已經給西原寫過好幾封信了，西原雖然懂藏文，也能說漢話，但卻看不懂陳渠珍用漢文寫的信。所以，每次陳渠珍的來信，她都要請加瓜彭錯讀給她聽。

「本布的來信說得十分清楚了，自從四川保路運動風潮興起後，駐西藏各地的川軍中就開始出現異動。現在武昌又出了事，本布的擔心是有道理的。」加瓜彭錯說道。

德摩第巴接話道：「前些天有人從拉薩過來，在工布的一些頭人中間祕密傳播達賴佛爺的旨意。他們也找到了我，說達賴佛爺已在大吉嶺多次和大英帝國駐印度當局對當前時局交換了看法，認為大清出現內亂，會給西藏帶來很大的機會，達賴佛爺要求西藏各地的頭人和藏人團結起來，準備反攻。」

加瓜彭錯夫人道：「難怪，我們這裡不少藏民都在私下裡議論，敢情是聽到了達賴佛爺的人說些什麼了。」

西原的阿媽嘆了一口氣道：「我只希望好好過日子，這局勢一亂，我們藏民就要遭殃了！」

西原看著阿媽：「阿媽，不是我們想過平安日子就行的，人家要折騰，我們有什麼辦法。」

「本布在信中說，這次內地出現的事和過去不同，這些年來，內地以孫文為首的革命黨一直在試圖推翻朝廷的統治。早些年，他就提出了『驅除韃虜、恢復中華、創立民國、平均地權』的政治綱領，之後，又帶領革命黨人在內地發動了很多次武裝暴動。特別是前幾個月剛剛發生的廣州黃花崗暴動，革命黨人竟攻入了兩廣總督署。最後還是失敗了，有近百名革命黨人戰死。」

「什麼叫『驅除韃虜、恢復中華、創立民國、平均地權』」桑吉好奇地問道。

德摩第巴對女兒道：「妳一個小姑娘，打聽這些做什麼？」

桑吉不服氣地頂撞阿爸：「誰是小姑娘，人家都行過成人禮了！」

西原把桑吉拉到自己身邊：「妳就少問幾句吧！」

德摩第巴只好給她解釋：「『驅除韃虜、恢復中華、創立民國、平均地權』，是孫文為首的革命黨人為了推翻朝廷而提出的口號，這話說起來就長了。當初，滿清從東北入關，占領了內地，漢人成了滿人的奴隸。所以，現在的革命黨人要推翻滿清的統治，把滿人趕回東北，恢復漢人政權，讓人們都過上好日子。」

西原的阿媽說道：「這不是反朝廷嗎?可是死罪啊!」

「在革命黨看來，內地原本就是漢人的地方，是滿清霸占了。幾百年來，朝廷的大員多是滿人。你看我們西藏，從前的駐藏大臣文碩、升泰、奎煥、文海、有泰諸位大人，還有現在的聯豫大人，都是滿人，你們想，這漢人能服氣嗎？」

「這些革命黨，好好的日子不過，偏要去反朝廷。」

西原道：「阿媽，妳不懂了，漢人不全是像我們一樣，他們很多人是有頭腦的。」

西原的阿媽搶白女兒：「行了，行了，又是妳先生說的。」

西原忍不住笑了起來。

德摩第巴對西原道：「妳跟本布在一起這麼久，平時他沒跟妳說過嗎？」

西原搖搖頭：「先生從不和我說這些，他是大清的軍官，說這些對他不好。」

「本布在信中說道，這次武昌發生的事不同於從前內地的反滿暴動，孫文的革命黨人已占領了武昌，還宣布改國號為中華民國，廢除大清宣統年號，改用黃帝紀元，並向全國發布文告，要漢人團結起來，共同推翻滿人統治。」

西原的阿媽問道：「那朝廷不派兵去打革命黨嗎？」

德摩第巴道：「當然要打，武昌暴動後的第二天，朝廷就令陸軍大臣蔭昌迅速趕到湖北，指揮新軍進攻革命黨。這革命黨也不示弱，也在積極準備，現在，雙方在武昌一帶摩拳擦掌，一場大戰不可避免。」

加瓜彭錯：「咸豐、同治年間，內地也鬧過大亂子，洪楊（註3）鬧得更凶，幾乎占了江南，但最終不還是讓朝廷剿滅了？依我看，這次革命黨鬧事，也不會有好下場。」

「你這話就錯了，據我所知，孫文的革命黨與洪楊內亂不同，雖然都是漢人反滿，但洪楊目光短淺，只知道享樂（註4）。可是這孫文的革命黨就不同了，他們有綱領、有思想，很多人都是有錢人的子弟，甚至不少革命黨人還是朝廷的漢人官員。他們只有一個目的，那就是一定要推翻滿人的統治，讓漢人來當家。」

說到這裡，德摩第巴放低了聲音，對大家說道：「現在朝廷的新軍中，祕密參加孫文革命黨的官兵不在少數，這次武昌事變，就是由朝廷新軍中的革命黨人發動的。就連工布的朝廷軍隊中，都有不少是孫文的革命黨人。」

大家不說話了，過了一陣子，加瓜彭錯夫人說道：「你們看看，西原的先生會不會就是一個革命黨人。」

「不要亂說。」西原接過她的話：「要是讓他們的長官知道了，可是要殺頭的。」

德摩第巴看著西原：「妳也不要怕，我看現在說說革命黨也沒有什麼。工布那些新軍們私下裡都在說，只是瞞著長官而已。本布在信中，就明確地告訴我們，他的軍隊中就有革命黨人，而且不少，也正在準備鬧事。他是要我們早做準備。」

加瓜彭錯：「我看本布的話有道理，不怕一萬，就怕萬一，現在這種局勢，說不定哪天就出大事。」

德摩第巴：「剛才我也給你們說了，前些天有人從拉薩過來祕密傳播達賴佛爺的旨意，說明達賴佛爺也想利用朝廷的這次內亂。」

「達賴佛爺到底想做什麼？」

「這還不明白，」加瓜彭錯看了妻子一眼：「自從前些年英夷侵入西藏，占領了拉薩的事件發生以來，西藏就不得安寧了。達賴佛爺先是離開拉薩前往外蒙和內地，去年他回來後，又遇上朝廷大軍入藏，他又到了印度。誰都知道，達賴佛爺見朝廷的力量沒有英夷大，也想和孫文的革命黨人一樣，把朝廷的勢力趕出西藏。」

「這不也是謀反嗎？」

德摩第巴：「可是達賴佛爺不這麼認為，他是想脫離朝廷，自己做主。」

大家都不吭聲了。

一位女僕走了進來，為眾人更換了滾燙的酥油茶。

德摩第巴端起碗，輕輕喝了一小口，滾燙的酥油茶在他口中停留了片刻後，順著食管緩緩流入他的胃中，使他感到一種極度的舒適。

加瓜彭錯：「我們也不必再說其他什麼了，就按本布信中所說的，把自己家的細軟收拾好，隨時準備離開。另外，如果有大清的官兵來家裡滋事，也不要和他們正面起衝突，可以直接找當地的官長，就說是本布的親戚，請他們出面解決。特別要交待家裡的下人，無事少外出。」

德摩第巴：「我們這幾家的人，要少和達賴佛爺派來的人接觸，西藏現在還是大清的天下，我們又是本布的親戚，無論是漢人還是藏人，眼睛都是盯著我們。還有，本布特別交代了，讓西原不要再回軍營。本布不在德摩，西原還是住在家裡為好。」

大家對德摩第巴的話都表示同意，答應各自約束家人和下人。

「喲，姐夫還真是關心人啊！」桑吉有些嫉妒地對西原說道：「還是有人疼好啊！」

西原取笑她道：「妳想有人疼，那還不容易，找個人嫁了就是了。」

大家都笑了起來，桑吉跑到西原的阿媽面前，往她懷裡一鑽，撒嬌地對她說道：「您管不管西原姐，她總欺負人。」

西原的阿媽笑著對她道：「好啦，別生氣了，一會兒我罵妳西原姐，給妳出出氣。」

桑吉笑了起來。

本章註解

①新軍官名，相當於團長，每標約兩千人，下轄三個營。

②更始元年（西元二十三年）十二月，天下大亂，劉秀和其他各地諸侯紛紛起兵，有人懸賞十萬兩黃金要劉秀的人頭。當時形勢危急，劉秀星夜率一百零八人向南疾走，不敢入城鎮，到達河北饒陽無蔞亭時，一行人饑寒交迫。大將馮異到附近村子要飯，給劉秀要來了一碗豆粥。部隊進至南宮，天降大雨，劉秀在道旁的空房子中避雨。馮異從房子裡找到了一點麥子和菟肩（一種蔬菜），給劉秀做了一碗菟肩麥飯。對於這一段患難經歷，劉秀一直念念不忘。東漢建國後，劉秀成為漢光武帝，馮異成為他最信任的大將。

③指洪秀全和楊秀清領導的太平天國運動。

④太平天國定都南京後，洪秀全及其高層領導人實質上放棄了起義初期他們所制定的「聖庫制度」、《天朝田畝制度》及後期的《資政新篇》。洪秀全共設三十六宮，十一年中從未邁出過天京城門一步。洪秀全的腐敗除了貪戀女色外，還表現在奢侈揮霍、大興土木等方面，其王冠由八斤純金製成，他由內宮升大殿臨朝亦乘金車。在洪秀全的影響之下，太平天國那些大大小小的王爺和官僚們，人人以享樂奢華為己任。百姓承受沉重的負擔和深重的災難。太平天國橫徵暴斂，諸如店捐、股捐、月捐、日捐、房捐等不下二、三十種。後期洪秀全封王竟然達到了兩千七百多個！自上而下的腐敗，徹底地動搖了太平天國的統治根基。

第十九章

離開藏地

陳渠珍不願捲入保皇派、哥老會和十三世達賴喇嘛的爭鬥中，決定偷偷從藏北高原離開西藏。

陳渠珍和楊湘黔一起，率營中一百來名對他忠心耿耿的湘西籍和滇、黔籍官兵，經過六天的跋涉，回到了德摩。

回到德摩後，陳渠珍和西原一起住在德摩第巴家中。他一直牽掛著羅長裿的安危。這天，他突然聽到一個消息，說是自他離開波密後，亂兵劫掠了羅長裿私宅，將其扣留並肆意侮辱。羅長裿竭力逃脫，跳崖自盡，但當時未死。最後被殺害，焚屍滅跡。正當陳渠珍半信半疑時，楊湘黔跑來告訴他，羅長裿已經被軍中哥老會的官兵勒死在德摩山下的喇嘛寺裡了，陳渠珍聽後，好半天默然無言。

在西藏近代史上，羅長裿是一個悲劇人物，除了他本人的命運外，在很多年後，還牽涉到當年一些當事人，在西藏近代史上值得一提。

兵變很快波及到了陳渠珍本人，在德摩第巴家中，各部隊中的哥老會官兵恣意進入藏民家中，就連陳渠珍住的房間，也是明目張膽地進出調笑，甚至在房間內以幫派規矩致禮。有一位從前軍中地位最低的夫役，因是哥老會首領，此時眾人見了他都要起立，連陳渠珍也不得不跟著這樣做。有一次，性格倔強的西原忍無可忍，要與其理論，還是陳渠珍攔住了她才作罷。

在德摩，陳渠珍信賴的張子青一直沒有露面。

後來，陳渠珍才知道，這張子青作為新軍哥老會的副龍頭，已經祕密赴拉薩去了。

當陳渠珍再次見到張子青，已是民國二年的事了（註1）。

更大的問題接踵而來。

一天晚上，一名營裡的軍官，也是哥老會的首領，帶著好幾名士兵來見陳渠珍。

軍官說道：「自四川保路運動爆發以來，湘、鄂、川、粵四省各階層民眾，在同盟會和哥老會的領導下，掀起了轟轟烈烈的保路運動。從而引發了武昌首義，內地各省紛紛獨立回應，滿清政權風雨飄搖，西藏局勢也是一片混亂。據我們得到的消息，拉薩現在人心惶惶，各派都在伺機而動，想控制西藏局勢。駐藏大臣聯豫和前些時候撤職回到拉薩的鐘協統，正竭力控制拉薩局勢，他們都是滿人，鐘協統還是皇族，自然要維護滿人的地位。而在印度的達賴佛爺，也想趁國內大亂的時機，返回西藏，一是控制西藏局勢，二是在英人幫助下進一步謀求脫離中央政府。作為反滿的重要力量，哥老會自然不能袖手旁觀，我們已經和江達軍中的哥老會聯繫過了，決定推選您擔任這兩地新軍的總指揮，率領兩地新軍前往拉薩，控制西藏大局。」

他的話使陳渠珍大吃一驚，他萬萬沒想到哥老會竟然有這樣大的野心。他也明白，同盟會在西藏新軍中影響不大，林修梅離藏後，也沒有很有力的組織，相反地，哥老會在新軍中卻力量雄厚，絕大部分官兵都已加入了哥老會。但是，哥老會竟要自己擔任角逐西藏權力的主角，這是他從來沒有想過的，他不像林修梅那樣有抱負，他在政治上也從沒有這樣大的野心。

「我不過是軍中一名管帶，資歷和革命經驗都不足以承擔如此重任，你們還是另選其他德高望重之人，這樣才不負反滿革命事業。」

「我們已經反覆考慮過，您本身就是同盟會員，在軍中又有很高的威信，因此，才一致推舉您擔此重任。希望您站在反滿的立場上就任此職，明天就率軍去江達，匯合江達新軍，前往拉薩。」

「我革命資歷太——」

那人打斷了他的話，斬釘截鐵地說道：「反滿革命事業為重，您就不要再推辭了，趕緊作準備吧。軍中之事您不用操心，我們會組織好。另外，您最好帶上夫人同行，我們這一去，很可能不會再回德摩了。」

那名軍官走後，陳渠珍不得不為下一步打算了。

當天下午，陳渠珍帶著西原，來到西原的娘家。

西原和阿媽聽到陳渠珍明天就要離開德摩一事後，簡直不知所措，西原首先就大哭起來。

「先生剛從波密回來，怎麼又如此倉促離開？」

「世事難以預料，國內時局的動盪，不是一朝一夕能發生的，這些年來，革命黨人為了推翻滿清統治，已進行了多年的準備，這次總爆發，是意料之中的事。」

西原還在嗚咽著：「現在成了這個樣子，我們該怎麼辦？」

陳渠珍的心裡也是一團亂麻，不過，他不能在西原母女面前表露出來。

「現在哥老會要我率領軍隊先到江達，然後再去拉薩，我是萬萬不能同意的。西藏局勢之複雜，不是我這樣的人能控制的。保皇的駐藏大臣聯豫和前些時候被撤職回到拉薩的鐘協統，都是我的長官和上級，他們的影響和勢力要大得多，何況他們背後還有整個朝廷的支持。哥老會要我和他們爭權，我只是他們手中的一顆棋子，好用時用我，不好用時會把我一腳踢開，弄不好還會下毒手。再加上達賴佛爺也在虎視眈眈，我是絕不能去趟這個渾水的。但是，明天我還得要和他們去江達，否則，他們一定不會放過我，會認為我對革命不忠，要殺掉我也說不定。他們連羅大人都敢殺，何況我一個小小的管帶。」

西原：「那到了江達又怎麼辦？」

陳渠珍：「得走一步看一步了，等明天到了江達，看情形定奪。」

西原再次大哭起來，「我和先生結婚才一年，情投意合，我不願意先生離開德摩。」

陳渠珍只得不停地安慰西原，西原的阿媽畢竟是經歷過大事的人，她抱住女兒，也在不斷地安慰她。

「本布是軍隊上的人，他若不去江達，連性命都會有危險，妳這孩子，怎麼連這點都不懂。」

陳渠珍也對西原說道：「不是我想離開德摩，實在是不得已而為之。我們的軍隊已經叛變，德摩的局面我無法控制，留在這裡，不僅我無法保命，妳是我的親人，恐怕連妳也不能倖免。」

西原聽後，擦了擦眼淚：「那我和你一起走！」

陳渠珍看了西原的阿媽一眼，從內心說，這也是他的願望，他也不願意和西原分開。雖然他不能預見西藏將來是怎樣一種局面，但他還是有一種預感，這一走，想再回到德摩，恐怕不是一件容易的事。但是，西原的阿媽會是什麼態度呢！

西原的阿媽斬釘截鐵地對陳渠珍道：「本布不要多想，西原必須和您一起走，她是您的妻子，照顧您是她的本分。」

聽到西原的阿媽這樣一說，陳渠珍放下心來。

接下來，陳渠珍轉而寬慰西原的阿媽：「阿媽也不必擔心，軍隊中哥老會這些人雖然蠻橫，但他們對我還算客氣。現在又要我擔任他們的首領，帶領他們去江達，目前是不會對我怎麼樣的。拋開他們不說，如今時局到了這個地步，我們只有大起膽子往前面走，也許還有生的可能，如果留在德摩，也許我們只有死路一條。西原和我一起走，我一定會好好照顧她的，您老人家不要為我們擔心，日後西藏的局勢穩定了，我們仍然會回到德摩來的。」

西原又開始哭了，阿媽也跟著哭了起來。

這一下，連從不輕易掉淚的陳渠珍也泣不成聲了。

他一邊流淚，一邊還得安慰西原母女倆。

當天夜裡，陳渠珍和西原收拾好東西，吃過了飯，告別了西原的阿媽。

兩人先來到范玉昆家裡，見到了他和他的藏族妻子及孩子。

陳渠珍把局勢向范玉昆簡單地說了一下，然後對他道：

「我明天一大早就要帶部隊去江達，然後去拉薩，我們走後，德摩及工布再無新軍，因此，你還是趕快收拾東西，明天和我們一起出發吧！」

西原也在一旁勸道：「我和先生說好了，你就帶著全家和我們一起走吧！」

范玉昆看了看他的藏族妻子，為難地說道：「我的兒子剛生下幾天，雖然天氣已好轉，但他們母子倆怎麼能夠行軍？」

陳渠珍道：「我和你認識一年多了，也算是忘年之交，你這個人老實忠厚，以後跟著我，我一定會照顧你的。我也知道，帶著這麼小的孩子跟著部隊行軍，有誰能忍心，但這也是沒有辦法的事。我們這一去，這一帶再無漢人軍隊，萬一達賴喇嘛回來，他手下那些極恨漢人的藏人一定不會放過你，到時不僅你的生命不保，妻子孩子也不能倖免。」

范玉昆一言不發，陳渠珍反覆勸告他，但他一直下不了決心。最後，范玉昆對陳渠珍和西原道：「這樣吧，大人在江達一定還會停留幾天，我收拾一下，到時再帶家眷一起趕過來。」

陳渠珍見他如此固執，也不好再說什麼，只好和他悵惘而別。

陳渠珍和范玉昆這一分別，就再也沒見面。

許多年後，當張子青從西藏回來，到湘西投靠陳渠珍時，他才從張子青的口中得知范玉昆的情況：陳渠珍和新軍離開工布後，范玉昆並沒有離開德摩，僅僅過了兩個月，那些仇恨漢人的藏人就殺害了范玉昆，也同時殺了他的藏族妻子和剛生的幼兒。

這天晚上，陳渠珍一夜未眠。

第二天天還未亮，陳渠珍和西原就起床了，他們剛收拾完畢，就看到了西原的阿媽、桑吉、德摩第巴和加瓜彭錯夫婦都趕來送行。

「我們已聽說大軍就要離開德摩和工布了，因此特地趕來為本布送行。」

加瓜彭錯和大家都流著淚，陳渠珍眼圈也紅了。

「本布在此，德摩過了一段好時光，本布這一走，我德摩又要受難了。」

加瓜彭錯平時與陳渠珍最為要好，加上又是西原的阿達，感情自不必說，他拉著陳渠珍的手，依依不捨地流著眼淚說道：「我已經老了，不能跟隨本布您了，本布這一去，不知我們何年才能重逢？」

他一邊說著，一邊從夫人手中拿過一串念珠遞給西原：「今後妳可一定要好好地侍候本布，這是我用了四十年的念珠，就送給妳做個紀念吧。」

在旁邊一直沒有說話的桑吉走了過來，她緊緊地抱著西原，嗚咽著對她道：「我們從小一起長大，一起玩耍，現在，妳就要離開我們了，我真是捨不得妳呀！我也不知道我們今後還能不能再見面，但妳以後一定不要忘了我！」

西原的阿媽從旁邊拉過紮西對西原道：「妳要隨本部去江達、拉薩，身邊沒有人照顧是不行的，我把紮西給妳帶上，他沒有親人，也願意跟著妳，你們就帶上他吧。」

紮西跪倒在西原面前，「小姐，您就帶上我吧！」

西原看了陳渠珍一眼，然後看著紮西，點了點頭。

西原的阿媽拉著女兒的手，拿出一座高約八寸、溫潤光潔的珊瑚遞給女兒：「這是阿媽出嫁時的陪嫁，送給妳留做紀念，妳跟隨本布這一走，從此天各一方，我們母女也許再也沒有相見之日了。妳以後見到它，就如同見到我一樣。」

西原抱著阿媽，二人哭成淚人一般。

很多年之後，陳渠珍才聽說，十三世達賴喇嘛返回拉薩後，西藏噶廈政府下令在西藏各地追查那些曾與漢官友好的藏官，不少藏官因過分親近漢人和新軍被害。德摩第巴和他的女兒桑吉也未能倖免。而把女西原嫁給陳渠珍的加瓜彭錯夫婦，竟然被凌遲而死，這使得陳渠珍傷懷不已。

至於西原的阿媽，他卻再也沒聽到過任何消息。

陳渠珍率部隊抵達江達時，江達已處於一片混亂之中，駐江達的新軍各部人心浮動，一些從拉薩過來的人帶來的各種消息，更加重了官兵們的憂慮。陳渠珍暗地裡瞭解到，在江達的部隊中，只有一小部分人傾向革命，大部分人都是哥老會那幫人。雖然革命派也極力擁戴自己，但他們的勢力遠沒有哥老會那麼強大。

陳渠珍權衡再三，決定脫離哥老會的控制，離開西藏。

當他把自己的決定告訴西原時，西原沒有片刻遲疑：「我是個小女子，不瞭解國家大事，但是，我是先生的妻子，先生的決定就是我的決定，先生就是走向地獄，我也一定會跟著先生赴湯蹈火。」

陳渠珍一把將西原抱在懷裡：「謝謝妳，我不會帶著妳走向地獄，我要和妳一起走出一條生路。」

接著，陳渠珍又把自己的決定告訴了楊湘黔。

楊湘黔略一沉思，然後對陳渠珍道：「大人的想法是對的，現在西藏局勢太亂，革命黨、哥老會、保皇派，還有那些心術不正，想渾水摸魚的人，都想在亂中達到自己的目的。再說了，還有遠在印度、依附英國人的達賴喇嘛那一派人，也在虎視眈眈。西藏的局勢，主要還是要看內地的大局，我們現在在這裡，大局不明，弄不好自己也會賠進去。既然大人決定離開西藏，也合我的心意，我一定和大人同甘共苦，一同進退。」

楊湘黔這番話讓陳渠珍感動不已，真可謂患難見真情，陳渠珍慶幸自己沒有看錯他。

接下來，二人就如何離開西藏的細節進行了仔細的商量。

離開西藏，首要的問題就是路線問題。

從江達出藏，最近、最方便的路線就是沿著傳統的出入川大道南路，即經昌都、巴塘、理塘直到打箭爐，不僅路途近，而且沿途容易取得給養。還有，那就是沿著陳渠珍一年多前入藏的路線，即沿著三十九族領地、類烏齊、昌都、甘孜到打箭爐。

當陳渠珍提出這兩條路線時，楊湘黔當即表示反對。

「不可，不可，」他對陳渠珍道：「大人也許還不知道，昨天晚上，我聽到哥老會中有人從拉薩來，說是趙爾豐大帥聽到駐德摩和江達的入藏新軍發生叛變，殺害羅大人後，已經派出三個營的官兵來這裡防堵。我們如果經昌都入川，可能會與邊軍產生誤會，弄不好，邊軍還會把我們當成叛軍，那就壞了大事。」

陳渠珍著急地說：「那我們進也不是，退也不是，如何是好？」

「走藏北、青海——」楊湘黔果斷地說出這幾個字。

「走藏北、青海？」

「對，走藏北青海。」楊湘黔繼續說道，「目前情況下，只有走藏北、青海這條路最為保險。我們從江達出發，向北經過哈喇烏蘇，穿過羌塘高原經青海到甘肅。」

「我可聽說羌塘高原是無人區，很少有人走這條路。」

「我問過了，聽說有三條路可以從江達到甘肅。東西兩條路行程較遠，沿途人家也還不少，需要走三、四個月才能到達青海的柴達木。而中間這一條路，據說十分艱險，要穿過可哥西里，基本上全是荒野，杳無人跡。但是，聽說這條路的路程只有六十馬站，四十天便可以到達柴達木，到那裡就已經是蒙古人的牧區了。然後從柴達木經青海進入甘肅境內，只需要十餘天時間，而且沿途都是人煙稠密的農牧混合區。那些趕時間的青海、西藏商人，都是走這條道路，我們也可以走這條路。」

陳渠珍沉默不語。

「我們都是軍人，都能吃苦。再說了，邊軍正在向江達趕來，要是他們到了，我們可就走不了了，時間緊迫呀！」

楊湘黔最後這句話打動了陳渠珍，他一拍大腿：「好，我們就走這條路！」

離藏路線確定後，剩下的問題就是隨行人員和物資準備了。至於哪些是願意跟著他們離藏的官兵，由楊湘黔連夜祕密聯絡。坐騎也不成問題，陳渠珍率軍從波密返回來時，都是一人一騎，隨軍的馱牛也還有一百多頭，都可供利用。

當天深夜，楊湘黔悄悄來到了陳渠珍房間，他告訴陳渠珍，經過他祕密聯絡，有湘西籍和滇黔籍的兵士近百人堅決要跟著陳渠珍離藏。牛馬都已準備好了，糧食勉強可夠一個月用，但從江達一直到哈喇烏蘇，沿途都有人家，可以購買。

兩人決定，事不宜遲，明日天亮前便動身離開江達。

本章註解

①民國二年的時候，陳渠珍已回到家鄉湘西，重新拉起隊伍，張子青在拉薩無法立足，故離開西藏，來到湘西投靠陳渠珍。陳渠珍對波密兵變之後張子青竟不顧自己一事既往不咎，依然對其委以重任。但張子青為人品行太差，最終還是被部下所殺。

第二十章
無人荒原

陳渠珍帶著一百多名士兵悄離江達，開始了漫漫旅程。在茫茫無邊的羌塘高原無人區，只有從老喇嘛口中流淌出來的那些新奇故事，才多少緩解了他們心中的憂愁。

次日天尚未亮，陳渠珍和楊湘黔便悄悄地帶著人，分批離開了軍營。由於哨兵也是湘西人，也要隨陳渠珍離藏，故軍營內無人得知。

出了軍營後，隊伍來到了江達約一里地遠的一座木橋邊時，卻看到橋邊有一群人站在那裡。

陳渠珍大吃一驚。

走近一看，原來是自己營裡的十多名滇黔籍的士兵，他們不知怎麼得知了陳渠珍一行人要離藏的消息，故而悄悄地在此等候。由於他們態度堅決，又都帶著馬和糧食，陳渠珍想了想，最後同意帶他們一起離藏。

再次清查人數，包括陳渠珍、西原、紥西和楊湘黔在內，共一百一十五人，都是一人一騎。走出江達後，隊伍一路前行，向著北方行進。

這一路上沿途藏民人家很多，道路也還平坦，大家都騎著馬，離藏的心情也好，加上陳渠珍在部隊官兵中的影響力，以及楊湘黔是哥老會頭領的身分，士兵們一路上也沒有發生侵擾藏民的事。

走了七天後，隊伍到了哈喇烏蘇。

哈喇烏蘇是藏北最大的城鎮，有幾百戶人家，人口有上千人，從這裡向南就是霍爾三十九族的地盤。在歷史上曾是蒙古人和藏人勢力的分界處。哈喇烏蘇有一條名叫黑河的河流，據說可以一直流到雲南那邊，還可通到暹羅和安南。哈喇烏蘇這個地名帶有濃鬱的藏族色彩，在藏語中，「黑」稱作「哈」，「山」叫做「喇」或者「臘」，河流叫做「烏蘇」。因此，哈喇烏蘇可以稱做黑色的山和河流。

陳渠珍希望能在哈喇烏蘇歇歇腳，休整補充一下給養。然而，隊伍還沒有進入城鎮，就看到幾百名藏兵手持刀槍，在鎮邊夾道而立，看情形並不友好。

陳渠珍連忙讓隊伍停了下來。

「怎麼回事?」楊湘黔縱馬跑了過來。

「不知道，不過看情形是不歡迎我們。」

「我去看看。」西原見大隊停在這裡，心裡十分焦急。

陳渠珍阻止了她。

陳渠珍和楊湘黔商量了一下，因為紮西可以講一口流利的漢語，便決定派一名機靈的排長帶著紮西前去打聽。

他叮囑那位排長：「你告訴他們，我們只是路過這裡，沒有惡意，借住一晚就走。」

許久之後，那名排長才帶著紮西回來了，跟著他們來的，還有一名穿著絳紅色喇嘛服的中年喇嘛。看見陳渠珍是長官，那位喇嘛對著他嘰哩呱啦說了一大堆藏語，而且表情十分激動。陳渠珍雖然到西藏已有一年多了，但只能聽懂一些簡單的生活用語，喇嘛的話又急又快，他一句也聽不明白，還是西原給他做翻譯：「他說，這裡是達賴佛爺的管轄地，他們不歡迎我們，讓我們趕快離開這裡。」

陳渠珍見此時太陽已落山，他們又都沒有帳篷，周圍數十里處再無大的村子，於是，他讓西原和那名喇嘛反覆商量。也許是西原是藏族年輕女子，經過反覆磋商，那名喇嘛最後還是動了惻隱之心，帶著他們到鎮邊的三間破房前，讓他們在這裡暫住一夜，明天一早一定要離開。

陳渠珍讓西原給了那名喇嘛一百塊藏洋，請他代買一些糌粑和草料。那位喇嘛將藏洋揣進口袋，高興地離開了。

晚上，收了錢的中年喇嘛帶著幾位年輕喇嘛，趕著牛車，給陳渠珍送來了一百包糌粑，卻沒有草料。萬般無奈之下，只得用糌粑充作草料，給馬吃了個半飽。

晚上，一百多人全都擠在三間小屋內睡去，陳渠珍讓西原緊緊挨著自己。

半夜時分，西原急促地把沉睡的陳渠珍叫醒，陳渠珍翻身起來，見楊湘黔已經帶著幾名士兵從屋外走了進來。

「怎麼回事？」陳渠珍急急地問道。

「他媽的，藏兵把我們包圍了！」

陳渠珍馬上將子彈上膛，楊湘黔把他的手按住了。

「他們人不多，看情形不像是要立即對我們動手，我已經派人監視他們了。」

天一亮，陳渠珍立即指揮大家收拾好東西，一百多人上了馬，急急地離開了這裡。

大隊人馬剛剛走了約十里路，後面突然響起了一陣急促而雜亂的馬蹄聲，陳渠珍回頭一看，只見在離他們三、四里地的後面，一大群藏軍騎兵趕了上來，估計不下千人。奇怪的是，這些藏軍騎兵並不是在全力追趕他們，倒像是在跟隨他們。

陳渠珍把手一揮，示意隊伍停下來。這時，他看到後面這一大群藏軍騎兵竟也跟著停了下來。

一連幾個時辰，他們趕路時，後面的藏軍騎兵就跟著他們；當他們停下來時，騎兵也跟著停下來。

「先生，我看有些不對。」西原趕到陳渠珍身邊，小聲地對他道。

陳渠珍：「別怕，他們不是想要攻擊我們。」

「可是我有些擔心。」

陳渠珍對西原笑了笑：「別怕，有我呢。」

二人正說著，楊湘黔從後面趕了上來，陳渠珍看了看後面藏軍的隊伍，對楊湘黔道：「你怎麼看？」

「很簡單，他們想幹掉我們。」楊湘黔不等陳渠珍回答，繼續說道：「之所以沒有在昨晚動手，是因為力量不夠，他們的人還沒到齊，而且，他們害怕我們。現在他們的大隊人馬來了，他們仍然沒有動手，是想先跟著我們，到了晚上再行動。」

陳渠珍道：「看來，我們必須採取措施了。」

「大人的意思是——？」

陳渠珍做了一個果斷的手勢：「先下手為強，後下手遭殃！」

陳渠珍讓隊伍停了下來，然後迅速將隊伍分成三隊，讓楊湘黔帶四十人從正面進攻這些藏軍騎兵，他自己帶一個排繞到後面進攻，剩下的人留下來充作後備隊，並保護行李輜重。

擬好計畫後，他把西原叫了過來，讓她帶著紮西和幾名士兵生起牛糞火。

西原明白陳渠珍的意圖，很快，幾堆牛糞火開始冒出濃煙，後面的藏軍看到新軍停下來生火做飯，也就都搭起了帳篷休息。陳渠珍見藏軍上了當，一聲令下，兩路新軍按計畫開始了行動。

楊湘黔帶領四十名士兵，悄悄逼近了藏軍帳篷，在距離藏軍兩百多步時，被藏軍哨兵發現，富有戰場經驗的楊湘黔立即命令士兵架起兩挺機槍，朝藏軍帳篷猛烈開火，同時，其他人用步槍朝藏軍射擊。在新軍強大的火力下，猝不及防的藏軍在跑出帳篷後，即被新軍槍彈擊中，紛紛倒在地上，緊接著，新軍士兵勇猛地向藏軍發起攻擊，他們一邊衝鋒一邊不停地射擊，藏軍連忙伏在地上進行還擊。

楊湘黔下令停止衝鋒，雙方就這樣僵持了下來。

此時，陳渠珍親自帶領一個排，悄悄繞到藏軍帳篷後面開了火，密集的子彈雨點般地射向藏軍，正在全力與正面新軍對峙的藏軍猝不及防，紛紛被新軍的子彈擊中，倒在地上。

正面的新軍見陳渠珍已攻到了藏軍的身後，繼續發動攻擊。在新軍內外夾擊下，藏軍招架不住，紛紛上馬逃竄。新軍向前猛追一陣後，又有不少藏軍落馬，陳渠珍吩咐不要遠追，新軍這才收兵。

戰鬥結束後，新軍清查戰果，藏軍死傷三百多人，而新軍卻無一傷亡，還在藏軍遺留下的帳篷中，發現了不少糧食。陳渠珍吩咐將糧食全部搬上馱牛，將受傷的藏軍集中在帳篷裡，把其中一名六十來歲、對這一帶地形熟悉的老喇嘛帶上，然後把所有繳獲的槍支砸爛，這一切做完後，便率領大隊人馬急速地離開了。

為了防止藏軍追來，陳渠珍率隊一口氣趕了四十多里，當天晚上，新軍找到一處有十多頂帳篷的牧民點住下。

白天的戰鬥使西原對陳渠珍的崇拜又增添了幾分，她對自己的丈夫在這種危急關頭表現出來的勇氣和智慧佩服得五體投地。慶幸自己找到了一個好的歸宿。雖然他是一個漢人，但在西原的心裡，漢人本來就有著一種神祕感，何況自己的丈夫還是這樣一位智勇雙全的軍人。雖然現在自己跟著他離開了故鄉，離開了親愛的阿媽，離開眾多親朋好友，今後的路也不知道會怎樣，但有這樣的丈夫，西原願意跟隨他走到天涯海角。

陳渠珍、楊湘黔和西原找到了帳篷中的一位牧民，向他打聽前面的道路，西原翻譯完牧民的話，使他們大吃一驚。

「從這裡向北走三天，便進入了羌塘荒原，那裡就沒有人煙了。我雖然在這一帶放牧，但從來沒有走過這條路，聽人說，從這裡到甘肅，不是一個來月就可以到達的。」

告別了這位牧民，陳渠珍和楊湘黔把那名被俘的老喇嘛叫到面前，讓西原作翻譯，安慰了他一番後，仔細向他詢問前面的道路情況，並請他帶路前往甘肅。

老年喇嘛對他們道：「我九歲就進入塔爾寺，十八歲時又跟著一位商人回到了西藏，已經四十多年沒走過這條路了。現在你們要我帶路，我哪裡還記得，當年我跟著那位商人，從塔爾寺走了兩個多月才到哈喇烏蘇。而且那時正是初夏季節，氣候溫和，而如今卻是寒冬時節，一路天寒地凍，恐怕不是兩個月可以到達甘肅的。」

陳渠珍吩咐把他帶走，然後和楊湘黔商量起來，他們覺得牧民雖然自己沒有走這條路，但一定是聽人說過的。加上那位喇嘛說的話與牧民的話差不多，不管怎樣，陳渠珍認為，從這裡到甘肅的路比他們事先估計相差太遠，絕對不是一個多月可以走出去的，可是楊湘黔還是懷疑老喇嘛是否說了真話。

「他當了我們的俘虜，會不會說假話？」

一旁的西原應道：「我對他說了，我們一定不會傷害他的，只要他把我們帶出無人區，我們就會放他回來，而且會給他一大筆錢和糧食。而且，結合那位牧民所說的話，我認為喇嘛的話是有一定道理的。」

陳渠珍想了一下：「他現在在我們手裡，想來不敢騙我們，不管怎樣，既然已經到了這裡，官兵們又都是騎著馬的，糧食也充足，我想，就是路再遠，我們最多走兩個月，一定可以到達甘肅。」

陳渠珍和楊湘黔清算了一下糧食，平均每人有一百三十斤糌粑，如果不出意外，可以供全體人員九十天食用，於是也就定下心來了。

第二天，這一百多人踏上了向北的路程。

現在，老喇嘛成了陳渠珍他們唯一的嚮導，儘管這名嚮導不那麼熟悉道路。紮西奉命緊跟著老喇嘛，防止他中途逃跑。

那名老喇嘛的話沒錯，大隊人馬在荒無人煙的茫茫原野上前進，根本沒有路可行，三天中竟然沒有見到一個人影。舉目望去，到處是寸草木不生的荒野，遍地是亂石。走著走著，會突然刮來一陣大風，捲起的塵土撲面而來，無法看清前方，老喇嘛讓眾人伏在地上，等到狂風過去後才又起身前進。

更讓人著慌的是惡劣的天氣，大雪說下就下，有時一下就是幾個時辰，官兵們冒著風雪前進，沿途又沒有水，一行人只好把雪燒開後洗臉解渴。晚上，人就睡在亂石上面。好在沿途還可撿到夏天牧民放牧時牛馬拉的糞便燒火，最慘的還是牛馬等牲畜，牠們每到一地，都拼命地拱開積雪，啃食雪下那些不多見的枯草。這樣的情況下，士兵們只好用糌粑來飼餵牛馬。十多天之後，陳渠珍吩咐清查剩下的糧食，不查則已，一查則大吃一驚：原本可以支撐三個月的糧食，現在居然只剩下一半了！陳渠珍只好反覆告訴士兵們，一定要節約用糧。

整日在杳無人煙的大荒野上行進，大家都無聊到了極點，時間一長，陳渠珍、西原和一些士兵找到了一種排遣寂寞的辦法——聽老喇嘛講故事。

飽經風霜的老喇嘛在哈喇烏蘇一帶生活了四十多年，心裡藏著許多當地的風情故事和傳說。

有一天在行軍中，西原說起哈喇烏蘇一帶和自己的家鄉工布地區比起來，要荒蕪落後得多，老喇嘛不高興了。

「姑娘，妳這話可不對了，哈喇烏蘇可是我們西藏最古老的地方之一。早在很多年以前，這一帶就是象雄國（註1）的地盤。後來，贊普松贊幹布統一了全藏，建立了強大的吐蕃王朝，哈喇烏蘇又成了吐蕃王朝主要的糧草和馬匹供應地。我們藏族的大英雄格薩爾王，就在我們這一帶活動過。成吉思汗占領西藏後，在我們這裡駐紮了蒙古騎兵。從那之後，哈喇烏蘇成了朝廷官員由青海入藏的驛站。就連前年達賴佛爺從北京返回拉薩時，也曾在哈喇烏蘇住了一個月。班禪佛爺和駐藏大臣的代表，都到哈喇烏蘇來迎接達賴佛爺。」

紮西嗤之以鼻：「還說是主要的糧草和馬匹供應地，這荒山野嶺的，能長什麼東西？」

「小子，別不服氣。」老喇嘛繼續說道：「別的不說了，就說我們這裡盛產的一種神奇的草藥吧，它叫做冬蟲夏草（註2），這可是遠近聞名的仙草。說它神奇，一點也不誇張，它只生長在我們這裡高山雪線附近的草坡上。在夏季，蟲子將卵產在地面，經過一段時間後，蟲卵變成了小蟲，它鑽進潮濕鬆軟的土中。第二年天氣轉暖，這小蟲竟然變成一棵小草長出了地面，所以呀，被人們稱作冬蟲夏草——」

「你等等，」西原看著老喇嘛問道：「那它到底是蟲還是草？」

紮西在一旁故作聰明地說：「小姐，這還用問，它又是蟲又是草。」

西原看著紮西：「屁話，和沒說一樣。」

老喇嘛道：「它呀，冬天是蟲，夏天是草。」

老喇嘛這個簡單明瞭的答案，說得西原和紮西都不吭聲了。

「冬蟲夏草不光是長得奇怪，它的藥效也了得，可以治療許多大病重病，可以使人延年益壽。對那些年輕人來說，還可以治腎虛陽痿呢！」

紮西：「我不相信它有這麼神奇！」

陳渠珍笑道：「他沒有說謊，在我們內地，這冬蟲夏草的確是一種非常名貴的草藥。誰得到一點冬蟲夏草，可是很值錢的藥材了。」

西原對老喇嘛剛才說的那句冬蟲夏草「可治腎虛陽痿」的話弄不懂，便向陳渠珍詢問。

陳渠珍笑著貼近她的耳邊，小聲地說了幾句話，西原聽完後，臉「刷」地一下紅透了，她嬌羞地追打著陳渠珍，陳渠珍笑著跑開了。

聽完老喇嘛對冬蟲夏草的介紹，紮西意猶未盡。「那你們這裡還有什麼稀奇的東西沒有？」

「當然有啦！」老喇嘛繼續誇耀地說了起來：

「離我們哈喇烏蘇不遠處，有一處聞名全藏的骷髏牆。」

一名士兵好奇地問道：「什麼骷髏牆？」

「就是人頭堆砌成的牆。」

老喇嘛的話引起了大家的興趣，紛紛要求老喇嘛趕快說下去。

「那裡的一座寺廟叫達摩寺，這達摩寺相傳是大唐文成公主進藏時，經過這裡時修建的。寺內有一座古老的天葬台（註3），在藏北一帶非常有名。在這天葬台旁邊，有一個小院，院子西側有個小偏門，人們低頭彎腰進去，一眼就可以看到南牆上鑲嵌著密密麻麻幾千顆人的頭骨，細心的人，甚至可以分辨出它們是孩子還是大人的——」

「別說了，別說了，」老喇嘛聽到西原的叫喊聲後，立即止住了口。

老喇嘛的話引起西原一陣噁心，她勒住馬，在馬背上乾嘔起來。

陳渠珍見她如此，連忙縱馬跑了過來，一邊輕輕地拍著西原的背部，一邊關切地問道：「怎麼樣？」

西原抬起頭，朝著陳渠珍苦笑一下：「沒什麼！」

老喇嘛見自己闖了禍，知趣地走開了。

這些天來，老喇嘛已看出來了，陳渠珍是這支漢人隊伍的頭，這位年輕美麗的藏族姑娘是他的妻子。

行程中，大家還見到了許多只有在羌塘高原無人區才能看到的奇景，其中有兩種野生動物，讓眾人留下了深刻的印象。

有一天，隊伍正在趕路途中，突然看到前面遠處的荒漠中沙塵遮天蔽日，漸漸朝著他們這邊湧來。

這些天來，見慣了沙塵天氣的新軍官兵們紛紛下馬，伏在地上。

沙塵越來越近，陳渠珍聽見沙塵中似乎有一種隱隱約約的「隆隆」聲音，又好像有什麼東西在疾馳過來。陳渠珍目測了一下距離，這片沙塵距離他們不過兩里地左右。就在這時，這片沙塵就在他們前方經過，約莫十多分鐘後，才漸漸遠去，消逝在他們的視野盡頭。

老喇嘛告訴他們，這是野牛群。

這些野牛喜歡成群結隊地在羌塘的荒漠上四處遊走，有時可達上千頭，公的野牛大者重達八百餘斤，小的也有三、四百斤。再往前走，野牛還會多起來。

陳渠珍關心的是另一個問題，他問老喇嘛：「這野牛肉的味道怎麼樣？」

「不錯——」

老喇嘛突然察覺陳渠珍問這話有別的意思，他馬上止住了口。

「你們可別打這野牛的主意，我告訴你們，這野牛十分兇猛，雖然平時性情溫順，一般不會傷害人。但是，如果遇到孤獨遊蕩的野牛，牠的性情卻極為兇暴，要趕快躲開，千萬不要去招惹牠。」

幾名士兵聽到老喇嘛的話不以為然：「我們手裡有槍，難道還會怕它不成？」

老喇嘛搖搖頭：「這野牛的皮，厚而堅韌，子彈恐怕也打不穿呢！」

他說完這話，獨自一人悄悄走開了。

與野牛相比，還有一種野生動物就可愛多了，牠就是藏羚羊。

陳渠珍初次見到這種可愛的藏羚羊，是在進入羌塘高原無人區後的第五天。這天，他和士兵們看到遠處有一小群像黃羊一樣的野生動物。牠們背部呈紅褐色，腹部為淺褐色或灰白色。一些成年藏羚羊的臉部呈黑色，腿上有黑色標記，頭上長有一尺左右豎琴形狀的角。當大隊人馬離牠還有相當的距離時，這些高原上的精靈就撒開四蹄，飛也似的跑走了。

老喇嘛告訴他們，藏羚羊是群居動物，牠們有一種特性，就是會遠距離遷徙。每年，公母羚羊都會分群而居，未滿一歲的公羚羊也會和母羚羊分開，跟著父親走。母羚羊遷徙前往產羔地產崽，然後又率幼羚羊原路返回，完成一次遷徙過程。

「藏羚羊是一種極為珍貴的野生動物，牠的羊絨極為細密柔軟，冬天保暖性極好。尼泊爾人用藏羚羊絨毛製成一種名叫「沙圖什」的披肩，十分輕巧，一條「沙圖什」甚至可以穿過戒指，所以又叫「指環披肩」，是世界上最精美、最柔軟的披肩。有人誇張地說，用「沙圖什」包起一個鴿子蛋，還可以孵出小鴿子，或者這個蛋會被捂熟，形容它保暖好。」

老喇嘛的這番話，使陳渠珍和士兵們大開眼界。

本章註解

①西元二至七世紀間青藏高原上的一個古國，其中心轄區在今阿里地區紮達縣、普蘭縣一帶。吐蕃王朝建立前後，松贊幹布曾以其妹嫁給象雄王為妻。西元七世紀時，象雄歸於吐蕃統治之下。

②現代科學研究證明，冬蟲夏草的成因，在於蝙蝠科一些種別的蝙蝠蛾為了繁衍後代，將卵產於土壤中，之後卵變為幼蟲，冬蟲夏草菌侵入幼蟲體內，吸收幼蟲體內的物質不斷繁殖，致使幼蟲體內充滿菌絲，在來年的夏季，幼蟲頭部長出菌座，冒出地面後呈草梗狀，就成為冬蟲夏草。冬蟲夏草分布地廣泛，西藏、青海、甘肅、雲南都有，但那曲地區的冬蟲夏草最有名。

③達摩寺多多卡天葬台位於西藏那曲比如縣境內，裡面有一道是用人頭顱骨堆砌成的圍牆。據說該天葬台保存天葬者的頭顱已有三百多年的歷史，「文革」期間骷髏牆被搗毀，原來保存的頭顱都被丟進了怒江。現在看到的頭顱都是後來又保存起來的。

第二十一章

飢寒交迫

陳渠珍率部隊深入了羌塘荒原。冰天雪地裡，彈盡糧絕，只得殺牛馬充饑……

部隊進入了羌塘荒原的腹地，氣候和地形便更加惡劣了。連日來都是狂風怒號，冰天雪地。約有一半的士兵因為天寒地凍和不停息地前行，雙腳被凍傷，嚴重者甚至腫脹裂開。而茫茫荒原之上，數百里不見人煙，為了照顧這些傷兵，部隊的前行速度明顯減慢下來。

「這樣不行，如此行軍，何日才能走出這無人區。」

楊湘黔不禁對陳渠珍感嘆道。

陳渠珍嘆了口氣：「大夥兒拼了性命跟著我們出來，又怎麼能狠心丟下他們，在這荒原上，這樣做和殺掉他們又有什麼兩樣？」

楊湘黔只好搖了搖頭，隨後走開了。

糧食一天比一天少了，一路上冰天雪地，又是枯草的冬季，隨行的牛馬沒有草料吃，士兵們只能用糧食來餵牛馬。

陳渠珍明明知道這樣做無疑是雪上加霜，可是他又有什麼辦法呢？

糧食的急劇減少還不是最重要的問題，更要命的是，老喇嘛竟然也迷路了。

這也難怪，老喇嘛只在十八歲時跟人走過一次這條路。四十多年過去了，哪裡還記得當年的路徑。在開始進入羌塘荒原的時候，老喇嘛還能夠隱隱約約地指示道路。即使迷了路，也能根據日出日落的方向，朝著北方行走。但進入羌塘荒原深處後，風雪越來越大，整日陰沉沉的，根本見不到太陽，老喇嘛連東南西北也分辨不清。這一下可就麻煩了，部隊不得不經常停下來，等待陳渠珍等人商量前進方向，有時老喇嘛還登到高處，四處眺望很久之後，才帶領大家前行。更讓人沮喪的是，明明是朝北走的，可是走了幾個時辰後，好像又轉了回來。

在這茫茫天地之中，所有人都束手無策了。

時間一長，另一個重要的問題出現了，一行人帶的糧食全部吃光了。

陳渠珍和楊湘黔商量後，決定宰殺牛馬代替糧食。

這一天，陳渠珍正和西原走在一起，一名士兵突然縱馬過來，向陳渠珍報告，隊伍裡一位年僅十九歲的士兵因病重快要死去了。陳渠珍大吃一驚，連忙和西原、楊湘黔來到這名士兵面前，大家都下馬圍著他。這名士兵奄奄一息地躺在地上。陳渠珍認識他，他是在新軍第一次進攻波密失敗後，羅長裿從四川招募的那批新兵中的一員。陳渠珍還記得，這名士兵還是自己的鳳凰老鄉。

「大……大人，我要死……死了。」

「不會的，不會的，」陳渠珍安慰道：「你是個軍人，要堅強些，我一定不會丟棄你，一定會把你帶回家鄉！」

「謝謝您，大……大人，可是我……我知道，我……我不行了，你回……回到家鄉，請你告……告訴我的爹……爹媽，說我……我……」他雙手一攤，死去了。

西原蹲下身子，一邊流著淚，一邊伸出右手，把他的雙眼合上。

然後，西原站了起來，俯在陳渠珍的肩頭無聲地流淚。

她的情緒感染了周圍的士兵，大家也跟著流下了悲傷的淚水。

陳渠珍緊緊抱住西原，輕拍著她的後背，竭力安慰她。

在陳渠珍的帶領下，官兵們都伸手緩緩摘下皮帽，向這位死去的年輕士兵致哀。

「把他埋了吧，記著他的名字，如果我能活著回去，一定會告訴他的爹媽。」

聽完陳渠珍的話，幾個人上前來，把死去的士兵抬走了。

在隨後的日子裡，不斷有士兵死亡。大家剛開始還挖土掩埋屍體，到了後來，因為染上疾病，死亡的士兵一天比一天多，大家的心也麻木了，只是任由死者的屍體在路上凍僵丟棄。

這樣一來，士兵們的心態開始發生變化。本來陳渠珍是依靠個人的威望和楊湘黔的哥老會頭領身分來維持權威，但現在不知前行的路，又斷了糧，士兵們開始煩躁起來。遇到老喇嘛迷路時，他們剛開始還只是大聲責罵，後來變成了隨意用槍托擊打。陳渠珍相勸了好幾次，士兵們卻不買他的帳了。看著這些手裡有槍，六親不認的士兵們，西原只好把陳渠珍拉到一邊。

楊湘黔清查人員牛馬的情況後，扣掉死亡的士兵，現在只剩下七十三人了。由於前些時候開始宰殺牛馬充饑，加上一些在夜間逃逸的牛馬，現在只剩下牛馬各五十頭。按現在的人數，每天宰殺兩頭計算，只可供應半個多月的糧食。

為了加快行軍速度，所有的人都要清理行李，凡不是非要不可的東西一律丟棄。西原將阿媽贈送的珊瑚和其他一些零碎物品帶在身上，另外帶了一床薄被和一支槍。陳渠珍只保留了一床皮褥、一架望遠鏡、一把短槍和一柄短刀。

陳渠珍下令，所有的人，除了一些重病者外一律步行，包括他和楊湘黔，甚至連西原也不例外。牛馬全部用來馱大家的行李和剩餘的物資。每天要宰殺的只能是生病體弱的牛馬。

從此之後，隊伍的前進速度就更慢了，由於沒有了馬騎，被凍傷的人越來越多。茫茫荒野，吃水都只能靠化雪，所有人都長時間沒洗過臉了，大家全都蓬頭垢面，活像一群野人。

不久，帶的食鹽也已完全斷絕。

陳渠珍和楊湘黔考慮到大家的體力都極為衰弱，規定每天下午三點鐘後，隊伍便要停止行進，開始宿營。

這時，士兵們分為三組，各有分工。

第一組的任務是負責打獵。羌塘荒原的深處雖然荒涼，卻有很多野獸，尤其是那些野牛，陳渠珍特地選了一些槍法好的士兵，休息時到處找獵物。如果碰到野牛、黃羊，士兵們是決不會放過的，儘管有時騎馬追殺十幾里地，但多半會打上幾頭。如果只打到野兔之類的小野物，那就算是倒楣了。

第二組的任務是負責為大家尋找宿營的地方，尋找平整雪地，以便供大家夜間露宿。別看這件事不起眼，可做起來卻困難重重。因為到處是冰天雪地，積雪常常深達一尺左右，根本無法找到一塊能稍稍避風而又乾燥的地方。西原根據家鄉工布的人們在冬天為牲畜找草的情景，讓大家先找一塊避風的地方，先將厚厚的積雪除去，然後將散雪揉成小團，將這些小團來回反覆滾輾成雪球，雪球越滾越大，就露出了準備供大家睡覺的一塊地。

第三組的任務是負責尋找燒火的燃料。在茫茫的羌塘荒原深處，無雪的天氣，到處都是荒涼一片，根本找不到可供燒火的柴草。但是，在羌塘荒原有一種天然的燃料，它就是無處不在的牛糞。夏天，大批牛馬到羌塘荒原吃草，會留下眾多的糞便，它們無處不在，經過自然曬乾或風乾後，成為整個西藏地區使用最多的燃料。雖然現在羌塘荒原深處是白茫茫一片雪地，但在雪地下面，則有著大量的牛馬糞便。這一組，由經驗豐富的西原和紮西負責帶領。

乾牛糞撿回來後，接下來就是生火。在嚴冬大雪覆蓋的羌塘荒原，生火可不是一件容易的事。每次點火的時候，都要先將撿回來的牛糞搓碎，放在懷裡捂上半晌，使其乾燥。一群人圍成一圈擋風，負責點火的人蹲在中央，小心地劃燃火柴，先點燃乾燥的內衣布條，放在捂乾後的牛糞上當火捻。不一會兒，火就被點燃了。在風的作用下，火苗越燃越旺，接著再不停地加乾牛糞，大火就熊熊地燃起來了。大家在火堆邊煮茶烤肉，等到火漸漸燃完後，就把還有些熱氣的灰燼鋪在地上睡覺。

最重要的工作是由陳渠珍親自負責的，那就是保存火柴。陳渠珍在離開江達時，就特地準備了足量的火柴，進入羌塘荒原後，由於沒有計畫，沿途消耗浪費很多，到現在只剩下二十多根火柴了。在這嚴冬時節的茫茫羌塘荒原，沒有火就意味著死亡。因此，大家都同意將這剩下的二十多根火柴全部交由陳渠珍保管。

雖已如此齊心協力，眾人還是抵擋不住大自然嚴酷的侵襲。

從江達出發時，雖然還是深秋，但西藏的天氣已進入嚴寒，陳渠珍已料到天氣對長途跋涉的影響，大隊人馬離開時，全給帶上了冬裝。大家都穿著棉襖，外面套著軍用皮大衣，頭上戴著皮帽或棉帽，腳上穿著厚厚的藏靴或軍用皮靴，裡面套著毛襪。然而，陳渠珍和楊湘黔對行程的困難估計過於樂觀，認為最多也不過兩個月時間而已，因此大隊人馬中，誰也沒有帶上多餘的冬裝。到哈喇烏蘇時，陳渠珍本想補充給養，但沒有料到藏軍竟然不准他們停留，反而逼迫他們快速離去，如意算盤落了空。進入羌塘荒原後，一連幾個月都在無人區中行進，更談不上給養的補充了。開始還有馬騎，斷糧後，只好殺牛馬充饑，這樣一來，人就只能步行了。長時間不停地行進，大家腳上的軍用皮靴很快就被磨爛了。

陳渠珍和西原也不例外。西原先是用皮繩將壞的鞋子緊緊捆住，皮繩磨斷後，只好用毛氈裹著雙腳行走。許多人後來連毛氈也被磨爛，只能用吃剩下的牛皮裹在破爛的毛氈外面前行。牛皮受凍後硬得像石塊，且到處漏風，腳上的皮肉沾上了冰雪，腫痛異常，接著就開始潰爛，茫茫荒野，又沒有什麼藥物治療，只得聽任流血水流膿，到了最後，根本就不能再走了，陳渠珍只能把這些人丟棄在路上。這些人眼睜睜地看著大隊人馬漸漸離自己遠去，不停地呻吟哀號，最後活活地凍死在雪原上。活著的人聽到他們在身後雪地上最後的呻吟哭叫，心中的痛苦也是無法形容的。

有一天，陳渠珍在過一道雪溝時，不小心滑了一跤，積雪從鞋縫中鑽了進來，腳底沾上了冰雪，兩天之後，這隻腳便開始腫脹。晚上宿營時，陳渠珍因為太痛而忍不住呻吟起來，西原連忙查看，只見腳已腫得很厲害，西原當即就被嚇住了。

「先生，您這是怎麼啦，竟然還瞞著我，您還要不要命了？」西原知道腳腫的嚴重後果。

「我不想讓妳擔心。」陳渠珍苦笑道。

西原不再說什麼，但心裡非常著急。這茫茫荒野，哪裡去找藥呢？她突然想起了在家鄉聽說過的一個土辦法，即用熱的牛油敷在腫脹的腳上，幾天之後就能見效。當天晚上宿營後，西原找到了一塊凍牛油，她先燒了熱水，把陳渠珍腫脹的腳沖洗了一下，然後用布擦乾，將牛油烤化後，輕輕敷在腫脹的腳上，再用布條把腳包好，放在自己的腹部上。

「西原，妳——」陳渠珍想把腳從西原的懷裡抽出來，他一個男子漢，怎麼能讓一個年輕的藏族女子這樣呵護。

西原用力地按住陳渠珍的腳，不准他把腳從懷裡抽出來。

陳渠珍看著眼前的西原，內心頓時湧起一股酸楚的感覺，眼眶也濕潤了。

行軍時，西原撕開自己的皮襖，將陳渠珍的傷腳包得密不透氣，這樣，行走時就再也沾不到冰雪了。七、八天之後，陳渠珍的傷腳竟然消了腫。西原把這個治療方法告訴了那些腳腫脹的人，一些人竟然也治好了腫脹的腳。

這些日子裡，陳渠珍內心對西原的內疚達到了頂點，一個富戶人家的千金，竟然嫁給了自己這樣一個來自遠方的漢人軍官，又跟著自己走上了一條背井離鄉、充滿了艱險，甚至隨時都有死亡的危險之路，這讓陳渠珍的心裡有種說不出的悲傷。尤其是這些天進入羌塘荒原深處後，糧食、食鹽吃盡，道路迷失，不知道里程，不知道地名，也不知道到了何處，整日在風雪瀰漫、荒無人煙的無人區盲目行進。天地一片蒼茫，同伴們不斷倒在這荒野之中，屍體也只能丟棄路旁。一個年輕女子，幾十天不能換衣洗臉，跟著一群大兵在茫茫荒野風餐露宿，蓬頭垢面，現在又到了連生命都難以保全的地步。想到這些，陳渠珍心如刀絞。

一天，全隊在茫茫原野上露宿，吃過一頓無鹽的煮牛肉後，大家裹緊外衣，蓋上破爛的被褥，在刺骨的寒風中開始入睡。

西原找了一個避風的低窪處，清除積雪，將陳渠珍帶的一床皮褥墊在地上，然後讓陳渠珍躺下，再將自己帶的那床薄被蓋在陳渠珍身上。

「西原啊，我真是對不起妳呀！」

「先生怎麼能這樣說呢？我可是您的妻子啊！」

「妳也快躺下吧！」陳渠珍一邊說著，一邊把西原拉向自己的懷裡。

西原躺在陳渠珍懷裡，內心一陣溫暖。

「冷嗎？」

「不冷。」

陳渠珍摸了她的鼻子一下：「看，鼻子都凍成紅瑪瑙了，還說不冷。」

「和您在一起，西原不冷。」

西原小聲地笑道，陳渠珍心頭一熱，把她摟得更緊。

「說來是我對不起妳啊，讓妳離開阿媽和家鄉，離開這麼多的親人，跟著我吃這麼大的苦，受這麼大的罪，我心裡痛呀！」

「不許您這樣說，我是心甘情願的。」西原聽他這一說，連忙伸手捂住他的嘴：「這些日子裡，我也想了很多。您想，自從我們進入羌塘荒原以來，糧食吃完了，馬匹殺得也差不多了，這麼多的人都死了，我要是沒有想法是不可能的。但是，我和您是夫妻，既然是夫妻，那就應該風雨同舟，有福同享，有難同當。再說了，西原從小嬌生慣養，沒見過什麼世面，自從跟了您，懂了很多人情世故，心裡滿足極了，真的。」

陳渠珍鼻子一酸，幸虧是晚上，西原看不清他的表情，多麼好的姑娘啊！

「我真是對不起妳，讓妳吃這麼多的苦。」

「不要再說了。」西原一邊說，一邊把陳渠珍抱得更緊。

停了一會兒，西原像想起什麼似的，她向陳渠珍問道：「先生，您想，我們到底走不走得出去？」

「可以的！」陳渠珍斬釘截鐵地說道。

「真的？」

「妳想，有妳這樣堅貞、美麗、善良的姑娘陪伴著我，我要不把妳帶出去，連老天都會懲罰我的。」

西原感動極了：「先生，你不要安慰我。我知道，現在我們已經面臨著絕境，但是我不怕，就是要死，我也要和先生死在一起。雖然我和先生在一起的時間不長，但能和先生死在一起，西原心滿意足了。」

「不要這樣說，不要這樣說。」陳渠珍心裡在暗暗流血。

「先生啊，我們不要說這些傷感的事，我們來說點別的吧！您再給我講講您的家鄉吧。」

「好吧，我給妳講。」陳渠珍緩緩地講了起來，他的聲音很小、很溫柔：「鳳凰是中國人心中最美的一種神鳥，相傳啊，古印度的神鳥『菲尼克司』滿五百歲自焚後又會從死灰中復生，變成了中國百鳥之王鳳凰。我的家鄉西南處，就有一座山酷似展翅高飛的鳳凰，家鄉的古城因此而得名。」

「那麼，鳳凰是否真的飛到了您的家鄉呢？」西原小聲地問道。

「這只是傳說。」陳渠珍抱緊了西原，繼續對她說道：「鳳凰城是一座風景極為美麗的小城，小城街道的地面上是上百年前的青色石板路。夜深時分，人們走在這古老的石板路上，可以聽得見鞋與地面摩擦時發出的清脆聲響，像是有人奏響了一曲天籟之音。街道兩側的房屋，很多是明末清初時期的建築，雕花木窗、一色的條石牆壁、青瓦蓋頂，呈現出一派濃郁的南國氣息。」

「是嗎？嗯——」聽得出來，西原的聲音有些迷糊。

「在鳳凰城中，有一條美麗的沱江穿城而過，古樸的街道簇擁著清澈見底的河水，登高看去，小河像一條藍色的綢緞平鋪在城中，給小城增添了無限的嫵媚。每到清晨，小河邊的石階前就擠滿了洗衣的婦女，她們『嘻嘻哈哈』的打鬧聲和此起彼伏的捶衣聲交織在一起，就像是一曲美妙的交響樂。當夕陽西下的時候，人們走在這些街道上，不時可以聽到從深宅大院中傳出悠然的二胡曲，此時，無人不感到時光在倒流……」

陳渠珍耳邊響起了輕柔而有節奏的呼吸聲，仔細一聽，原來西原已經睡熟了。他苦笑了一下，伸手把薄被朝西原那邊拉了拉，更加抱緊了她……

眼見年關就要到了，最嚴重的問題也來臨了：所有的牛馬都被殺光吃光了，每天的食物只能靠打獵來維持。如果這天打到了獵物，大家還可以勉強果腹，如果沒有打到野物，就只好吃前一天的剩肉或挨餓了。為此，陳渠珍下了一道嚴令：每天打到的野物，如果當天吃不完，所有的肉都不許丟掉，全部帶走。

陳渠珍和楊湘黔再次清點了人數，自丟棄行李那日以來，陸續又病死了十三人，雙腳沾雪腫痛而死的有十五人。此外，還有六、七名士兵因為生了病，勉強跟著部隊行進。誰都知道幾天後，最多十天半個月後意味著什麼。

在所有的人當中，最受照顧的就是那位跟著他們的老喇嘛了。雖然老喇嘛也和大家一樣迷失了方向，但畢竟是這群人中唯一走過這條路的人，萬一有一天他找對了方向找到了路，那可就是立大功了。

一個人在落水時，總會設法抓住任何一樣救命的東西，哪怕是一根稻草，現在陳渠珍對老喇嘛，就是這樣的心情。

一行人又走了好幾天，這天下午，老喇嘛忽然大聲地叫了起來，陳渠珍已經好些天沒聽到他說話了。

「河——河！」

老喇嘛的舉動，讓陳渠珍有點丈二和尚，摸不著頭腦。

「河——大河！」

老喇嘛激動依舊。

陳渠珍順著他手指的方向看去，隱隱約約似乎看見了一條白帶。

大家都不知道發現了什麼，全擠到了老喇嘛身邊。

老喇嘛大吼了一聲：「通天河！」

陳渠珍聽明白了，遠處那條白帶，竟然是有名的通天河。

對於這條通天河，他自然是熟知的。早在兒時，他就從老人們的口中，從那部家鄉老少婦孺皆知的《西遊記》中，知道唐僧師徒四人到西天取經，路過通天河時所受的磨難。而且，他還從老喇嘛興奮的表情中，明白這是一處老喇嘛四十多年前記憶中的一個重要地標。更重要的是，通天河就是揚子大江的上游，只要找到路，最多半個月就可以到達柴達木了。

走了幾個月，原來他們已離開西藏近千里，進入青海境內了。所有人都歡呼起來。陳渠珍多少天來沒有聽到笑聲了，他的心情激動不已。經過這幾個月漫無方向的艱苦跋涉，他們忍受了無數苦難，雖然還不知道從這裡到柴達木有多遠，應該朝哪裡走，但是，畢竟找到了一個準確的地標。

陳渠珍看了一下日子，真是太巧了，這天正是臘月的大年三十。大家都說明天就是新年，要在這地方好好休息一天，過一個年。於是，打獵的打獵，生火的生火，全都忙碌了起來。

這天，一共獵到一頭野牛和三隻野兔，晚上，大家燃起了兩大堆牛糞火，一邊吃牛肉，一邊談論著過去這些天所受的苦難，所有的人，包括陳渠珍在內，都對走出絕地充滿了希望。

然而，誰也沒有想到，等待著他們的，卻是一場更大的災難。

第二十二章

捨身救夫

到達通天河畔後，喪心病狂的士兵們引發了一連串的危機，卻也激發出了人類最珍貴的情感……

今天是大年初二，一大早，眾人吃了昨天剩下的烤牛肉，收拾好行李，來到了通天河邊。眼前的通天河寬約二十餘丈，岸邊光禿一片，好在河面尚結了一層極厚的冰，大家便踏著冰過了河。河的那一側，立有一塊高三尺、寬約一尺左右的界碑，上面刻著「駐藏辦事大臣與青海辦事大臣劃界處」幾個字。然而，過了河後，老喇嘛卻又找不到方向了。

「您好好想一下，究竟怎麼走？」陳渠珍道。

老喇嘛想了好一陣子，又走到河岸高處四處張望了許久，最後還是搖搖頭：「四十多年了，我實在是記不得了。」

陳渠珍道：「那從這裡到柴達木還有多遠？」

「可能要半月，不，也可能要一個月。」

「到底要走多少天？」

「我不知道，當年我是從塔爾寺來的，好像走了一個多月才到這裡。」

一些士兵見他說話前言不達後語，又聯想到這些日子來老喇嘛差勁的表現，一時氣不過來，湧上前去，用槍托胡亂揍了老喇嘛，把他打倒在地。面對幾近瘋狂的士兵，陳渠珍也不敢斥責，只好和楊湘黔、西原一起拉起老喇嘛，好言勸告士兵們罷手。

士兵們又罵了老喇嘛幾句，這才退到了一邊。

陳渠珍和楊湘黔商量了一下：陳渠珍覺得向北一直走，應該是到柴達木正確的方向；而楊湘黔則認為，由於不知路線，不能再這樣盲目地走下去了，不如派幾名身體還強壯的士兵先去探探路，其餘的人留在這裡等待。

陳渠珍想想也是，便同意了。

十名身體還好的士兵自願站了出來，雙方約好，以十天為期，到期後無論是否找到了路，都要回來報告。

誰知第二天一大早，陳渠珍就被紮西推醒——「本布，本布，老喇嘛跑了！」

陳渠珍大吃一驚，馬上翻身起床，西原也跟著爬起，兩人在紮西的帶領下，來到老喇嘛昨晚睡覺的地方，卻已空無一人。

陳渠珍衝著紮西吼道：「怎麼搞的！你昨天不是和他睡在一起的嗎？」

紮西一臉委屈：「昨天晚上我起來小解，他還好好地睡在這，哪知道一早起來就不見了。」

陳渠珍還想責怪紮西，西原卻把紮西護住了，對陳渠珍道：「您怎能怪這孩子？這些日子以來，他一直和老喇嘛在一起，這麼長時間都沒有出事，誰知道老喇嘛會逃跑呢？不要說紮西這麼一個孩子，老喇嘛想逃走，就是再多的人也看不住他。」

陳渠珍不再說話了，馬上派出三隊人馬，往三個方向追尋。可是三隊人馬走出四、五里地後，仍看不見老喇嘛的身影。按在平原上人眼可以看到五、六里地的視界，老喇嘛已經跑出十里地開外，這也就是說，他出逃已不下一個時辰。陳渠珍只好收兵回營。

老喇嘛已是六十多歲的人了，之所以逃跑，一定是和昨天那幾名士兵的動粗有關。這樣一個老人家，經過了幾個月的長途跋涉，身體虛弱，又沒有食物和馬匹，在這茫茫荒野，到處都是野狼，他一個人要怎樣活下去？想到這裡，陳渠珍忍不住心裡一陣嘆息。

軍隊只剩下三十多人了，而且幾乎一半的人都有傷病。

眼下最重要的事情就是外出打獵，能否打到足夠的動物，關係著大家的生存。

第一天，士兵們只打到了四隻野兔，三十多人吃了個半飽。

第二天更慘，一無所獲。

陳渠珍慌了，馬上要和士兵們再次外出打獵，西原也要跟隨，卻被丈夫阻止。

「我們去就行了，妳不必這樣辛苦，就留在這裡吧。」

西原的眼淚流了下來：「這些天一直下著雪，想來野獸們一定是躲在遠處的山谷之中。我們昨天一天沒有進食了，如今命在旦夕，還有什麼辛苦的！您就讓我跟您一起去吧！」

陳渠珍嘆了口氣，只好帶著妻子一同出發。

陳渠珍把士兵們分為三組，楊湘黔和一名排長各帶一組，陳渠珍、西原、紮西，還有兩個士兵一個組。他再三叮囑大家一定不要走得太遠，沿途一定要留下醒目的路標，萬一迷了路，就朝天鳴槍等待。

「拜託大家了，今天要打到獵物，老天爺會眷顧我們的。」

就這樣，大家分頭出發了。

一天沒有進食了，陳渠珍走了不到兩三里地，剛上了一個緩坡，就感到了一陣頭暈目眩，只能跌坐在地。西原和紮西趕忙跑了過來。

「怎麼啦，先生？」西原的聲音裡帶著顫抖。

「頭暈，腿軟。」

西原見大冷的天，陳渠珍額頭上竟然滲出了不少細細的汗珠，知道他是餓極了，就找了個避風的地方讓他躺下。

「你們先走吧，我和先生歇一歇，馬上就趕上你們。」西原轉頭對紮西說道。

「小姐——」看著陳渠珍這樣，紮西哪裡願意離開。

「走吧，打到獵物要緊！」

聽西原這麼一說，紮西和那兩名士兵遲疑了一下，在西原堅定的目光下，三人只好轉身離去。

陳渠珍和西原歇了一陣子，看看紮西和那兩名士兵已走遠了，便又站了起來，堅持著向前走去。開始的時候，陳渠珍和西原還能看見紮西和那兩名士兵的身影，可是當陳渠珍和西原轉過一座山頭時，他們的身影卻看不到了。這時天色已晚，陳渠珍環顧四周，到處茫茫一片，再也看不清路，兩人只好先躲在一處山溝裡避風。只見這時，離兩人不遠的前方突然出現了點點的綠光，螢螢閃爍，如同鬼火。西原馬上恐懼地明白過來：狼！是狼！

漆黑的夜色中，一群野狼伴隨著寒風嚎叫，慢慢朝他們的方向移動了過來。西原嚇得渾身顫抖：「先生！我們快離開這裡！」

陳渠珍環顧四周，憑他的軍事經驗，知道這裡是一處低窪地，狼如果從高處跳下，必然會成他的活靶子。但如果像西原說的那樣離開此處，四面都是平地，反倒成了野獸最佳的攻擊目標。他把自己的想法和西原說了，西原也覺得有理。

兩人便各自架起槍，打起精神，準備和狼群決一死戰。

陳渠珍見西原緊張，就舉著身邊的槍對她道：「別害怕，有這個東西，牠們休想靠近我，弄不好還能打死幾隻呢！」

黑暗中，西原破涕一笑，心裡一坦然，也就沒有剛才那樣慌了。

兩人將皮褥鋪在地上，背靠背坐在一起，身上披著薄被，等待狼群過來。

風越來越大，陳渠珍心裡一陣暗喜，他知道，風一大，就有可能把他們的氣味吹散，狼群也就發現不了他們了。

果然，狼群的嚎叫聲越來越急，卻在距離他們不過兩丈左右的地方轉回去了。

兩人緊張的神經頓時鬆弛下來。

危機解除後，又餓又累的陳渠珍和西原，竟然不知什麼時候睡著了。

天亮了，陳渠珍覺得有人將自己搖醒，他睜眼一看，原來是西原。

見自己手裡緊緊握著槍睡了一夜，覺得好笑又害怕。

「先生，我晚上做了一個夢。」西原眨著大眼，對陳渠珍說。陳渠珍看著面前的妻子，雖然蓬頭垢面，但年輕俏皮的神色依然掛在她那天真的臉上。

「我夢見了在家的後山上，被一群狼追趕，我拼命地跑呀跑呀，就是跑不過狼。眼看一隻腳也摔斷了，狼群也越來越近，就在這時，阿媽突然出現在我的面前，背著我就向前跑，不，簡直就像飛起來一樣，我突然變成了一位仙女，穿著潔白的衣裙在無邊的天空中輕盈飛翔——飛呀飛——我的心裡從來沒有這麼快活過！可是突然，我聽到從地上傳來一陣急促的呼喚，剎那間，我就像著了魔一樣，不由自主地往下掉，可怕極了，我大聲呼救，這時就醒過來了。」

西原「格格」地嬌笑起來。

看著妻子天真的笑容，陳渠珍內心愧疚不已。本應是在阿媽懷裡撒嬌的姑娘，現在卻跟著自己在這裡受罪。想到此，他心裡一陣酸楚，但又竭力忍住了。他四下裡看了看，發現他們離營地不過一個山頭。

兩人相視一笑，決定走進前面那條山谷中，看看能否碰上好運氣。

剛進入山谷，西原就看到不遠處有一頭野騾，孤獨地站在雪地上，似乎是在等待失散的同伴。

西原舉手就是一槍，野騾應聲倒地。

兩人急忙往死野騾奔去。

西原拔出刀，準備切割騾肉回去，陳渠珍一看，連忙說道：

「妳這能割多少肉？不如割下兩條腿拖回去。」

西原點頭稱是，兩人立即動手，花了半個時辰左右的時間，才從野騾身上卸下了兩隻大腿。

陳渠珍掂量了一下，足有幾十斤重，他解下一根綁腿，將兩隻騾腿用帶子拴上，拉扯著往回走。

回到宿營地，楊湘黔他們都在火堆前，看到陳渠珍和西原拖著兩隻騾腿回來，一個個高興極了，紮西更是興奮。

原來，昨天夜裡大家見陳渠珍和西原沒有回來，找了大半夜，現在正準備再去找呢。

此時的西原已累得汗流滿面，楊湘黔問明情況，立即派出幾名士兵，將死野騾拖回來。

昨晚各組一共打到了三隻野羊和七八隻野兔，加上西原打到的這隻野騾，約莫有三百多斤肉，大家好好地飽餐了一頓。剩下這麼多鮮肉，為了防止夜間狼群來襲，偷走鮮肉，西原想了一個辦法，她讓大家將剩下的野騾肉和野羊肉割成小長條，用槍的通條穿透，然後放在牛糞火上把肉條烘乾。

這一下，吃的問題暫時解決了，平均每個人可以分到將近七八斤烤好的肉乾。

讓陳渠珍萬萬沒有想到的是，從第二天開始，天上竟然下起了漫天大雪。為了節省肉乾，楊湘黔一連幾天帶著士兵們出去打獵，可是都一無所獲。幾天之後，雪越下越大，地上積雪已經有兩尺多深，積存下來的肉乾也一天天減少，幾乎每天都有士兵死亡。

轉眼就要到約定好的日期了，派出去的十名士兵卻依然音訊全無。

到了第九天，一直下個不停的大雪終於停止了。

第十天一大早，天空雲開霧散，多日不見的太陽也露了出來。

這一天，是陳渠珍探路士兵們相約的日子，卻不見半個人的蹤影。

陳渠珍著急了，他把楊湘黔和眾士兵召集在一起，看到只剩下二十多人了，心裡不禁一酸，對大家說道：「派出去的兄弟沒有回來，不外乎兩種情況：一是他們遇到了不測，這是最有可能的；二是他們不管我們，自己先走了。無論如何，我認為現在應該離開此地，繼續往前走，不知各位意見如何？」

大家紛紛表示同意，與其在這裡枯等，不如早點前行。眾人立刻收拾東西，當天就離開了通天河畔。

連續多天的大雪，沿途的積雪深及膝蓋，每走一步都很吃力，但求生的欲望支持著每一個人。可是走了整整一天，連一隻大一點的獵物都沒有遇到，只看見一些野兔在雪地上跑來跑去，士兵們浪費了很多子彈，只打中四、五隻，二十多人，每人只分到了幾兩肉。

接下來，連續幾天都沒有打到一隻獵物，大家餓得實在堅持不住了，停止了前進。

這時，又有兩名生病的士兵活活餓死了。

這天晚上，陳渠珍有氣無力地和西原躺在離大家不遠的一個避風處。半夜時分，他感到全身發軟，眼前不斷冒出金星，覺得自己實在是堅持不下去了，甚至還閃過一絲拔槍自殺的念頭。然而，陳渠珍看到身邊隨他拋家離母來到這裡的西原，想到家鄉的父母和妻子，才打消了這個念頭。

這時，西原從懷裡拿出一塊巴掌大小的肉乾，遞給陳渠珍，陳渠珍吃了一驚，連忙小聲地問道：

「妳怎麼——」

西原制止陳渠珍再說話，附在他耳邊悄聲說，這是自己前些天偷偷藏下的，一直揣在懷裡。陳渠珍堅決不肯吃這一小塊肉乾，西原生氣地把肉乾硬塞在陳渠珍手中。

「先生，您已經兩天沒吃一點東西了，再不吃東西，人就會不行的。快聽話，把這肉乾吃了，明天咱們再想辦法。」

「不行，我不能——」陳渠珍感動得話也說不全了。

西原的眼淚流了下來，抱緊了陳渠珍：「對於我們女人來說，幾天不吃東西不會死去，可是你們男人就不行了，這點肉乾，您把它全吃了吧。再說了，我嫁給了您，就視您為我的終身依靠，我不遠萬里跟著您離開西藏，沒有了我，您還可以回到家鄉。可是萬一您餓死了，我一個弱小女子，在這冰天雪地之中，也只有死路一條。」

西原這番話，說得陳渠珍淚流滿面，能娶到這樣的妻子，真是他的福氣。

他想起了羅貫中所著的《三國演義》第六回裡的情節：董卓及幫兇呂布、李傕和郭汜為避諸侯追殺，驅趕百萬洛陽百姓前往長安，曹操率軍趕上，不幸中了呂布等人埋伏。危急關頭，部將曹洪拼死保護曹操逃走，說出了「天下可無洪，不可無公」的話，從而流傳千古。不料這同樣之事，竟也發生在西原這樣一位藏族小女子身上，在此絕境中捨身救夫，陳渠珍在流淚的同時，內心之感動，真是任何言語都無法表達。

陳渠珍是軍人，也是書生，至少他自己是這樣看的。這麼多年來，閒暇之餘，他總是捧書自讀，就是在征戰之時，也會讓衛兵帶上兩本自己心愛之書，抽空自娛。他讀過數不清關於描述才子佳人的名篇，每當讀到書中那些千古悲愴愛情的情節，常常感慨嘆息。可是，那些書中的愛情，與西原的所作所為比起來，都顯得蒼白和無味……

最後，兩人一人一半，把這塊肉乾送進了肚中。

第二天上午，陳渠珍掙扎著和西原帶上絜西外出打獵，不料依然沒有打到獵物。三人沮喪地回到營地，卻見七八名士兵在大聲喧嘩。陳渠珍上前一看，這不看則已，一看令他目瞪口呆：這些饑餓的士兵，竟然在爭奪兩隻烤熟的手臂！陳渠珍胃中一陣翻江倒海，好不容易才竭力忍住。

原來，昨天晚上，隊中又有一名士兵掉隊死去，這些餓極了的士兵竟然返回路上去尋找他的屍體烤著吃。沒想到這名死去士兵的屍體，昨天夜裡已被狼吃得差不多了，僅僅剩下兩隻手臂。於是，這些士兵便將這兩隻手臂取回來烤熟，因為人多相互爭食，故而產生了矛盾。

陳渠珍走上前，勸他們不要吃死者的手臂，但餓極了的士兵哪裡肯聽他的，陳渠珍只好哄騙他們：前面已有打到一頭野騾，很快就有東西吃了。不料他話音剛落，一名士兵便跑來報告——打死了三頭野牛。原本正在爭食手臂的士兵立即往前奔去，陳渠珍也帶著西原和絜西一同前往，遠遠地，只見一群餓狼正在爭吃那三頭被打死的野牛，且已經所剩不多了。士兵們一擁而上，一陣亂槍，打死了好幾隻狼後，才將剩下的野牛肉一起抬了回來。

但很快地，牛肉和狼肉又被吃光了，一連幾天沒打到獵物，死亡的恐懼又在士兵中蔓延開來。禍不單行，老天又下起了大雪，天氣越來越冷，大家饑寒交迫，萬般無奈之際，大家只好分成幾組，冒著風雪去打獵。

可是漫天大雪，茫茫一片，哪裡能看到野獸的影子？一群人在雪地中尋找了大半天，一個個空手而歸。回到營地，大家都餓得倒在地上。

營地設在一處山溝裡，陳渠珍、西原和絜西在離大家不過十幾丈的一處山凹中歇息，這裡有一塊凹進約兩尺的石窩子，剛好可以容得下兩三個人。陳渠珍讓西原躺在裡面，自己和紮西在外面擋住風雪。

這時，一名士兵走了過來，說有事單獨和陳渠珍商量。

這名士兵是陳渠珍的老鄉，也是湘西鳳凰人，這兩年來一直跟著陳渠珍，是陳渠珍比較信得過的手下。陳渠珍覺得有些奇怪，不過，還是和他來到了一處僻靜的地方，這名士兵對陳渠珍說：「大人您也知道，我們都餓得不行了，今天出去打獵，又是空手而歸。看眼下這種天氣，明後天我們也不可能打到獵物，這樣一來，我們有可能會被活活餓死。在這種情況下，我們私下商量了，與其這樣活活餓死，不如——」

「不如什麼？」

「大人，我說出來您可不要生氣。」

「你說吧，我不怪你。」

「我們想把您身邊的那位藏人孩子吃掉。」

陳渠珍聽後幾乎癱軟在地上。

好一陣子，他才對那名士兵道：「這吃人的事，是畜生的行為，寧可餓死，也不能吃，何況是殺一個活生生的人。你們萬萬不可造次，不然，日後要遭天譴的呀！」

「大人啊，我們人都要死了，這遭天譴的事也就顧不得了。您也是知道的，若是還有一點辦法，誰又願意如此呢？」

這名士兵的話裡充滿了無奈。

陳渠珍的內心十分自責，是自己把大家帶到這種絕地的。但是，不管怎麼說，他是絕不能允許士兵們活活吃掉紮西的，就是打死自己，也不能讓這些因為饑餓而失去了人性的士兵這樣做。但是，也不能和他們硬來，必須勸他們放棄這種沒有人性的想法。

想到這裡，他對這名士兵說道：「你們想過沒有，如果吃掉這個藏人孩子能夠讓大家得救，我也沒什麼意見。可是這個藏人孩子瘦得只剩一把骨頭，把他殺掉煮了吃，還不夠你們每人喝一碗湯。而且，這種沒有人性的做法一旦開了頭，說不定在你們中間也會大開殺戒，相互殘殺，到了那時，有誰又能夠獨活呢？」

那名士兵不吭聲了，陳渠珍知道他有所觸動，便打鐵趁熱地對他道：「我看不如這樣，你回去跟大家說，我們現在乘著月色，帶上槍再進山打獵。我相信，老天不會不管我們這些好人的。」

陳渠珍這句話打動了那名士兵。

很快，除了四名病者外，其他所有人都在陳渠珍和楊湘黔的帶領下進山了。臨出發時，向來對西原言聽計從的紮西卻說自己沒有力氣，無法和大家一起進山了。

陳渠珍見紮西這些日子也太累了，就讓他在營地休息。

也許是老天開眼了，當大家深夜回來時，竟然帶回了四頭野羊和七隻野兔……

然而，紮西卻不見了。

陳渠珍、西原和大家找了一個晚上，也沒有看到他的任何蹤跡。

也許他聽到那名士兵和陳渠珍的談話。

從此之後，陳渠珍再也沒有聽到過有關紮西的任何音訊。

第二十三章
一念之貪

就在大家瀕臨絕境之際，七名從拉薩動亂中逃出來的蒙古喇嘛救了他們，並答應為他們帶路到柴達木。但……

就在紮西失蹤後的第二天，陳渠珍一行人用完了最後一根火柴。

沒有辦法，只好吃生肉了。

這時，又死了兩個人。

在剩下的二十人中，有六人生病了，勉強跟在大家後面前行。

所有人都認定了，這樣漫無目的地亂走，不用多長時間，他們都將死在這杳無人煙的茫茫荒野中。

就在大家絕望的時候，這天下午，他們竟然發現一支人馬從後面趕了上來。這是他們進入羌塘荒原以來，第一次碰到的人類。

陳渠珍一行人急忙停下，等那支人馬走近一看，原來是七名喇嘛，大家興奮得不知所措。

喇嘛們見到陳渠珍等人，也大吃了一驚。

西原用藏語和他們溝通後，才知道他們是剛剛從拉薩趕來的蒙古人。

原來，這七名蒙古喇嘛一直生活在拉薩三大寺之一的沙拉寺中，因為最近拉薩發生兵變，他們逃出來到家鄉蒙古去，不料在這裡遇上了陳渠珍一行人。

當他們得知陳渠珍一行人是從西藏出來的，且陳渠珍還是新軍中的一名管帶時，對陳渠珍更是尊重，馬上熱情地邀請陳渠珍到他們的帳篷中一敘。

於是，陳渠珍帶上西原和楊湘黔來到了這些喇嘛的帳篷中。

在喇嘛們的帳篷裡，陳渠珍從一名年紀最大的喇嘛口中，聽到了令他們不敢相信的西藏局勢變化：

武昌起義的消息傳到西藏後，西藏的各派政治勢力開始作亂，在英國的支持下，十三世達賴喇嘛派遣達桑占東等人祕密潛回西藏，在西藏各地策動反漢暴動。而駐藏新軍內部也開始大亂，新軍中各派的爭鬥浮上水面。拉薩城裡，在新軍中勢力很大的哥老會幽禁了駐藏大臣聯豫，之後聯豫得以脫身，將鍾穎請出維持拉薩大局。鍾穎重掌兵權後，與聯豫再次聯手。此時，大清政權搖搖欲墜，作為皇室後裔的鍾穎以「勤王」為口號，向拉薩商界索討十萬兩白銀、五千匹牛馬作為離藏條件。

拉薩商界將六萬兩銀子交給鍾穎，鍾穎以數目不足為藉口，縱容手下的新軍在拉薩大肆搶劫。這時，一部分新軍官兵站在十三世達賴喇嘛一邊，和藏軍一起，與鍾穎所部新軍開戰。就在這七名蒙古喇嘛離開拉薩前，鍾穎所部新軍因拉薩城內已無掠奪物件，於是縱兵圍攻沙拉寺。誰知，新軍攻打了三天都沒有攻進寺中，反被寺中數千名武裝喇嘛打得大敗。之後，拉薩局勢更是混亂，西藏各地都爆發了藏軍與新軍的戰鬥，這七名喇嘛只得離開拉薩躲避戰禍。

陳渠珍聽後，半天一言不發，拉薩和西藏局勢如此混亂，這是他萬萬沒有想到的。想當初在江達時，哥老會中的人還想擁戴他率兵前往拉薩，奪取西藏大權，當初如果聽了他們的話，自己現在可就成了製造西藏混亂的罪人了。

「你們對拉薩局勢怎麼這樣清楚？」楊湘黔在一旁問道。

一名喇嘛指著剛才說話的那名年紀最大的喇嘛道：「我們都是沙拉寺的喇嘛，他還獲得了『琳賽巴』學位。」

陳渠珍一聽，立即對那名年紀最大的喇嘛肅然起敬：「哦，原來是大師。」

「不敢當，大人想問什麼，儘管開口。」

在西藏這一年多的時間裡，陳渠珍對藏傳佛教的一些情況十分熟悉。他知道，在藏傳佛教中，僧侶們要經過長期的清苦修學，才能獲得相符合的宗教學位，只有獲取了這些學位，才能顯示自己在佛學知識領域的專業水準和身分。藏傳佛教的宗教學位在藏語中總稱為「格西」，「格西」中有「拉然巴」、「措然巴」、「琳賽巴」、「多然巴」、「阿然巴」、「曼然巴」、「噶然巴」等不同級別的學位。其中「拉然巴」是藏傳佛教格西中級別最高的學銜，也是藏傳佛教顯宗中最高的學位。每位申請「拉然巴」學位的僧人，必須在拉薩大昭寺舉行的祈願大法會期間，通過三大寺高僧提出的佛學疑難問題的答辯，並得到認可才能獲取這個宗教學銜。而這七名蒙古喇嘛中，有一人已經獲得了「琳賽巴」，該學銜排在「措然巴」和「拉然巴」之後，這是一個必須在拉薩三大寺中的任何一寺內通過答辯佛教經論而考取的一種格西學位。由此可見，此人的宗教學識已到達了一個很高的境地。

「那就有勞大師了，」陳渠珍想了想，繼續向那位獲得「琳賽巴」學位的喇嘛請教：「那大師，請問現在達賴佛爺在什麼地方？」

「聽說還在印度，現在西藏局勢這樣混亂，達賴佛爺是不會回藏的。」說到這裡，他停了一停，繼續說道：「達賴佛爺還向全藏發布了告示，號召西藏各地的藏軍、民兵和藏人攻擊各地的新軍。」

陳渠珍大驚：「有這等事？那西藏局勢不就更亂了！」

這位喇嘛從身後的一個小箱子裡取出一份用漢藏兩種文字印成的告示遞給陳渠珍，陳渠珍接過後看了起來：

「內地各省人民，刻已推翻君王，建立新國，嗣是以往，凡漢人遞到西藏之公文政令，概勿遵從，身著藺色服者即新國派來之官吏，爾等不得供應，惟烏拉仍將照常供給。漢兵既不能保護我藏民，其將以何方法鞏固一己之地位，願我藏人熟思之，至西藏各寨營官，刻已召集，啜血同盟，共圖進行，漢人官吏軍隊進藏，為總攬我政權耳，夫漢人不能依據舊約，撫我藏民，是其信用既以大失，猶複恣為強奪，蹂躪主權，坐令我臣民上下，輾轉流離，逃竄四方，苟殘惡毒，於斯為極！推其用意，蓋使我藏人永遠不見天日矣，孰使之，皆漢人入藏之使之也，自示以後，凡我營官頭目人等等、務宜發憤有為，苟其地居有漢人，固當驅逐淨盡，即其地未居漢人，亦必嚴為防守，總期西藏全境漢人絕跡，是為至要……」

陳渠珍看完十三世達賴喇嘛的這份告示，一邊把它遞還給喇嘛，一邊自言自語地說道：「如此看來，西藏之亂，不是一天兩天了。」

交談中，喇嘛們得知陳渠珍他們穿越藏北荒原時，因為不知方向與路線，人員死去甚多，現已斷糧多日。幾位喇嘛商量了一下，決定贈送給他們兩頂帳篷、兩匹駱駝和一些糌粑白麵。在此生死存亡、窮途末路之際，能得到這幾位心地如此慈悲的喇嘛幫助，陳渠珍、西原和楊湘黔感激涕零。

陳渠珍向他們詢問到甘肅去的路和路程，喇嘛告訴他，從這裡向北再走一個月左右，才能走出無人區到達青海的鹽海，那裡就有人煙了。從鹽海再走七八天，便可到柴達木，從柴達木到西寧不過十多天路程了。

陳渠珍等人聽後大喜，經過這幾個月跋涉，他們終於知道準確的方向和路程了，欣喜之餘，陳渠珍向那位獲得了「琳賽巴」學位的喇嘛請求道：

「這幾個月來，我們吃盡了不知方向和路線的苦頭，前面到鹽海的路如此漫長遙遠，茫茫荒野，沒有外人幫助，我們也會迷路的，能否請幾位與我們一同到鹽海，路上也有個照應。」

幾位喇嘛一聽，當即愣住了。

沉默了許久，那位獲得了「琳賽巴」學位的喇嘛才對陳渠珍說道：「我們離開拉薩時很倉促，沒有帶多少糧食，現在又分給你們一些，剩下的也不多了。和你們一起同行到鹽海，那我們繞路太遠，如果半路上沒有糧食，那我們也回不到蒙古了。」

西原苦苦哀求他道：「大師，我們不知道路，實在是走怕了，請大師看在佛祖慈悲為懷的分上，再拯救我們一次吧！」

幾位喇嘛再次陷於沉思，過了一會兒，那位獲得了「琳賽巴」學位的喇嘛才對陳渠珍說道：「這樣吧，容我們再考慮一下！」

告別了幾位喇嘛，陳渠珍、西原和楊湘黔回到了營地，大家都知道他們去見幾位喇嘛了。當聽說幾位喇嘛慷慨地贈送了帳篷、駱駝和一些糌粑白麵後，大家高興的心情難以言表。晚飯後，喇嘛們表示願意和陳渠珍一行人同行到鹽海。

當天晚上，陳渠珍和西原來到了幾位喇嘛的帳篷裡，一是向他們表示真誠的感謝，二是來和他們談天。這幾個月來，陳渠珍在羌塘荒原無人區的茫茫荒野中亂闖，一點也不知外面的消息。現在見到這幾位剛從拉薩出來的喇嘛，那種急於知道外面世界一切消息的心情，任何人都是可以理解的。

幾位喇嘛知道陳渠珍是新軍中的管帶，而且參加過兩次對波密的戰爭，對他也十分尊重和友好，加上西原又是藏人，便更覺得親切了。

他們相互談了許多話題，不知不覺，話題扯到了陳渠珍一直感興趣，但又始終沒有完全弄明白的佛教問題上。

「我聽一些藏人官員說起過，西藏佛教內部的教派有很多，這到底是怎麼回事？」

那位獲得了「琳賽巴」學位的喇嘛見陳渠珍對佛教如此有興趣，便對他解釋道：「藏傳佛教有五大支派，分別是格魯派、寧瑪派、薩迦派、噶舉派、噶當派。格魯派又叫黃教，是西藏影響最大的教派，當今達賴佛爺和班禪佛爺都屬格魯派。拉薩三大寺和班禪佛爺駐錫的紮什倫布寺、昌都寺和青海塔爾寺等著名的寺廟都屬格魯派寺廟，就連北京的雍和宮也是格魯派的著名寺院。格魯派實行的是活佛轉世制度，達賴佛爺、班禪佛爺和內蒙的章嘉佛爺、外蒙的哲布尊丹巴佛爺，是格魯派四大轉世活佛。」

「那格魯派信奉的宗旨是什麼？大師能否用簡單的話讓我明白。」

「格魯派的佛教理論繼承阿底峽所傳的龍樹中觀應成派思想，主張緣起性空。所謂緣起，即待緣而起，也就是說一切法的產生均有原因；性空則是自性空的略寫，一切法均無自性，從緣而起，這便是緣起性空。修行上採取「止觀雙運」的修行方法，止觀兼重，即主張止住修、觀察修兩種輪次修習。格魯派認為，修止就是把心安住於一境，如果得到輕安之感，即是止的本體；修觀就是透過思維而得到輕安之感，此為觀的本體。修習應止觀相互配合，由止到觀，由觀到止，反覆交替雙運，而達涅槃。格魯派認為戒律為佛教之本，因此重視一切微細教法，要僧人以身作則，依律而行。在顯密兩宗的關係上，格魯派則強調先顯後密的修習次序和顯密兼修的方法。」

「原來是這麼回事，」陳渠珍道：「經大師這一說，我對藏傳佛教，尤其是大師所信奉的格魯派教義有了一定的理解。」

「大人聰慧過人，只怕我等的佛學學識不能滿足大人。」

「大師這是哪裡話，大師如此一說，倒令在下無地自容了。」

陳渠珍說的是心裡話，要說起佛教，他可真是門外漢，何況面對的是這樣一位獲得高學位的大師。過了一會兒，他想起自己還有一個長期沒能弄明白的問題，便再向喇嘛請教：

「大師，凡我見到的藏民，無論是在平時還是在寺廟中進行佛事念經時，口中常常反覆念念有詞，可是我等愚笨之人，卻聽不出其中是何意，大師能否指點迷津？」

幾名喇嘛笑了起來，大概是覺得陳渠珍所提的問題太過於簡單。

一陣笑聲之後，那位獲得了「琳賽巴」學位的喇嘛才對陳渠珍說道：

「這是我們藏傳佛教中的六字真經，是藏傳佛教中最尊崇的一句咒語，密宗認為這是祕密蓮花部的根本真言，也即是蓮花部觀世音的真實言教，故稱六字真言。也就是唵、嘛、呢、叭、咪、吽。在藏傳佛教中，勤於念經是修行悟道的最重要法門。信教之人，無論老幼男女，無論是在坐著還是行走時，都會盡量念經。所念的經類種類很多，但念得最多的還是六字真言。」

陳渠珍道：「簡單的六個字，其中一定有深奧含義。」

「那是當然的，就其象徵意義來說，唵表示佛部心，代表法、報、化三身，也可以說成三金剛（身金剛、語金剛、意金剛），是所有諸佛菩薩的智慧身、語、意；嘛呢表示寶部心，就是摩尼寶珠，取之不盡、用之不竭、隨心所願、無不滿足，向它祈求自然會得到精神需求和各種物質財富；叭咪表示蓮花部心，就是出污泥而不染的蓮花，表示現代人雖處於五濁惡世的輪迴中，但誦此真言，就能去除煩惱，獲得清淨。吽表示金剛部心，是祈願成就的意思，必須依靠佛的力量，才能循序漸進、勤勉修行、普度眾生、成就一切，最後達到佛的境界。

其真言意義在於，藏傳佛教把這六字看作經典的根源，主張信徒要循環往復吟誦，才能積功德，功德圓滿，方得解脫。據說，藏學家的最新研究成果，認為六字真言意譯為：「啊！願我功德圓滿，與佛融合，阿彌陀佛！」

「大人，大人，快醒醒！」

深夜，陳渠珍在睡夢中被楊湘黔大力搖醒。為了不驚動帳篷裡的其他士兵，楊湘黔把他叫到外面，然後告訴了他一件大事。

原來，他們手下一些士兵見這幾名蒙古喇嘛帶的東西不少，又有十來匹駱駝，便心生歹意，準備將這幾名喇嘛殺害，奪取他們的財物，只留一名喇嘛帶路。

陳渠珍聽到這個消息後，如同五雷轟頂，一時竟說不出話來。過了很久，他才著急地對楊湘黔道：「這怎麼可以呢？這些蒙古喇嘛與我們素不相識，卻在我們瀕臨絕境時，如此慷慨大方地救助我們，他們對我們有大恩，我們怎麼能這樣對待自己的恩人呢？如果我們這樣負心劫殺了他們，恐怕我們今後一輩子都不得安生。」

「你說的有道理，可是士兵們根本不聽我的話。」

「那我去找他們談談！」陳渠珍說著就想走，但被楊湘黔拉住了。

「你千萬別去，這幫人現在紅了眼，六親不認，你話說重了，說不定他們會殺了你。」

陳渠珍嘆了口氣道：「我們雖然人數比喇嘛們多，但他們都是身強體壯的漢子，又都帶有槍支，要真打起來，我們的人不一定占得了便宜。他們這樣做，真是不想活了。」

談話完畢，陳渠珍悄悄回到了帳篷中。他沒有驚動西原和其他人，但又怕那些瘋狂的士兵先來殺害他，就悄悄地把短槍拿在手中，一夜無眠。

第二天吃過早飯後，大家收拾好帳篷和行李，和幾位喇嘛一同行進。幾名喇嘛走在最前面，陳渠珍和西原走在最後面，其他士兵走在他們中間。

陳渠珍發現所有的人都默默無語，他在心裡想，也許這些士兵良心發現，已經打消了劫殺幾位喇嘛的想法。

然而，他完全想錯了，就在大隊人馬走了幾里地之後，有五名士兵在一名排長的帶領下，悄悄地離開大隊，迂迴到了前方，占據了一處有利地形。

當幾名喇嘛走近時，埋伏的幾名官兵突然開槍射擊。

喇嘛聽到槍聲，馬上以極快的速度跳下駱駝，從鞍上取出槍支，伏在地上向那六名新軍還擊。

一時間，槍聲大作。

其他人也立即伏在地上。

陳渠珍大聲勸阻雙方不要開槍，但毫無作用，雙方都在拼命地射擊。

交戰中，那位獲得「琳賽巴」學位的喇嘛被子彈擊中，慘叫了一聲後倒地身亡。接著，又有兩名喇嘛被打死，其餘四名喇嘛見勢不妙，慌忙跳上駱駝，朝荒野深處逃去，很快就消逝在陳渠珍的視野盡頭。那三名死去喇嘛的駱駝，也跟隨他們逃走了。

喇嘛們逃走後，陳渠珍才和其他士兵跑向那幾名企圖殺害喇嘛們的官兵。只見他們六人都還活著，只不過全受了傷，躺在地上呻吟不止。大家再一清查，喇嘛送的行李財物、帳篷，還有所有的糧食，都馱在那些駱駝身上帶走了，陳渠珍只覺得心中一緊。

大家坐在地上，相互看著，一句話也說不出來。

有兩名士兵站起來怒罵那六名襲擊喇嘛的官兵，陳渠珍見事已至此，埋怨他們也無濟於事，就制止了怒罵。

在大家的幫助下，那六名襲擊喇嘛的官兵被抬到了一起。

陳渠珍吩咐就地宿營，檢查他們的傷勢後，發現六人中有五人傷勢嚴重，只有一人腿部中彈，還屬輕傷。

由於無藥可治，只能眼睜睜地看著他們痛苦地呻吟。

由於馱在駱駝身上的物資也隨之失去，大家沒有了一粒糧食。萬般無奈之下，陳渠珍只好吩咐殺了西原騎乘的，喇嘛們贈送的那頭駱駝。好在駱駝的肉很多，大家吃了一頓後，還剩下一大部分，陳渠珍吩咐將肉堆放在一起。

整個晚上，都聽到那些傷兵徹夜痛苦地呻吟，還不時聽到其中有人大聲呼救，但是，大家對他們的所作所為極為憤怒，加上沒有了糧食財物，一個個意志消沉，誰也不願起來看望受傷的士兵。

第二天起來後，大家看到兩名傷兵在昨晚被狼吃掉了，僅剩下兩副殘骸，頓時感到不寒而慄。更讓大家沮喪的是，昨天剩下的那一大堆駱駝肉，也在昨天晚上被狼吃了個精光。

大家準備繼續前進，剩下的四名傷兵中，三名已經奄奄一息，即將死去，剩下的那名排長，在地上來回爬動，號哭不已，苦苦哀求大家帶他一起走。

西原對陳渠珍道：「先生，還是帶上他吧？」

周圍的士兵都聽到了西原的話，但是，沒有一個人吭聲。

平時對士兵疼愛有加的陳渠珍，此時也沒有了一絲憐憫心，他恨透了這個忘恩負義的罪魁禍首，要是沒有他，大家已隨那些好心的蒙古喇嘛走上了一條生路。

那名排長見大家都不理他，只顧埋頭往前走，又大聲哀求給他補一槍。

一位平時和此人要好的士兵想走回去，卻被陳渠珍制止了。

陳渠珍是個愛恨分明的人，他對這種為了自己的私利而葬送了大家生路的無恥小人痛恨萬分，雖然那名排長不久就會死亡，但陳渠珍卻更慶幸老天沒有讓這種人痛快死去，而是讓他慢慢享受折磨。

還有一名士兵大聲地揶揄他道：「你在這裡等一會兒，會有糧食馬匹來接你走的。」

一行人走出很遠後，仍然能聽見那人慘烈的呼救聲和咒罵聲……

第二十四章

絕處逢生

從出發時的一百多人，只剩七個人。沒了糧食和火柴，陳渠珍十分沮喪，是西原讓他鼓起了活下去的勇氣……

自從劫殺蒙古喇嘛之後，不僅沒有了一粒糧食，還失去了喇嘛們的幫助和帶路。一行人又陷入了絕境，道路迷失，人員減少，最後只剩下七個人，每個人都沮喪到了極點。沒有了火柴，大家只能吃生肉，好在彈藥還很充裕。

這個時候，天氣也晴朗了起來，一連幾天都沒有下雪。陳渠珍記得，蒙古喇嘛說起過，一直向北，一個月就能到達鹽海，再走七八天就可到達柴達木，於是，他們便以太陽為指標，向北進發。漸漸地，沿途出現了草地，每天也都能打到一些野羊、野兔之類的來充饑。但沒有火，喝不上開水，大家只能從路旁敲些冰放在嘴裡嚼了吃。

就這樣，大家相互鼓勵，掙扎著向北行進。

前行多天之後，動物漸漸少了，有時一整天也看不到一隻。

一天，大家在一條山溝裡看到一隻跛著腿的小野羊，便追上去抓獲了它，當即在山溝中宿營，將這隻小野羊剝了皮後，狼吞虎嚥地吃了個精光。

然而，由於餓了好幾天，加上野羊肉太少，陳渠珍的肚子仍舊餓著。西原獨自離去，把剛才丟棄的那些羊腸悄悄撿了回來，在一條小溝中，將羊腸中那些沒有消化的草和糞便擠去，簡單洗了一下，悄悄遞給陳渠珍：

「我剛才嘗了嘗，這些東西味道很好呢！」

陳渠珍聽她這一說，便從西原手中接過一截羊腸，放進嘴裡細細咀嚼起來，倒也覺得異常爽口。於是，兩人你一口，我一口，差不多把這些羊腸吃光了，才心滿意足地躺在皮褥上休息。

此時的陳渠珍在茫茫天地之間，只感到簡單的生命期待與絕望的掙扎。

「先生，您在想什麼？」

經過了如此多的苦難，只有西原的聲音，還是如此的迷人。

陳渠珍沮喪地說道：「在這該死的不毛之地，我們像迷途的羔羊一樣在無邊的曠野裡亂走亂撞，回家的路不知道在哪裡。現在大家又餓又累，再也走不動了。看來，我們都要死在這裡了。」

西原明白陳渠珍的心意，柔聲勸道：「先生，我們已經走了五個月，現在是春天，天氣逐漸暖和起來，一路上雖然死了那麼多人，但你我不是還活著嗎？這就是老天對我們的照顧啊！繼續堅持下去，我們一定能夠走出這羌塘荒原無人區，到時候，就可以回到您美麗的湘西鳳凰城了。」

西原這番話讓陳渠珍羞愧到了極點，自己一個堂堂的軍人，竟然這般頹廢，連一個邊塞的藏族小女子都不如，想到這裡，他的心胸豁然開朗，心中淤積的煩悶憂愁頓時跑到九霄雲外。

他緊緊拉著西原的手，動情地道：「西原，妳真是老天賜給我的最好的禮物！」

「先生──」

這天夜裡，兩人說了很多很多知心話。

深夜，陳渠珍又感到饑餓難忍，西原把剛才剩下的一點羊腸給他取來，陳渠珍大口地吃著，感覺羊腸是那樣的香。

吃著吃著，他隨手朝嘴邊抹了一下，這一抹不要緊，把羊腸中那些沒有洗淨的羊糞弄了滿嘴……

接下來，七個人又咬牙堅持，勉強走了二十多天。

這天，他們餓得實在走不動了，陳渠珍狠了心，把最後一匹駱駝殺了，七個人大吃了一頓。剩下的一大堆駱駝肉，是他們的救命糧，為了好好保護這些駱駝肉，陳渠珍和楊湘黔商量後，決定由大家輪流守護，以防被野狼搶走。

半夜時分，陳渠珍被一陣吼叫聲驚醒，他翻身起來後，發現負責守夜的一名士兵正在與一群野狼爭搶駱駝肉，大家連忙上前幫忙。幾隻餓急了的野狼竟然咬住一大塊駱駝肉不放，與士兵們展開一場猶如拔河比賽一樣的爭奪。西原見狀，開槍打死了兩隻狼，這才把駱駝肉從狼口中奪了回來。

僅過了一會兒，野狼又蜂擁而來，大家一齊開槍，打死了幾隻衝在前面的野狼，這才把狼群嚇退。

一連幾天都是大雪，無法出去打獵，狼群日夜守候在營地旁邊，陳渠珍他們只好守著這些駱駝肉，與野狼一直對峙著。

這樣下去顯然不是辦法，陳渠珍和大家商量後，決定第二天就是要冒著雪也要離開這裡。

第二天起來後，雪竟然停了，露出了太陽，大家高興極了，收拾好東西準備前行。經過這些天，大家的體力漸漸地恢復了，腳步也輕快了起來。一天，他們剛轉過一條山溝，突然發現前面地勢開闊起來，與他們幾個月來走過的羌塘荒原無人區地形大相徑庭。再走了一段路後，草也多了起來。

這時，走在前面的楊湘黔突然大叫了起來，眾人不知道發生了什麼事，連忙趕了上去。

天哪！陳渠珍清楚地看見了，地面有一串隱約的牛馬蹄印。

大家欣喜若狂，有了牛馬蹄印，表示這一帶有牧人活動。

眾人像發現新大陸一樣，興高采烈地向前面找尋。越往前走，牛馬蹄印也越來越多，越來越清晰。再往前走了七、八里，前方陡然出現了一大片草地，滿地青翠可人的青草。大家根本不相信自己的眼睛。

一名士兵拔起一把青草，放進嘴裡咀嚼起來，這才相信是真的。

看到這種情景，陳渠珍眼睛濕潤了，畢竟有半年沒看到這碧翠的綠色了。

這時，陳渠珍的眼前出現了一條寬約兩丈，深有兩三尺的小河，清澈見底的河水緩緩地流淌，小河對岸是一片低矮的樹林，樹林中還發現了好幾處人工堆砌的石塊，而且石塊上都有煙熏火燎的痕跡，很明顯，這裡曾有人做過飯。

幾個月了，才看到有人類活動的痕跡，大家都歡呼起來。

陳渠珍決定，就在這裡宿營。

隨後，大家分頭出去打獵。

陳渠珍出去沒多久，便和西原獵到了兩頭野羊。正當大家一起準備大吃一頓時，突然發現楊湘黔竟然還沒有回來。

「趕快分頭去找！」

除了西原和一名生病的士兵外，陳渠珍讓其他三個人分頭往不同的方向去找。但直到太陽西沉了，都沒有找到楊湘黔。

陳渠珍急得像熱鍋上的螞蟻，西原安慰他道：「您就不要著急了，他體質素來很好，這幾個月來，一直沒生過什麼病，我想他是不會出事的。也許是貪圖什麼獵物，追得太遠了，一時半會沒有趕回來。」

其他人也你一言我一語地勸陳渠珍，眼見天也黑了下來，陳渠珍也只好等待了。

這個晚上，陳渠珍輾轉難眠，他的腦海中一直出現楊湘黔那淳樸忠厚的面龐。當初在江達，楊湘黔就向陳渠珍透露了他是哥老會頭領，並且支持陳渠珍離開西藏。自從進入荒原以後，他作為陳渠珍最好的助手，除了一路上出主意、幫助帶領隊伍外，凡是鑿冰、覓石、取糞乃至宰割獵物之類的苦差事，他都盡力去做，幾個月如一日，毫無怨言。大家都很信賴他。現在馬上就要走出荒原了，要是他在這時候失蹤，將會是陳渠珍一生的悔恨。

想著想著，睡意襲來，陳渠珍漸漸睡去了。

醒來時，已是豔陽高照了。

他記得，所有的人都被他派出去尋找楊湘黔。他和西原順著營地北面，剛走了不到兩百步，眼前就出現一個長長的山溝。走進這條山溝，迎面而來的是一片萬紫千紅的景象，山溝裡盛開著數不清的美麗花朵，在碧綠的草地上，許多美麗的蝴蝶在翩翩起舞。陳渠珍驚訝極了，昨天下午，營地附近幾里地的範圍內，都被他們搜遍了，怎麼就沒人發現這個如此美麗的地方呢？再往前進，山溝豁然開朗，眼前出現了一條小河，清清的河水清澈見底，河水中有許多魚在悠游。他和西原順著河邊向前，發現了一件皮襖，陳渠珍撿起來一看，正是楊湘黔身上穿的那件，兩人連忙繼續向前。再轉過一個彎，陳渠珍竟然一眼就看見了西原的表妹桑吉也站在那裡，陳渠珍感到非常奇怪，桑吉看見他們，也不說話，徑直把他和西原帶到了一片小樹林中。陳渠珍看到，楊湘黔正在前面不遠處的一張桌前，和一群美女在飲酒。陳渠珍幾步上前，正想擁抱楊湘黔，卻發現他突然不見了……

陳渠珍睜開眼，見是西原在面前，原來是南柯一夢。

大家生吃了一頓昨天打來的野羊肉後，陳渠珍決定再分頭去找楊湘黔。

然而，大家分頭找了一天，仍然沒有發現他的蹤影。所有的人都認為，楊湘黔孤身一人在荒郊野外露宿一夜，肯定早就葬身狼腹了。

陳渠珍看到營地東側幾里遠的地方有一座小山，便對大家道：

「我們都到小山上，大家一起鳴槍，槍聲可傳到一、二十里外，如果他還活著，一定可以聽得到槍聲。

如果聽到槍聲，知道我們的方位之後，他必然會走出來的。只要他一出來，我們站在山頂上必然可以遠遠望見。如果在鳴槍之後仍不見楊湘黔，那就表明他是葬身狼腹了。」

眾人聽了陳渠珍的話，都深深地為他這種情意所感動，於是，一致同意他所說的辦法。

一行人來到山頂上，只見四周可見一片一片的樹林，在陳渠珍的指揮下，大家一起朝天放了十槍。響亮的槍聲向四周傳開，大家在山頂踮起腳尖四處眺望。過了還不到十分鐘，遠遠地，竟然看到兩個人騎著馬朝小山跑了過來。他們來到山腳後，陳渠珍和大家都歡呼起來，原來，這二人中竟有一人是失蹤一天一夜的楊湘黔。

大家一路跑下山，近前一看，果真是楊湘黔和一位背著獵槍的年輕藏族獵人。

高興之餘，楊湘黔才把自己這一天一夜的情況向大家說了出來。

原來，那天他和一名士兵一起打獵，沒想到竟走散了，他四下找回來的路，卻怎麼也找不到。這時，他忽然看見遠處山邊有煙霧升起，就拼盡全力趕到了那裡。只見那裡有一頂帳篷，四名藏族獵人正坐在帳篷外熬茶。獵人們看見他之後很驚訝，但見他只有一個人，便請他進到帳篷中坐下。喝過一碗熱茶之後，楊湘黔向他們詢問情況，由於語言不通，大家只好用手勢交談。獵人們知道他的情況之後，非常友好地拿出麵食和牛羊肉來款待他，並留他在帳篷中住宿。

剛才聽到槍聲，他就猜出這一定是陳渠珍他們打獵到了這裡，於是這才和一名藏族獵人趕來相見。

聽楊湘黔說完後，陳渠珍內心激動不已，在這生死關頭，竟然遇到這些藏族獵人，這真是老天有眼啊！

接下來，陳渠珍將身上所帶的二十塊藏銀送給獵人，感謝他救了楊湘黔。那位獵人高興極了，又把他的同伴叫來。簡單交談後，大家十分親熱，幾名獵人見他們態度友善，又有西原這麼一個藏族女子，於是決定和他們住到一起，這讓陳渠珍高興得不知說什麼好。

當天晚上，四名位獵人在帳篷中熱情地款待陳渠珍一行人，大家坐在溫暖的帳篷中，吃著藏族獵人為他們做的麵食和噴香的牛羊肉，陳渠珍感到味道非常鮮美。這也難怪，這些天來，他們都餓一頓飽一頓，而且吃的都是生肉，完全和野人一樣，現在吃到熟肉，自然感覺味道無與倫比了。

四位藏族獵人說的都是青海方言，即使是西原，也只能聽懂大概的意思。不過，在加上手勢和西原的翻譯之後，獵人們知道他們是大清的軍人，又是從西藏穿越藏北荒原而來，而且已經走了半年之久，還死了那麼多人，都表示欽佩。

陳渠珍在交談中，知道他們也要到柴達木去，而且，從這裡到柴達木只有半個月的路程，更讓他感到高興萬分。

於是，陳渠珍向獵人們提出，想和他們一起到柴達木，並且向他們租用犛牛。

雙方經過友好商談後，獵人們同意了陳渠珍的請求，以每人每天八兩藏銀的價格，將犛牛租給他們，並且免費供給他們每天的伙食。

陳渠珍聽後大喜不已，當即拿出三百塊藏銀交給獵人們。

幾位獵人見他如此大方，更是高興。

接下來的行程就非常輕鬆了，陳渠珍一行人，白天騎在犛牛上，跟著幾位熟悉道路的藏族獵人緩緩而行，晚上住在藏族獵人的帳篷裡，吃著可口的食物。聯想到過去幾個月夢魘般的野人生活，大家都開心極了。

從這裡到柴達木，沿途的草地已經長出了碧綠的青草，樹木蔥郁茂盛，雖然氣候還有些冷，但沿途的景色欣欣向榮，一路上還可以不時看到商隊。

當陳渠珍第一眼看到柴達木這座如同一個村莊一樣的小鎮時，他不由自主地跪在了地上，在經過五個多月的跋涉之後，終於遠離了死亡。這五個多月來，他們吃盡了人間的苦頭，多次在死亡線上掙扎，同行的一百多人更是付出了寶貴的生命，是一生中永遠不可能忘記的一段悲慘經歷。

到了和藏族獵人分別的時候了，陳渠珍的心裡充滿了感激。沒有這幾位淳樸的獵人，他們也許早已死在荒原上了。臨分別的時候，由於陳渠珍他們身上的銀兩所剩無幾，在付完了所租用犛牛的費用後，陳渠珍還給了幾位藏族獵人一些子彈，把這幾位藏族獵人樂得合不攏嘴。

從柴達木到青海的西寧，還有五百多里路程。陳渠珍一行人雇了駱駝，準備了充足的食物，又請到了嚮導，因而一路上十分順利。

幾天之後，他們踏入了著名的大鹽海，一望無際的鹽淖低窪濕地特別難走。一眼望去都是平原曠野，上頭還長滿了青草，看起來十分堅實，但人一踩上去便往下陷。好在他們都騎著駱駝，否則寸步難行。廣袤的鹽淖中雖然布滿了小水窪，卻都是無法飲用的鹹水。他們也和路過的商人一樣，殺羊後剝下完整的羊皮，將四隻腳縫死不漏氣，然後從羊皮的喉部灌入清水，羊皮也就鼓脹起來，裡面盛滿了清水。一隻駱駝兩邊拴上兩隻這種盛滿了清水的羊皮囊，帶著也很是便利。

在嚮導的帶領下，陳渠珍他們整整走了五天，終於走出了鹽淖草地。此後，一路上都是平原草地，沿途可以看到蒙古包，還有牧民們放牧的牛羊。蔚藍色的天空下，牛羊成群，在一望無際的大草原上悠閒地吃草，牧人們騎著馬放牧，身邊跟著幾隻高大兇猛的藏獒。一行人繼續向前行進，一天早上，嚮導帶領大家走進了一條山溝，走出山溝後，他們頓時感到空氣中濕度加大，嚮導告訴大家，馬上就要到著名的青海湖了。

平原走到盡頭，前面便是一片一望無際的大湖。

遠遠地，可以看到散布在湖邊的一些藏民村莊。雖然都是些低矮破爛的泥土小屋，但它們在周圍原野和湖水的映照下，呈現出一幅美麗的畫面。寬闊的湖面上空，成群的鳥兒在湖面上自由自在地飛翔，無邊無際的湖水如同天空一樣碧藍。陳渠珍看到身邊的西原也是激動萬分，他告訴西原，青海湖是中國最大的內陸湖泊。

他們沿湖走了整整兩天，在這兩天中，陳渠珍一行人充分領略了青海湖的美麗風光。

清晨，陳渠珍一行人早早就起了床，在寂靜的湖邊繞行，東面天際還是一片暗淡的灰暗色調，沉睡了一夜的青海湖還未甦醒過來，巨大湖泊像一塊巨大的灰色綢緞，籠罩在淡淡的薄霧中，湖水也呈現出一種近乎於墨一樣的色彩。漸漸地，朦朧的霧靄開始在不知不覺中悄然散開，慢慢地，東邊山頭上出現了淡淡的月白色，遠處的湖水盡頭，隱約可見的群山巍峨起伏，顯露出一派原始的美景。隨著時間的推移，月白色中開始出現了一絲絲紅暈，繼而變成一小片一小片，在雲層中散射出少許光芒，向茫茫大地投射。天色漸漸明朗起來，晨曦透過薄霧灑落在湖面上，原先近乎於墨一樣的湖水，現在漸漸變成一片淺藍色。陳渠珍一行人有些壓抑的心情，隨著天色的放明，也豁然開朗起來。紅霞的面積越來越大，映紅了一小半個天際，金色的朝陽開始只是一個淡紅色圓點，但很快就變成了一個小小圓弧，燦爛的光芒在天空形成一幅絢麗的畫面，緊接著，朝陽在東邊天際露出了小半個臉，陽光照射在湖面上，湖水呈現出一種綠松石一樣的深藍色，平靜而寬闊的湖面上一覽無餘，令人心曠神怡。

所有的人，包括陳渠珍在內，都是第一次看見這麼大的湖泊，西原更是激動得像一個孩子。中午時分，一行人在湖邊選擇了一處草地坐了下來，西原帶人拾了一小堆乾牛糞，點燃營火，烤起乾糧來。

中午過後，一行人又踏上了前行的路程。怡然的心境使得大家的腳步是那樣的輕快，時光也走得是那樣的迅疾，在太陽就要落山的時候，天空中的色彩又發生明顯的變化。在太陽餘暉的映照下，碧藍色的湖水變成了深藍色，一會兒又出現了蝴蝶翅膀般的蔚藍色。時光漸漸流逝，當太陽的餘暉在天空中完全消失了的時候，湖面被黑壓壓的暮色籠罩——一切消失在一片朦朧之中。

過了青海湖之後，氣候逐漸變暖起來，冰雪也都消融乾淨。十天之後，他們來到了青海著名的日月山。日月山在陳渠珍的心目中，早就是一個渴望見到的聖地。還在兒時，他就從先生們的口中知道了這個地方，還有與日月山緊緊聯繫在一起的有關唐代文成公主的傳奇故事。

在嚮導的指引下，陳渠珍第一眼就看到日月山。很難讓人相信，眼前這座不過十餘丈的小山丘，竟然就是大名鼎鼎的日月山。陳渠珍久久地看著這座小山，心情難以平靜，他不僅想到了那久遠的傳奇歷史，還回想起了他們剛經歷的苦難。

西原一開始不明白陳渠珍的舉動，可是當她從嚮導口中得知，這座小山就是當年文成公主進藏時經過的地方時，她才明白陳渠珍為何這般激動。

「先生，您給我講講文成公主的故事吧。」

陳渠珍低頭看了看眼前的西原，一股憐愛的感覺湧了上來，這個把青春和生命完全託付給了自己的姑娘，這一路上給了他多大的幫助和鼓勵啊！沒有西原，他早就戰死在波密的山谷中；沒有西原，他早就餓死在茫茫的荒原上。

「在很久以前，」陳渠珍輕聲地對西原說了起來：「你們的贊普松贊幹布統一了西藏，在邏些，也就是今天的拉薩建立了吐蕃王朝。當時，吐蕃王朝與東方的大唐王朝就以這日月山為界。松贊幹布傾慕唐王朝的繁榮與文明，就派出大臣祿東贊，準備了厚禮來到長安，向唐太宗求婚。唐太宗答應把文成公主嫁給松贊幹布。不久，文成公主在祿東贊的護送下前往吐蕃的國都邏些，臨行前，唐太宗送了一面寶鏡給她，說是到了漢藏分界的地方取出來照看，可以從鏡子裡看到大唐和父母家人。文成公主到了這裡後，取出寶鏡，果然從鏡中看到了長安和親人，不禁傷心落淚。當她想到身負唐蕃聯姻通好的重任時，便果斷地摔碎了寶鏡，斬斷了對故鄉親人的眷戀情絲，下定決心毅然前行。寶鏡摔成了兩半，正好落在兩個小山上，東邊的半塊朝西，映著落日的餘暉，西邊的半塊朝東，照著初升的月光，日月山由此得名。」

「多美的故事啊！」

陳渠珍看著西原：「妳不也是文成公主嗎？妳是這樣美麗善良，卻嫁給我這樣一個粗莽漢子，同樣遠離了家鄉，歷經了千辛萬苦，也來到了這日月山。」

西原有些不好意思起來：「先生，我不過是個普通的藏族女子，哪能和文成公主相比。」

「在我的心目中，妳就是文成公主。」

陳渠珍的話使得西原的眼淚流下來了，她想起這幾個月來的生死經歷，若非陳渠珍的愛，自己是無論如何也支持不到現在的。

陳渠珍為她擦去淚水：「別傷心了，現在我們終於走出來了！」

一過日月山，地形豁然開朗，再往前行，道路兩邊都是漢人的村莊，還不時看到集市貿易，田間有農夫在耕作。最使陳渠珍感到親切的，是不時見到的那些鄉塾，聽著兒童們的讀書聲，陳渠珍不禁想起了自己小時候的情景，看著看著便笑了起來。

兩天之後，一行人到達丹噶爾（註1），他們進城後，發現街上的行人看著他們都在笑。原來，在這半年中，他們沒有換洗過一次衣服，衣服都變成了赭黑色，而且破爛不堪，加上人又黑又瘦，頭髮都已結成長辮，鬍鬚又長又亂，活像一群野人。大家連忙找了一家店住下，洗澡換衣。當西原在鏡子中看到自己完全是一個男女不分的野人模樣時，忍不住丟開鏡子，倒在床上放聲大哭，直到陳渠珍勸了好半天才作罷。

幾天後，他們到了西寧，在西寧住了三天後，一行人坐著騾車，走了六天到了蘭州，接著，又來到了西安。

本章註解

① 今青海省縣。

第二十五章

花開花謝

到達西安後，陳渠珍和西原住在一位湖南老鄉的閒置公館裡，等待家裡寄來路費。在此期間，兩人四處遊山玩水，過了一段神仙般的日子。但好景不常……

陳渠珍一行人到達了西安後，楊湘黔等人都要各自去投靠朋友，大家就此告別。

回想起這半年的經歷，所有人都覺得恍如夢境一般。但天下無不散的筵席，即使一起經歷了生死離別，也還是要各自面對今後漫長的人生。大家留下家鄉的地址，相約今後有機會時，一定要相互探望。

分別之際，所有的人依次緊緊擁抱，淚流滿面……

與大家分別後，陳渠珍和西原清點了一下身上的物品，發現一共只剩下二十兩銀子，還有西原精心保存下來的阿媽送給她做紀念的那座珊瑚。此外，還有一架陳渠珍最心愛的瑞士軍用望遠鏡。

「我們現在沒有路費了，如何能夠回到您的家鄉呢？」

陳渠珍的心裡也很惶恐，沒有錢，是萬萬回不了湘西老家的，那可是要經過好幾個省，幾千里地啊！但是，他不能在西原面前流露出來。

「不要緊，我可以在西安找找軍隊中的朋友。再說了，西安有很多湖南老鄉，我也可以找他們幫忙。我們先找地方住下來，然後再想辦法。」

西原點點頭，雖然脫離了危險的旅程，但身居西安這樣的大都市，反倒膽怯了起來，沒有在荒原區時那樣勇敢了。

陳渠珍在湖南會館遇到了一位同鄉，這位同鄉告訴他，有一個湖南朋友在西安有一處公館，空房很多，可以介紹陳渠珍和西原無償居住。當陳渠珍來到這處公館時，公館主人已不在西安，只留下一人看守空房。湊巧的是，這位公館守房人也是湖南人，聽說陳渠珍是湘西鳳凰人，而且是剛從西藏跑出來的新軍管帶，馬上就同意他們二人住進公館。

「公館雖大但陳舊，空房極多，東廂那邊的空房，陳先生自己選一間住吧。只是主人長期不在此地，我只是負責為其看守空房，白天我在外面做事，晚上才回到這裡，吃飯也是在外面。先生吃飯的問題就請自己解決，好在西安的物價便宜，先生可做些家鄉飯菜吃吃。」

陳渠珍見公館的守房人慷慨同意自己無償住房，已感激不盡。聽他這一說，連忙對公館的守房人道：「您能同意陳某住進來，陳某已感激不盡。吃飯問題，當由陳某自己解決。」

當天，陳渠珍就和西原搬了進來，選了一間空房，收拾乾淨後，又上街買來鍋碗瓢盆油鹽柴米。當天晚上，陳渠珍親手為西原做了一頓家鄉鳳凰的飯菜。

晚上，兩人躺在床上，心滿意足地談開了。

「先生，現在我們吃住已解決，只是囊中錢少，不能久居於此，我看還是盡早想辦法，早日回到先生的家鄉。」

陳渠珍看著她道：「我何嘗不是如此，只是我長年在湖南、四川做事，朋友多在兩地，西安本就偏遠，我也沒有很要好的朋友，無非是找找朋友的朋友而已。這年頭有幾人手中有多餘錢財，再說了，我本是新軍管帶，官雖不大，但也是讀書出來的有頭有臉之人，在此向不熟悉的人借錢，也實在開不了這個口。」

「那先生還有什麼辦法沒有？」

「有啊！」

陳渠珍笑著對西原道：「我手上有一件東西，值錢得很，只要把它賣了，何愁區區一點旅費，就是下半輩子的吃喝也不用發愁了。」

西原大驚：「先生莫非還藏有什麼寶貝，竟然能瞞西原這樣久。」

陳渠珍指著西原笑道：「妳如此美麗，不就是一件無價之寶嗎？」

西原聽出來了，陳渠珍是拿自己開玩笑，於是翻身將陳渠珍壓在身下，伸手向他腋下搔癢，直到陳渠珍告饒才罷手。

打鬧夠了，陳渠珍這才把自己的打算說了出來。

「我想過了，覺得還是寫信讓家裡寄錢來為好。」

次日，陳渠珍把信寄了出去，郵局的人告訴他，現在正是兵荒馬亂之時，從湘西鳳凰寄錢到西安，要幾個月的時間。

接下來的日子，就是等待家中寄來路費。

陳渠珍帶著西原，遊遍了西安的名勝古蹟；鐘樓、大雁塔、小雁塔、華清池，都留下了他們的身影。西原是有生以來第一次來到這麼大的地方，一直處於極度興奮之中。

平日裡閒來無事，陳渠珍經常和公館的守房人聊天。

這位公館守房人告訴陳渠珍，他們公館的隔壁有一個鄰居叫董禹麓，是與鳳凰相鄰的湘西永順人，到西安已經很多年了，現在是西安一所中學的校長，還兼著省督署的一等副官一職。在西安的湖南同鄉中，可算得上是個人物了。

「哦，等哪天他有空，我一定去拜訪他，到時還請先生引薦一下。」

「好啊，都是湖南老鄉，好說好說。董先生雖然不善言辭，但為人慷慨豪爽，極重義氣，西安的湖南同鄉很是敬仰他。你去拜訪他，他一定很高興。」

陳渠珍第二天就得到了機會，公館的守房人約好董禹麓後，帶著陳渠珍和西原去了董府。不巧得很，董禹麓正好有急事出去了，陳渠珍和西原坐了一會兒，正準備離開時，董禹麓又回來了。於是，陳渠珍便與他交談起來。交談中，陳渠珍發現董禹麓雖然話不多，卻很有才華，為人也不矯揉造作。不過，由於董禹麓公事繁忙，陳渠珍只坐了一會兒就告辭了。之後，他再也沒有上門與董禹麓交談過。

一日，一位湖南商人和朋友一起來到陳渠珍的住處拜訪，閒談中，這位商人說起過幾天要去離西安六百多里的南鄭去收山貨，而且幾輛馬車都有空位。陳渠珍一聽，想到自己現在西安等待家中寄來路費，閒來無事，便提出能否跟其去南鄭一趟。商人聽說陳渠珍是想去看一看漢代大將軍韓信的拜將台，想到陳渠珍是一個軍人，馬上就同意他和西原同去，而且食宿全由他負責。陳渠珍大喜，當場向他致謝。

「先生不必如此，我聽說先生曾在西藏待過，算是進藏新軍中的風雲人物，年少有為，有先生同行，我求之不得，我還想在路上聽先生說說在西藏的趣事呢！」

三天後，陳渠珍、西原和那位商人一同離開了西安。

一路上，陝南和漢中的風景使陳渠珍格外陶醉，西原更是興奮。商人對陳渠珍在西藏的經歷非常感興趣，尤其是陳渠珍親身經歷過那些事：諸如在進藏路途中遇到的食人屍體的魚，隨軍翻譯給他說起的天葬，行軍路途中獵到的貝母雞、打獵中活捉到的林麝和殘忍地割取麝香。當然，還有神祕的世外桃源波密。這些從陳渠珍口中流淌出來的西藏風情，聽得那位商人如癡如醉……

韓信的拜將台建在漢中南鄭一片田地當中，類圓形，活像一個大墳塋，用夯土築成，高不過兩丈左右，方圓約有幾十丈。周圍農人的菜一直種到了點將台下，若沒有當地人指點，陳渠珍根本看不出它就是歷史上著名的韓信拜將台。在拜將台前，立有一塊高三尺左右的橢圓形石碑，石碑表面十分粗糙，看起來也有些年頭了，石碑正面刻有一行不甚清楚的字，陳渠珍湊近一看，才看清是「南鄭漢上大將軍齊王楚王淮陰侯韓信拜將台」幾個大字。

兩人沿著一條小路，走上土台，放眼四周，是一望無際的農田。陳渠珍想起兩千多年前，劉邦竟然會在這裡拜韓信為帥，從而拉開了楚漢相爭、建立大漢王朝的征戰，今日眼前卻是一片有些荒涼的田野，歷史的滄桑真是後人無法想像。

西原見陳渠珍竟然對這樣一座土丘如此感興趣，心裡十分不解。

「這樣一座土台，竟值得先生跑這麼遠的路來看嗎？」

陳渠珍轉過身來，對她說道：「妳別小看了這座不起眼的土台，在兩千多年前，就在我們現在站立的這座土臺上，曾經上演過一幕改變了中國歷史的大事。」

「真的？」

陳渠珍拉著西原的手，緩緩從拜將臺上走下來，一邊走一邊對西原說起來：

「韓信是江蘇人，年輕時發憤苦讀兵書，但因家貧，常常依靠別人糊口度日。一位幫別人洗衣為生的老婦人見韓信饑餓，經常把自己帶來的飯分給他吃。有一天，城中無賴當著很多人的面侮辱韓信，說韓信要是不敢用劍殺死他，就要韓信從他的褲襠下爬過去。韓信果真這樣做了，街上的人都恥笑韓信，認為他是個怯懦之人。後來天下大亂，劉邦和項羽爭奪天下，韓信投奔了項羽，卻不被重用，他轉而投奔劉邦，劉邦也不重用他，就一氣之下逃跑了。後來，還是劉邦的丞相蕭何在月夜中把韓信追了回來。劉邦發現韓信是個人才後，便在這裡修建了拜將台，把軍權交給了韓信。」

「那以後呢？」

「以後情況就徹底改變了。」陳渠珍見西原好奇，繼續對她道：「本來劉邦經常敗給項羽，可是自從拜了韓信為大將後，屢戰屢勝，最後項羽被消滅了，劉邦建立了大漢王朝，韓信也成為了西漢開國功臣。」

「韓信後來怎麼樣了？」

「後來呀，劉邦怕韓信起來造他的反，就找了一個藉口，把韓信殺了。」

西原聽後，好一陣子沒有出聲，最後嘆了一口氣，「這皇帝真壞！」

「在中國的歷史上，這樣的事有很多，幾乎每個朝代都有，皇帝依靠功臣奪得天下後，怕這些有本事的人奪他的皇位，就找來一些藉口殺掉這些功臣。」

西原突然道：「我明白了，先生的命運和韓信是一樣的。韓信為了成就大事，可以忍受無賴的胯下之辱。先生在西藏這兩年來，特別是離開西藏這半年中，不也是忍受了常人難以忍受的苦難嗎？這和當年的韓信是一樣的。我想，將來先生是一定能夠成大事的，西原也一定能跟先生過上好日子！」

多懂事的姑娘啊！

陳渠珍把西原緊緊地摟在懷裡……

從漢中回到西安後，轉眼到了初冬時節，氣候逐漸寒冷起來，他們身上僅有的那點錢快要用完了，陳渠珍見家中一直沒有寄路費來，心中不禁有些慌張。

兩人又節衣縮食地堅持了二十多天，身上最後一枚銅板也用完了。

這時，西原對陳渠珍道：「您家中的匯款不知要到什麼時候才來，我們也不能這樣空著肚子等，我想了一下，決定把那座珊瑚拿去賣了。」

陳渠珍一聽大驚，立即反對：「這可是阿媽給妳最後的紀念，怎麼能將它賣了呢？」

西原溫柔地說道：「先生不必在意這座珊瑚，它雖然是阿媽給我的紀念之物，可是現在更重要的是先生。只要我們能度過這次的難關，阿媽知道後也不會怪我的，我們只要把阿媽記在心裡就好了。」

陳渠珍心裡一熱。

這座珊瑚，由於在漫長的路途之中已被壓斷，最後只在一家古董店賣了十二兩銀子。看著這些銀子，西原高興得像個孩子似的，她對陳渠珍說道：「先生，這下好了，我們可以安心等待家中的匯款了！」

陳渠珍心如刀絞一樣，但看著西原如此高興，實在不忍心掃她的興，只好強打起笑容，陪她一起上街，買回了每天必需的柴米油鹽。

一晃，到了冬月，陳渠珍湘西家中的錢還沒有寄來，賣珊瑚所得的十二兩銀子也用光了，連陳渠珍最鍾愛的瑞士軍用望遠鏡也賣了。

陳渠珍十分著急，每天不是到郵局去問有無匯款，就是滿世界尋找朋友借錢。西原每天早上都要將他送出門，看著他走遠後才回家；下午都要坐大門外的石階上等陳渠珍歸來。有時陳渠珍回來晚了，她也不離開。

陳渠珍心痛地對她道：

「妳怎麼這樣傻，天這麼冷，生病了怎麼辦！」

聽到這種話，西原總是嫣然一笑，第二天依然同樣等待，心疼得陳渠珍不知怎樣才好。

這些日子來，陳渠珍對西原的感情與日俱增。如果說當初在德摩娶西原，只是一種年輕男女的相互愛慕，經過波密之戰，尤其是在茫茫羌塘荒原生與死的考驗，陳渠珍早已在心裡對西原有了一種深深的情感。這種情感，早已超過了男女之間那種肉體上的渴望。到西安這些日子裡，兩人朝夕相處，感情又急劇昇華，使得陳渠珍對西原有一種精神上深深的依戀。他經常帶著西原到附近的街上散步，更多的時間是陪著她在屋內親切地交談，從家鄉的風土人情，到西原德摩家鄉的趣事，二人似乎有說不完的話。每當西原說話時，陳渠珍總是靜靜地聽，她說話時的一個細小的表情，一個輕輕的微笑，都讓陳渠珍著迷。每次入睡後，陳渠珍總是緊緊地把西原抱在懷裡，生怕她突然不見了。

陳渠珍對西原的深深依戀，已到了無法割捨的地步。

然而，讓陳渠珍萬萬沒有想到的是，一場生死別離，就在這時發生了。

這一天，陳渠珍回來得比平時稍晚了些，他沒有看到西原像往日那樣在門前的臺階上等他，覺得有些奇怪，連忙敲門。

門開了，陳渠珍一眼就看到西原滿面通紅，他急忙把她扶到床上坐下。

「妳這是怎麼啦？我早上出門時妳還好好的！」

西原有氣無力地道：「我也不知道是怎麼回事，自先生離開後，我就感到全身發熱，頭痛不止，實在不能在門外等候先生，只好坐在屋裡。」

陳渠珍馬上扶她躺下。

當天晚上，西原依然發燒，一點東西都不想吃。

陳渠珍更著急了，說不吃東西怎麼行。

西原掙扎著說道：「別的都不想吃，就想念德摩家鄉牛奶的味道。」

陳渠珍一聽，馬上到街上買回新鮮牛奶，可是西原只喝了一口，就不肯再喝了。陳渠珍要去請郎中，被西原勸阻了。

「我這點小病不算什麼，在德摩時我也是有過的，不要緊，躺兩天就會好的。」

第二天一大早，陳渠珍見西原仍然高燒不退，急忙上街請來了一位老郎中。老郎中看了西原許久，又向陳渠珍問了西原發病的情況，最後為西原把了脈。

老郎中看完病後，走到外屋，陳渠珍跟隨而出，向老郎中詢問西原病情。

老郎中沉思了一會兒，心情沉重地對他道：

「老朽剛才為夫人看了病，不瞞先生，夫人有可能得了天花！」

彷彿晴天霹靂，陳渠珍頭一暈，眼前一黑。他雖然沒有學過醫，但從小在鄉間，見過不少麻臉的人，那就是出天花倖免不死留下的標記，他對這種死亡率極高的可怕疾病是知道的。入藏時他在成都就聽人說過，康藏地區的藏族女子由於一直生活在空氣潔淨的青藏高原，對內地一些傳染病的抵抗力很低，如果到內地來居住，大多會因為發天花而死，少有倖免。

他急忙向老郎中詢問西原的病情。

老郎中道：「夫人雖然此時尚未見點，但血熱已在體內瘀滯，我想就在這幾日，便可看到夫人身上出點。」

陳渠珍幾乎要哭了出來：「那快請老先生趕快開方救治。」

老郎中嘆了口氣：「天花是一種烈性瘟病，得病者死亡率非常高。當年，康熙皇帝就是因為出過天花，以後不會再得這種病而登上帝位。人得了這種病，如果不死，臉上會留下麻子。我們中醫認為，天花病是由於先稟胎毒與後感天行時毒而引發，夫人此病，明顯是後者。其病程分發熱、見點、起脹、灌漿、收靨、脫痂六個階段。很多天花病人之所以死去，是因其體弱，又感邪毒，致使正不敵邪，毒邪不能發越於外，反而內陷攻心。夫人雖不能說病已入膏肓，但老朽尚無治癒之把握。老朽可為夫人開方治療，如果藥物能通血脈，行藥勢，助陽發散，使夫人的正氣得助，內托痘毒外發，遂可收起死回生之效。夫人後來一切，只能看她自己的造化了。」

老郎中開完藥方後，陳渠珍馬上到藥鋪買來中藥煎好，讓西原服下。

沒想到，老郎中開的第二副藥還沒服下，西原全身忽然出現天花痘點。

陳渠珍大駭，連忙再請老郎中，老郎中只看了一眼，就走了出來。

「夫人是天花無疑，我另開一方，您再試試，不過，我有一句話要和先生說到前頭，夫人此病十分兇險，先生要有準備才是。」

老郎中一番話，讓陳渠珍肝腸寸斷。

雖然西原還是繼續服藥，精神卻明顯一天差似一天，病情越來越嚴重了。

幾天後的一個清晨，西原突然告訴陳渠珍，自己昨天晚上做了一個夢。

「先生，我是活不成了。」

陳渠珍安慰她道：「不要多想，老郎中都說妳的病是可以治好的。」

西原哭了起來：「先生不必安慰我了，昨天晚上，我夢見回到了德摩家中，阿媽給我拿來了一塊糖吃，還讓我喝了一杯白酒——」

陳渠珍打斷了她的話：「這有什麼？」

西原繼續嗚咽道：「先生是不知我們藏人的習俗，在我們德摩，如果一個生病的人夢見這些，就一定必死無疑。」

說完，她更加大聲地哭了起來。

陳渠珍只能一直不斷地安慰她，好不容易才使她的情緒穩定下來。

就在這天晚上，陳渠珍突然發現西原身上的天花疹子變成了黑色，他知道，西原的病已無可救藥了，只有暗中流淚。

半夜時分，西原忽然將陳渠珍喚醒，哽咽著對他道：「我自從看到先生的那一天起，就對先生非常崇敬。後來又跟了先生，遠離了家鄉和阿媽，不遠萬里來到這裡，本想著能與先生長相廝守，白頭到老，卻沒有料到如今病入膏肓，只走到半路就要與先生永訣了。但是，能與先生相識相知，並且還經歷了九死一生，我心裡是非常滿足的。遺憾的是，我不能一生一世陪伴先生了。從今以後，只望先生好好保重身體，順利返回家鄉，我死也就瞑目了。先生大難不死，今後一定會有出頭之日，請先生一定要記得我這樣一個西藏的小女子。」

陳渠珍已泣不成聲：「妳不要再說了，不要再說了——」

「請先生不要把我死的消息告訴我的阿媽，要把我的屍骨帶回湘西鳳凰，我生不能與先生們同老，死後也要看著先生——」

說完，她一聲長嘆，然後慢慢閉上了眼睛。

陳渠珍抱著西原的屍體號啕痛哭，幾次都哭昏過去。公館的守房人聞聲趕來，見西原已去世，也跟著陳渠珍一起流淚。

陳渠珍搜遍全身，只剩下一千五百文錢。想到自己一個堂堂的新軍管帶，如今竟窮途末路到了這個地步，連自己的愛侶去世都無力安葬，忍不住再次大哭起來。

天亮後，當務之急是趕快找錢安葬西原。他左思右想，覺得朋友之中只有隔壁的董禹麓會有一點錢，雖然只見過一次面，但現在已沒有其他辦法，也只有厚著臉皮來找他了。於是，連忙趕了過去。

敲開董禹麓的大門，董禹麓見陳渠珍滿面淚跡，大吃一驚，連忙問他出了什麼事。當得知是西原病故後，董禹麓也傷心起來，再問清陳渠珍現在已無力安葬西原，故特來向他借錢。

董禹麓稍稍沉思之後，起身進入內房，不一會兒，拿出一包銀子遞給陳渠珍：

「我也沒什麼錢了，這裡還有二、三十兩，您拿回去安葬夫人吧！」說完後，他還找來一位親戚，幫助陳渠珍一起去安葬西原。

陳渠珍涕零稱謝。

董禹麓的親戚在路上時，對陳渠珍說出了一件事。原來，董禹麓家裡其實一文錢也沒有，剛才贈送陳渠珍的那些銀子，是他的一位族弟臨時寄存在他那裡的。聽到陳渠珍出了這種事，就大方地把這筆錢全部給了陳渠珍。陳渠珍聽後，內心更是感激不已。

有了這筆錢，陳渠珍到街上買回喪服棺木，又雇了一名婦女為西原沐浴更衣。接著，又請來僧人為西原念經做道場。最後，把西原厝葬在城外的雁塔寺。

厝葬完西原後，陳渠珍一個人回到了和西原共同居住了數月之久的那個房間，此刻卻再也看不見她熟悉的身影，只是滿屋冷風襲人、幃帳飄飛，一片淒清。看著西原睡過的枕頭，陳渠珍想起了當年第一次在草原上看到她騎在馬上，連拔五竿的矯健身影，想起了兩人在南迦巴瓦峰下的情話，想起了漢藏婚禮上的甜蜜，還有羌塘高原無人區那最後一塊牛肉乾，想到這些，陳渠珍禁不住淚流滿面……

西原曾經無數次和陳渠珍憧憬他們今後的生活，她希望回到陳渠珍的故鄉湘西鳳凰後，能夠出人頭地，她也對陳渠珍說過，如果陳渠珍今後不能成名，那麼，她將和他一起，過夫唱婦隨的田園生活。這些對西原這樣一位藏族女子來說，是一幅多麼美妙的人生圖畫啊！可是現在，這幅美妙的圖畫連同她的肉體，還有那些曼妙的愛情遐想，都已經化作嫋嫋青煙，隨風而去了。

此刻，陳渠珍的內心一片茫然。這個清純的藏族女子，是他一生中最愛的人，可是從今以後，那種銘心刻骨般的感情，永遠也不會有了，宛如在無邊草原上的白日縹緲夢境……

「十年生死兩茫茫，不思量，自難忘。」這首不知被多少斷腸人哭誦過的千古詩詞，正是他此刻心情最真實的寫照。

「先生——」

這是從西原口中不知流淌出多少次親切的喊聲了，可是從現在起，陳渠珍再也聽不到這清脆悅耳的聲音了，也只能在夢中去找尋她的音容笑貌，這讓他的心裡是多麼的痛苦啊！

然而，人生就是這樣生死無常。

第二十六章
落葉歸根

十年之後，陳渠珍成了赫赫有名的「湘西王」。在西原離開的歲月裡，陳渠珍也始終沒有忘記她……

陳渠珍回到湘西，在家鄉待了一些時日之後，想起西原對他的囑託，於是打起精神，重新投入了人生一場又一場的征戰。

西元一九二〇年，陳渠珍牢牢控制了湘西，成了名副其實的「湘西王」。

他打著「保境息民」的旗號，草擬了一份計畫，將湘西三十個縣劃分為一百多個區鄉，試行「湘西自治」。他在湘西大辦工廠、學校，僅在保靖一個小縣，陳渠珍就開辦了一所師範講習所，一個聯合模範中學，一個中級女學，一個職業女學，一個模範林場和六座小工廠。一時間，湘西呈現出興旺而有生氣的景象。

西元一九二二年，湘西一個叫滕代遠的窮學生國小畢業後，路經鳳凰縣時，被土匪洗劫一空。在進退兩難之際，滕代遠忽然想起「湘西王」陳渠珍很講綠林義氣，就和同伴大起膽子去找陳渠珍。見到陳渠珍後，向他表明了遇難求助的願望。陳渠珍對滕代遠說，自己要先考考二人的學識，如果考得好就幫他們，滕代遠欣然應允。陳渠珍吟道：「讀書破萬卷」。滕代遠一聽，知道是杜甫的詩句，隨即對出一句李白的「落筆超群英」。陳渠珍又吟道：「雲山起翰墨」。滕代遠對了句：「星斗煥文章」。上聯是王琚的詩句，對的是杜甫的詩句。

陳渠珍連聲叫好，於是接濟了二人兩塊光洋。

滕代遠這個受到陳渠珍資助的小學生，日後與彭德懷一起組織領導平江暴動，歷任中共紅一方面軍副總政委兼紅三軍團總政委，中共中央軍委總參謀長，八路軍前方總參謀長，中共建國後的第一任鐵道部長，第四屆全國政協副主席……

西元一九二二年，陳渠珍執掌湘西大權不久，一個年僅二十歲的鳳凰青年加入了陳渠珍的部隊，陳渠珍把他留在自己身邊作文書，這個人就是後來名震天下的大文學家沈從文。在沈從文的眼裡，這位「湘西王」

非常奇怪，他從不近女色，特別喜歡看書，沒有戰事和公務之時，常常看書至深夜。他的會議室簡直像是一個書房。沈從文從這位「湘西王」身上，學到了許多知識，也種下了沈從文要用一生精力去追求的理想。後來，沈從文不甘於在陳渠珍處做一個文書，就向陳渠珍提出離開湘西到北京求學，陳渠珍不但支持，還送給他二十七塊光洋當作路費。

西元一九三四年八月，中共紅六軍團在任弼時、蕭克和王震的率領下，從井岡山根據地突圍西征，為中央紅軍長征探路。在國軍重兵圍堵下，紅六軍團經湖南轉入了貴州黔東南地區，經甘溪、黑沖之戰後，近萬人的紅六軍團只剩下三千多人與賀龍的紅二軍團會師。兩軍團會師後離開黔東向湘西進發，在湖南省主席何健的命令下，「湘西王」陳渠珍向永順發起進攻，想趁紅軍立足未穩之時，將紅軍趕出湘西或加以消滅。紅軍在離縣城北面九十里的十萬坪地區，伏擊了陳渠珍的三個旅。陳渠珍軍大敗，被俘官兵達兩千餘人，繳獲槍支兩千餘支，陳渠珍受到紅軍殲滅性打擊後，何健命令陳渠珍交出兵權，改任「湖南省政府委員」、「長沙綏靖公署總參議」之空銜，並令其移居長沙，從而結束了陳渠珍在湘西的割據局面。

陳渠珍對把他搞下臺的何鍵一直懷恨在心，民國二十六年（西元一九三七年）九月，陳渠珍利用國民黨內的派系矛盾，在國民黨中央軍事委員賀耀祖的支持下，利用鳳凰苗族同胞抗租反屯的激烈情緒，在幕後策動了跟隨他多年的部下，湘西屯務軍指揮龍雲飛等人的力量攻入幹城，震動了湘西，迫使國民黨中央把何鍵調離湖南，陳渠珍終於報了一箭之仇。

抗戰初期，國民政府撤往陪都重慶，性情高傲的陳渠珍不願意出山，一直在湘西等地隱居。抗日戰爭勝利後，陳渠珍離開四川，先後居於貴州印江和湘西鳳凰。

在西原離開的歲月裡，陳渠珍也始終沒有忘記她。

西元一九二〇年，當年慷慨饋贈陳渠珍埋藏西原的恩人董禹麓突然回到了湘西。原來，董禹麓的父親董光輔在永順縣列夕鎮私立學校任高等小學校長，在元宵節，當地五百多名土匪強住學校，董光輔護校心切，被土匪槍殺，校舍也被砸毀，土匪還將鎮上的百姓搶劫一空。在西安的董禹麓得知老父遇難後，急忙回鄉奔喪。董禹麓辦完父親喪事後，一紙訴狀，向永順縣政府報案，縣政府立案後，將案子上轉到陳渠珍處。陳渠珍一見董禹麓的大名，當即派人把董禹麓接到已處，兩人相見，陳渠珍回想當年西原去世時向董禹麓借錢安葬西原的情景，依舊是感動不已。陳渠珍對「滴水之恩，當湧泉相報」的做人古訓尤為看重，他隨即派人查明案情，最後得知是一幫土匪所為，於是派出軍隊進山剿匪。經過數天奮戰後，剿滅了這群土匪，並將匪首捕獲槍斃，為恩人的父親報了仇。

為董禹麓報仇後，陳渠珍回想起當年之事，深感董禹麓為人慷慨大方，決定報答董禹麓當年之恩，他邀請董禹麓返回家鄉，一同治理湘西。董禹麓十分佩服陳渠珍的為人，同意擇時返鄉。

董禹麓回西安不久，就到雁塔寺將西原的遺骨帶回湘西。

在董禹麓會送靈柩回到湘西時，陳渠珍親率軍隊，在自己駐節的保靖縣城外十里的地方相迎。回想當年與西原這位藏族奇女子的情意，他當即大哭不已。官兵舉槍齊鳴，槍聲在空曠的山野上空久久迴盪，向這位西藏傳奇女子致以湘西漢子的崇高敬意。

陳渠珍為西原舉行了極為隆重的葬禮，他把西原的靈堂設在自己的官署，然後請來當地的高僧，為西原進行了七天七夜的水陸道場，陳渠珍親自為之守靈。四年後，西元一九二六年，在西原去世十四年後，陳渠珍將西原的遺骨安葬於家鄉鳳凰，並為西原寫下感人的墓誌銘：

姬西原，西藏人氏也。藏俗無姓，稱以其名。姬生凱浪，來歸於德摩，殯于陝西西安，埋骨於湖南鳳凰。其卒在歸後三年，其葬於卒後十四年，其病以積瘁不治。藏俗尚騎射，西原能馳怒馬，俯拔卓地竿之球。又嘗去百步射，不失鵠。清宣統二年，予從軍入藏，西原來侍，閨去有禮意。越年，予以編師戰八浪登，戰納衣當噶。兩賴西原之力，脫予於險。其後，武昌革命軍起，予謀以兵遙應之，卒不利。遂於十一月十一日，率從士一百一十五人，攜二月糧，入青海，失道戈壁中，彌望黃沙獵獵，盛風雪豺虎，士皆氣慘攝，謂必死。西原獨持壯語相慰藉。其後糧盡，殺馬粹裝，尋火亦絕。乃獵野牛野羊生啖之，士占寒，死亡日眾。西原獨肩袂被溫予。一日間行失從，夜臥沙磧中，饑憊瀕殆。西原搜囊中餘脯以進，予擘啖之，則泣曰：「妾忍死萬裡從君，君而殍，妾子子安所歸。且世固不可無君。」卒不食。予亦為之嗚咽哽噎，泣數行下。明年六月二十四日到達蘭州，從士死亡殆盡，生還者僅七人而已。九月行次長安，西原以積癆病發，卒年十九。臨命猶執予手，泣曰：「君獲濟，妾死無憾矣。」嗚呼！西原茹萬苦百艱，敢犯壯夫健男窘步撖肘之奇險，從容以護予者，而予曾不獲攜歸家園，同享一日之安寧，予述至此，予肝腸碎斷矣。複何言哉！複何言哉！窮途無力扶歸，權厝于長安城外雁塔寺。其後十年，執友董禹麓為歸其骨於保靖軍次。又四年，葬於鳳凰城西陳氏之阡。今吾西原閟然娛甯於幽宮。雖可悲亦可喜。

西原在十四年前臨終時對陳渠珍說出的，希望今後陳渠珍有出頭之日時一定不要忘記她的遺言，陳渠珍忠實地兌現了。

陳渠珍不僅把西原的遺骨運回老家鳳凰安葬，而且，他一直到四十歲後才另娶側室，生兒育女，他把西原永遠地珍藏在自己的心裡。

然而，有關西原的故事還遠遠沒有結束。

西元一九三六年，陳渠珍被何健趕下臺後，來到長沙居住，離開了政治鬥爭的漩渦，使他得以空閒下來。陳渠珍並沒有忘記西原，回憶起二十多年前西原那一段曠世情緣，以及青藏高原那碧藍的天空、壯美的雪峰、潔淨的湖水，以及多情的土地和淳樸的藏民……他毅然拿起筆，飽蘸著對西原深深懷念之情，用了兩個月的時間，寫下了七萬多字的回憶錄《艽野夢塵》。

然而，由於種種原因，此書沒有得到應有的重視和流傳。西元一九五二年二月，陳渠珍因患喉癌不治，病逝於長沙，終年七十一歲。

「湘西王」陳渠珍終於走完了自己傳奇的一生。

六年後，中國發生了舉世矚目的「大躍進」運動，西原的墓葬被夷為平地，墓碑也被丟在一口水井裡。

時光如梭，白駒過隙，轉眼六十年過去了。

西元二〇一二年七月五日，在「中國最美小城」湘西鳳凰城郊的南華山上，人們在為已過世六十年的「湘西王」陳渠珍舉行骨灰重葬儀式。

當陳渠珍的遺骨安放入土時，從墓坑中竟然飛出兩隻黑色的蝴蝶，似乎在向人們陳述一段塵封了百年，聖潔而又淒美的漢藏愛情故事……

陳渠珍終於魂歸故里，西原姑娘的銅像，在他的墓前永遠陪伴著他，這個美麗的藏族姑娘終於得到了生前所希求的愛人長相廝守的承諾——儘管是在天國。

附錄一

聽哥哥回憶父親寫《芁野塵夢》的那段日子

陳晏生
二〇〇九年寫於長沙

我大哥陳同初、二哥陳天一近幾年相繼過世，在他們最後的那些日子裡，我經常到他們家和他們聊天。他們在父親身邊的日子最長，對父親最瞭解，對家裡發生過的事情知道得最多。在他們回憶父親的很多故事中，我最感興趣的是父親寫《芁野塵夢》的那段日子：

一九三六年秋，父親在長沙下麻園嶺「廖天一廬」費時兩個月之久，寫下了《芁野塵夢》一書。當時，他們二人都在父親身邊，目睹了父親寫書的前後經過。

每天都見父親坐在書房的書桌上，鋪上黃色毛邊紙，揮動手中的小楷狼毫筆，一張一張地寫好後，由文書聶瑞卿拿去工工整整地謄寫。父親的字寫得快，寫得草，他們那時才八、九歲，根本看不懂父親寫些什麼。

一日，大哥忍不住問父親：「爸，你每天都在寫字，寫這些字做麼個？」（鳳凰方言，麼個——什麼）

父親放下手中的筆說：「我寫這麼多字，是在寫故事。」

「寫麼個故事，講給我們聽一下。」大哥最愛聽故事，他又好奇地問一句。

父親沉下了臉：「我寫到西藏去的故事。」

「西藏在哪裡？離我們這裡有多遠？你到那裡去做麼個？」二哥接著問。

父親回答：「西藏離我們這裡好遠好遠，是我們國家的一個最偏遠的地方。那時候鉤鼻子洋人派兵打到了那裡，把西藏最大的官十三世達賴喇嘛攆跑了。清廷派四川總督趙爾豐出兵援藏，我就隨援軍到了西藏，那時擔任六十五標隊官。」

大哥又問父親：「你們到西藏坐汽車還是坐火車？」

父親聽後哈哈一笑：「西藏哪裡能通汽車、火車，那裡的路特別難走，只能騎馬和步行。從成都出發要經過大相嶺、瀘定橋、打箭爐、甘孜……好多地方，才能到西藏。西藏那地方能好多的怪物怪事喔！」

父親說完，從放好的稿紙裡抽出幾張，看了看說：「我們經過大相嶺的時候，引路的當地人囑咐大家，過這一段路時不許說話，不然的話，會有山神降冰雹下來打人。引路的人講得好神祕，有幾個湖南兵聽後不相信，走著、走著，忽然對著天吼了幾聲……頓時，四周傳來震耳的回音，天色看著看著變陰了，再走幾步時，只見拳頭大的冰雹嘩嘩地落了下來，好多士兵被打傷嘍！」聽父親說完，他倆嚇得躲進父親的懷中。

父親又說：「我們的援藏部隊到了昌都以後，聽說前面有藏兵阻擊，不准入藏。於是，我就和一個姓張的四川人前去偵察。到了一處叫達臘左塘寨子時，天黑了下來。突然，聽到一陣馬鈴聲，只見一大隊藏兵飛馳而來，我倆連忙躲進路邊的一間小屋裡。」

聽父親講到這裡時，他們的心咚咚地跳起來，大哥問父親：「藏兵看見你們沒有？他們會殺你們麼？」

父親接著說：「藏兵闖進小屋裡，揚起五尺多長的大彎刀一頓亂砍，我見勢不妙，抽出馬刀往門外跑，一藏兵舉刀朝我砍來，我一彎腰，從他的手腕下鑽過，因為他的刀長，砍在了簷木上。

後面幾個藏兵一齊衝上來，我邊還擊邊往後退，突然只覺得尾脊骨一麻，幾個藏兵一擁而上，對我一頓拳打腳踢，還用刀柄砸我的後腦殼，我再也無還手之力了。」父親說到這裡用手指了指腰後面：「這裡還留下三寸長的刀疤。」

「後來呢？」二哥聽得入神，追問父親。

父親接著又講：「藏兵把我捆在馬上，押到了他們的大軍營裡。藏營裡一位叫堪布的軍官聽我說是趙爾豐的部下時，立刻給我鬆綁，連聲道歉，並叫士兵拿來刀傷藥給我敷上，還讓我坐下，獻上茶點。」聽父親講到這裡，他們才鬆了一口氣。

父親繼續講：「我對那位堪布說了一席話：『想當初英兵侵藏時，你們的藏王逃到清廷來求援。清廷出兵英軍撤退了，你們藏王又與清廷作對，論兵力、論武器，你們藏軍不是趙大人的對手，更莫說與清廷來較量了……』我勸他們不要再與清廷作對了，堪布聽後連連點頭，最後派士兵把我和老張送回了軍營，還寫了封書信要我交給上司。後來，我們援藏軍就進入了西藏。」

父親講完，指著桌上那疊稿紙說：「進西藏後的故事我接著寫。」說完，又拿起筆寫了起來。他們立刻離開了書房，不再打擾父親。

一日，他倆在院子裡玩，忽聽一陣馬蹄聲，只見父親的副官騎著一匹棗紅馬來了，他把馬拴在樹上，走進了父親的書房。兄弟倆圍著馬左看右看，二哥比大哥調皮些，他摸著摸著馬的背，一腳踏上馬鞍就往上爬，馬一受驚兩隻前腳往上一抬，他身子往後一仰，撲地一下摔倒在馬腳下，連忙就地一滾。嚇得大哥大聲喊道：「爸，爸，露露（弟弟）被馬踢倒咯！」

副官衝出來牽住了馬，父親跑過來把他扯起：「你這小傢伙膽子褒子泰（褒子泰——這麼大），馬不是亂騎的，要學才行！」父親說著要發火了。

副官連忙說：「我來教你騎馬。」說著，他把二哥抱上馬背，牽著馬圍著院子打了幾個轉。二哥坐在馬背上勁又來了，將手舞來舞去，逗得大哥哈哈直笑。他們看見父親也在抿著嘴巴笑。

之後，父親把他們兄弟二人叫到書房，又從那疊稿紙裡抽出幾張來，看了看對他們說：「你們西原媽最會騎馬，不管馬跑得有多快，她騎在馬背上都可以彎下身子撿地下的東西。」

他們問：「西原媽又是哪個？現在在哪裡？」

於是，父親又跟他們講了一段西原媽的故事：

父親隨援藏軍進入西藏後，同叛軍打了幾次仗，收復了工布。在一處叫德摩的地方結識了貢覺營管加瓜彭錯。加瓜彭錯對父親很客氣，一日，他邀請父親一行人到他的官邸做客，加瓜彭錯熱情招待他們後，喊來一群藏族姑娘為他們表演馬上拔竿的精湛馬術。其中一名女子表現特別突出，她動作矯健敏捷，連拔五竿獲得第一名，父親見後連連誇讚。

加瓜彭錯見父親很欣賞這名女子，介紹說這女子名叫西原，是他的親姪女，君若對她有意的話，他願將姪女許配父親為妻。當時父親以為是開玩笑的話，哈哈一笑說：「那可好了……」

誰知幾天後，加瓜彭錯夫婦真的將西原送來軍營。

西原經過梳妝打扮後顯得漂亮迷人，在場的一位叫呼圖克圖喇嘛見後，願為父親做證婚人。他還說西原女子靈活矯健，勝似男子，在這一帶聞名，住在軍中絕不會連累他。

父親見人既然送來了，西原也挨在他身邊站著，又被喇嘛一席話打動了心，便答應了這門婚事。那時父親二十七歲，西原十六歲。婚後，西原對他關心體貼，左右不離。夜晚，父親去檢查崗哨，西原挎刀跟他一道去；到藏家做客聊天，她總是陪在父親的身邊。那段日子父親的部隊和當地藏民關係很好，父親經常在藏民中宣傳藏漢本是一家人的道理。

不久，駐藏大臣聯豫命令父親的部隊向波密進兵。離開德摩時，藏民們依依不捨，西原與他們含淚告別。在波密幾次與叛軍交戰，西原一直在父親的前後左右保護他。一次交戰中，一群叛軍圍攻攏來，西原朝山下望了一眼，猛地跳下小山，並伸出雙手示意要父親跳下來她接住。父親跳下後，西原雙手緊緊地抱住了他。

兄弟二人聽父親講到這裡時，激動得異口同聲：「西原媽真好喔！」

父親對他們說，在西藏還有好多故事，待他慢慢回憶，都寫出來讓後人知道。

父親要求他們不要貪玩，要好好讀書。那時候他倆在唐家巷大樟樹腳的一家私塾讀書。一日，他倆見大樟樹上停著兩隻鳥，鳥的頭跟貓的腦殼一樣，叫起來咕咕地怪嚇人的。放學回來後他們告訴父親，父親說這種鳥叫貓頭鷹，沒甚麼可怕的。

父親又說：「在西藏時他們經過一座大森林，四周古木參天，腐葉滿地，突然從林中鑽出一群怪面動物，長著一張虎臉，尾巴長得像狐狸的尾巴，兩肋長著肉翅膀，形狀如飛虎一般。大家見此怪物都嚇一大跳，有士兵朝牠們開槍，槍聲一響「飛虎」們一齊飛上樹枝，發出嗚嗚的怪叫。哦了了！叫得人心驚肉跳。後來聽當地人說，這種怪面獸名叫「綳孛」，是西藏一種罕見的怪獸。」

聽父親說完，大哥問父親：「爸，這些紙上寫的都是這些故事麼？」

父親笑了笑回答：「都是，都是，還有好多故事沒有寫完。」

父親說還有好多故事沒有寫完，他還在不停地寫。有時候他們見父親寫著寫著走出書房，在大院裡來回走動；有時候又見父親緊鎖濃眉，搖頭長嘆；有時候見父親兩眼望著太陽落的那一方，好久也不移動一步；有時候還見他坐在院內的亭樓裡寫。

夜晚，他們起來解手，見父親書房裡燈還亮。清早起來，他們又看見父親坐在了書房。

一日下午，太陽快要落了，父親還在亭樓裡寫，他倆就在亭樓旁的池塘裡玩水。大哥忽然看見池塘邊有幾條小蟲在水上漂，他連忙叫父親：「爸，過來看嘍，這水上漂的是麼個蟲喔。」

父親聽後放下了筆，走到了池塘邊一看：「哦了，幾條螞蟥都大驚小怪的。」

父親說完把他倆牽到樓亭裡，對他們說：「鄉下的水田都有螞蟥，這螞蟥吸人身上的血，種田人最恨螞蟥，牠是一種害蟲。」

「西藏有螞蟥麼？」大哥猛地問一句，這段日子父親經常說到西藏，兄弟倆一開口也是問西藏的事，問成了習慣。

父親將筆放好：「在西藏有一種旱蝗。」

「旱蝗是甚麼樣子？跟這水裡面的螞蟥差不多麼？」二哥插一句。

父親接著說：「我們援藏軍經過朗魯、冬久、登上八浪登一帶時，夾道兩旁草深六尺多高，草葉上長滿了一根根針粗的旱蝗。那些旱蝗聽到人聲就抬起頭來，整個草葉喳喳地抖動起來，好嚇人啊！」

「牠們咬人麼？」大哥說。

「牠們像螞蟥一樣吸人血麼？」二哥也問。

父親點點頭說：「聽當地人說，旱蝗附在人身上連衣都能紮進，牠們吸足血後便成了一根根的血棍。就是用火燒死後，遇雨又能復活。」

聽父親說到這裡，大哥連連搖手：「爸，你快莫講了，我聽起來身上長雞皮疙瘩了。」

父親笑了笑：「好、好、好，不講了，不講了。」說完收拾好筆墨。

晚餐，兄弟二人坐在父親的左右。傭人端上一大缽父親最愛吃的清燉牛肉，父親舀上一碗大口大口地吃了起來，吃得好香。

「爸，西藏有牛肉呷（湖南方言：吃）麼？」大哥又提起了西藏。

父親笑了笑回答：「西藏有的是牛肉呷。」

「爸，你在西藏住了好久嗎？」二哥也問父親。

父親望了望他說：「我在西藏住了兩年多。」

「怎麼回來了呢？」二哥又問。

父親把手中的空碗往桌上一放：「辛亥革命爆發了，清王朝被推翻，援藏軍中的哥老會兵變，殺死了參贊大臣羅長裿，軍中一片混亂。我擔心軍中會出事，就帶領部下離開了西藏。」

「你們走了多久的日子才回到家呢？」大哥問。

父親長長地嘆了一口氣：「我們走錯了路，走進大沙漠裡去了，走了七個多月才到達西安，一百一十五人只剩下七個人。」父親講到這裡低下了頭。

兄弟倆扳著手指頭算了起來：「死了一百零八人。」二哥先算了出來。

「他們是怎麼死的喔？」大哥說著推了推父親的手。

父親抬起頭回答：「他們是餓死的，病死的，凍死的。我要是沒有你們的西原媽在身邊也死了喔！」

父親說到這裡眼圈都紅了：「好了，不講了，快呷飯。」

兄弟二人無心吃飯，還想聽父親講西藏的故事，父親催他們先把飯吃了再說。吃完飯後，父親又講了他們在沙漠裡走了幾個月，帶的糧食吃完了，就殺馬吃，馬也殺光了，剩下的人也不多了，大家圍在一起哭了起來，今後怎麼辦。西原沒有哭，拿著槍悄悄地走開。

突然，遠處「叭」地一聲槍響，大家朝槍聲處望去，只見西原向他們招手，大家走過去一看，原來西原一槍打死了一頭野牛。西原安慰大家不要急，說他們藏人有的靠打獵為生，只要人動得了就不會餓死。大家聽西原這麼一說，立即動手剝牛、割肉、燒火、烤肉……就這樣他們靠打獵物充饑，又走了幾個月，終於到了有人煙的地方。只是一路上還病死了好多人，最後只剩下七人到達西安，他和西原住進紅鋪街的一家旅館。父親講到這裡又走進了書房，夜靜了，書房裡還亮著燈。

天漸漸地涼了，樹葉落了，傭人們每天都要從大院裡掃出幾堆樹葉。

一日，二哥從廚房裡偷來一塊生牛肉，把大哥喊到圍牆腳的樹葉堆旁。他拿出「洋火」點燃了樹葉後，又用樹棍將那塊生牛肉叉好，他們要學父親在沙漠裡的樣子，烤烤牛肉呷。烤啊、烤啊，牛肉烤得變成了黑色，二哥忍不住咬了一口，大哥也接過來咬下一坨，兄弟倆含著這烤肉在嘴裡就是咽不下。這時，被掃地的傭人發覺了，告訴了父親。

父親從書房走出來一看：「我的哈崽崽誒！這樣燒是呷不動的。哈哈哈！」

「爸，我們燒的牛肉怎麼一點都不好呷哦？」大哥說。

父親笑後又跟他們說：「一個人肚子不餓幾天幾晚是吃不下這無鹽味的生肉的哦！」

「那我們也餓幾天再呷好麼？」二哥調皮地說了一句。

父親拿著那塊燒黑了的牛肉看了看，嘆了一口氣說：「別看這一小塊肉，在沙漠裡可以當一天的糧，你們的西原媽幾天沒呷東西，把剩下來最後一小塊野牛肉讓給了我。」父親說到這裡喉嚨裡像梗了東西一樣說不出話了。

他們每次聽父親說到西原媽時，心裡都很感動，可是，西原媽在哪裡呢？他們永遠忘不了那一天下午，天下著細雨，風刮得院子裡的樹葉四處亂飛，這時從書房裡傳來一陣哭聲，兄弟倆輕輕地走進書房一看，父親伏在書桌上嗚嗚地哭，文書聶瑞卿站在他身邊。

他們從來沒有聽父親哭過，見父親哭得這麼傷心也跟著哭了起來。

聶瑞卿連連向他們搖手，要他們別跟著哭。

大哥忍不住了撲到父親身上：「爸，你莫哭了，你哭麼個。」

二哥也走過來搖著父親的手：「爸，爸，爸！」

父親抬起頭來對他們說：「你們的西原媽死了！你們要記住，你爸的這條命是西原媽給的，要是沒有西原媽的話，你爸早死在西藏了，你們要永遠記住西原媽……」

聽父親說完，兄弟倆才明白了，原來他們日夜盼望見到的西原媽早死了，但西原媽這名字他們牢記在心裡了。

這時聶瑞卿把桌上的稿子放好，對父親說：「老師長，你莫太傷心了，文章都謄寫完了，可以送出版社了。」

後來父親告訴他們，他的西藏故事書寫完了，最後寫到西原病死在西安，他回憶起來太傷心了，所以忍不住哭了起來。

幾個月後，《艽野塵夢》出版了，線裝本，封面藍顏色。

兄弟倆拿著書翻來翻去，上面的字好多都不認識。

父親對他們說：「你們要好好念書，有了知識就能認識書上的字了。今後，你們一定要讀通這本書，讀懂這本書。」

後來他們聽父親說，這書還送了一本到「中山圖書館」收藏。

大哥自幼就愛讀書，他把父親這本書讀通了、讀懂了，一直保存到現在。

書中的西原病死在西安，十年後父親將她的靈柩運回鳳凰安葬，並寫下了感人的「墓誌銘」。上世紀八〇年代末，大哥和二哥回到老家鳳凰尋找過西原媽的墓地。誰知墓地在一九五八年就被夷為平地，墓碑丟在了在一口水井裡。這實在令人痛心！

大哥生前說過，鳳凰縣人民政府遲早要將西原的墓地恢復。因為西原與父親的這段情感超越了個人情感，上升為民族與國家的情感；他們的愛情化解了民族之間的仇恨，促進了民族團結，顯現出人性的光輝。

對於大哥的話，我深表贊同。

附錄二

我的哥哥姐姐

陳晏生

我是陳渠珍的第八個兒子，也是他老人家最小的一個孩子。一九五〇年出生在湘西的沅陵縣，原名陳太稚。一九五二年父親去世時，我才兩歲。

父親死後未留下半點財產，連家裡用的傢俱都是向舊部下借來的，家裡真說得上是一貧如洗。我母親彭梅玉（一九八七年去世）帶著我和四歲大的七哥相依為命，苦度光陰。那些年，母親靠幫人洗衣服，挑豬毛，錘石頭來維持生活。「大土匪湘西王的崽」（湘西人稱「兒子」為「崽」）這種屈辱稱呼一直陪伴著我。一九六五年，我下放到了湖南靖縣，改名叫陳晏生。才算擺脫這湘西王兒子的「醜名」。我在靖縣待了十三年，與一起下放的知青（知識青年）周映喬結婚，一九七八年，一家人回到長沙，我進了街辦工廠做木工，妻子進紡織廠工作。

二〇〇六年，我加入了《湖南知青網》，在網上發表了一百多篇回憶文章。二〇〇九年，我把所寫的文章編成《瞧這湘西王公子》一書出版。

哥哥姐姐們的人生遭遇，比起我來就更慘了：

我一共有哥哥姐姐十四人，七個哥哥和七個姐姐。

大哥生於一九二七年，一九四九年後在湖南省保險公司工作，後來進湖南省石油公司。他一隻腳是殘疾，在文革時下放到「五七幹校」，被人罵作「官僚地主崽子」、「大土匪大軍閥崽子」，受盡了屈辱。大哥的長子在一九六八年上山下鄉後返城，一九七七年在修長沙火車站抬預製板時，不幸從六層樓上摔下來慘死。大哥於二〇〇五年去世。

二哥一九五五年畢業於北大，分配到內蒙包鋼任技術員，一九五八年大煉鋼鐵時，與吃政治飯的廠長爭辯，被關三年，得了水腫病才被放出，差一點送了命。後來二哥憑藉機械手藝，在長沙附近的一家小工廠工作，一九六八年在長沙「九．九」行動後被抓。被釋放後，憑著手藝到處流浪打工，改革開放後，五十多歲的他回到長沙，直到七十九歲去世，一生孤獨一人。

三哥三嫂一九五一年參軍入伍，後分配到北京總政當軍醫。夫婦倆一九六三年從部隊復員，被安排在湖南沅江縣人民醫院工作。「文革」中被打成「反革命分子」，坐牢兩年，三嫂被逼瘋，全家六口人被遣送農村。後來，北京部隊派人來為他們平反，一家人又回到醫院，此時三嫂已成了精神病人，三哥於二〇〇九年去世。

四哥自一九五二年父親去世後，一直患肺結核病在家養病。他參加了大學考試未被錄取，故在家待業，一九五九年才分配到道縣糖廠工作。文革期間一直在長沙「道縣糖廠駐長辦」工作，有幸躲過文革運動的衝擊。一九八二年調到湖南省輕工研究所工作，直到退休。

五哥一九五一年保送到航空學院上學，畢業後在山東某部隊當航空機修師。一九五八年患了精神病，部隊派人送回長沙。據部隊護送他的人說，是修飛機強烈的震動聲把大腦震壞了。後因病情越來越嚴重，多次從長沙往返山東部隊。一九七六年部隊最後一次派人把他送回長沙，因家中無人照顧，只好又將他帶回部隊，五哥後來再無音訊。

六哥在長沙七中讀書，學習成績優異，又積極進步，加入了共青團。就在考大學的前夕，學校通知他，因家庭出身官僚地主，沒有參加考大學的資格，他的大學夢因此破滅。之後當過代課老師，直到一九六五年才進了長沙市職工學校任教。「文革」中他的家庭出身暴露，失去了工作。後憑寫得一手好毛筆字，在長沙的一家標牌廠擔任了技術員。

七哥與我是同母兄弟，一九六三年他以優異的成績考取高中，開學不到幾個月他出現吐血症狀，他很怕自己像四哥那樣患上肺結核，但仍然堅持讀書。一九六六年，他高中快要畢業時文化大革命開始了，他來信告訴我（我已下放到農村兩年多了）教育要改革，他因身體太差，便隨二哥到了長沙附近的機械廠學機械維修。一九七〇年「清理階級隊伍」時的一個夜晚，一夥手持木棍的貧下中農闖進了他們的房間，把兄弟二人捆了起來。第二天清早，倆兄弟被迫離開了機械廠。此後，經常有人來查戶口被人訓罵，加上一些街鄰也欺負他，七哥受足了氣。一九七三年鄧小平上臺後，運動平息了些，三年後，他回城進了一家區辦工廠。由於身體多病，一直未成家，二〇〇七年退休，至今還是單身一人。

大姐陳元芳，「革大」畢業後分配到湖南江華糧食系統工作，結婚後有兩個小孩，後來兩口子轉到長沙一家區辦工廠工作，文化革命時都被打成反革命。一九七一年全家四口人被遣送到湘西鳳凰苗族山區，受盡磨難，七年後才平反，回到長沙原來的工廠直到退休，二〇〇六年去世。

二姐陳元芬，解放前後一直住湘西，先是住在吉首，結婚後住在辰溪，夫妻二人都在銀行工作，於二〇〇九年去世。

三姐陳元青，解放後在湘西桑植縣工作，一九五八年被逼自殺。

四姐陳元吉，解放後一直在湘西自治州工作，夫妻二人都是幹部。「文革」中受到衝擊，全家五口人下放到丈夫老家大庸鄉下。後恢復工作，一九八二年，夫妻二人調到湖南省財政廳工作，直到退休。

五姐陳元景，一九五一年參軍進解放軍四十七軍的文工團，後來又到了西安工作，夫妻二人都是復員軍人，「文革」期間，因遠離家鄉，受到的衝擊不大。現已退休。

六姐陳元卉和七姐陳元印與我是一母所生，都在幼年夭折。

附錄三

先父陳渠珍魂歸故里

陳晏生

二〇一二年七月十日寫於長沙

先父陳渠珍今年誕辰一百三十周年，逝世六十周年，今天，他的遺骨從長沙遷葬到自己的家鄉鳳凰南華山上。

落葉歸根，魂歸故里，我站在他的墓前心裡久久不能平靜，有好多的話要講。作為他最小的兒子，我代表我的幾個哥哥把要講的話，都在這講出來吧：

先父一生經歷坎坷，他生於湘西，長於湘西，離開湘西多次，最後還是回到湘西。他主導湘西數十年裡，以仁治軍，保境息民，勵精圖治，辦教育、辦實業、辦慈善等等，可以說，他一生都在為湘西人民過上安穩的日子盡心努力，他一切都是從國家和湘西人民的利益出發。

一九四九年全國解放後，他識時務，知大局，和平起義，走上了光明大道，為湘西的和平解放做出了貢獻，為解放軍進軍大西南鋪平了一段道路。中央人民政府給了他很高的榮譽，任命他為湖南省人民政府委員，出席了第一屆全國政治協商會議，並與毛澤東、劉少奇、周恩來等中央領導人合影。一九五二年因患喉癌在長沙去世，享年七十一歲。湖南省政府為他舉辦了隆重的葬禮，安葬在長沙公墓幹部山。一九五九年先父的墓地被遷葬到長沙石馬鋪公墓，之後，又從石馬鋪遷葬到長沙明陽山公墓。

二○○九年周強省長在湘西州代表團的討論會上發言，他鼓勵代表們學習「湘西王」審時度勢的精神。二○一○年黃永玉老先生在與周強省長一次會面時，提出了想把先父的墓地遷葬到湘西鳳凰的建議，因為他代表著湘西人的一種精神。黃老的這個想法得到周強省長的大力支持。

同年十月二十三日，八十七歲的黃老與香港啟盛集團董事長吳啟雄先生登臨鳳凰南華山，二人商談先父墓地遷址事宜。最後決定在南華山選一處地，作為先父的墓地。

二○一一年三月，應黃老的邀請，我和六哥陳太卜、四姐陳元吉來到鳳凰與黃老、吳啟雄董事長見面，拜讀了黃老為先父墓地寫的「墓誌銘」手稿，並合影留念。

之後，我們隨吳啟雄董事長一起爬上了南華山，觀看了黃老和他為先父墓地選擇的地樁。吳董事長對我們說，他請來了香港有名的風水先生選定墓地方位，在地樁的中心，擺放著一根長長木棍，木棍的一頭正對著對面的一座山。他指著那座山的一個最高位置說，這就是墓地的風相位，這個位置特別好！

這時，同我們一道上山來的鳳凰畫家劉鴻洲（他同我們是親戚關係，稱我為表叔，是黃老的學生，這次陳家就是全靠他幫我們與黃老聯繫），他順著吳董事長手指的方向往下看，突然大喊一聲：「嗨呀！這個朝向好，下面正好是陳家公館。說完，他用手指給我們看，那裡，那裡就是縣法院屋頂。他一直生活在鳳凰縣，對縣城的每一個角落都熟悉。吳董事長聽後特別驚訝，他和風水先生根本不知道陳公館的位置就在那一方。

看來，這既是天意，又是巧合。

吳董事長還告訴我們，他和黃老計畫為藏女西原鑄造一座銅像安放在先父的墓旁，我們聽後感動萬分。

我們回到長沙幾天後，收到了他們傳過來的黃老親自設計的墓地圖樣：

我看到這樣氣勢宏偉又獨具一格的墓地圖，心裡久久不能平靜，先父啊，先父，我做夢都沒想到，您去世六十年後又能回到家鄉長眠，您一定會含笑九泉了！黃老啊，黃老，我們該怎樣來感謝您喔！

幾個月後，吳啟雄董事長來電話告知，西原銅像已鑄成，並運回鳳凰，等墓園修建完畢再舉行銅像落成儀式……我們全家人都在期盼著這一天的到來。

在二位先生的努力下，在縣政府的大力支持下，先父墓園終於竣工落成。

二〇一二年七月一日，劉鴻洲來電話了，他告知黃老為吉首捐建四座橋之事已回鳳凰了，要我們趕來鳳凰與他商量先父墓地遷葬事宜。這一年多來，我們日夜盼望的日子終於到來，馬上決定讓四姐前往鳳凰與黃老見面，並商量確定遷葬的確切日子及時辰；我和六哥負責將父親的遺骨運到鳳凰。

四姐到鳳凰的當晚就來電話了，她告訴我們一個好消息，鳳凰縣政府的領導們都出面了，大力協助我們把遷葬之事辦好。

我們伯伯的子孫後代陳世桂、陳世建、陳世蓉等人已召開家庭大會，他們出錢出力把陳家祠堂布置好，要將太爺爺的遺骨接進祠堂，他們的子孫數十人為老人家守靈護衛。

我放下電話後，眼眶一下就紅了，我被鳳凰縣人民政府的這個開明之舉感動，我被鳳凰陳氏後人的親情所感動。六十二年前先父帶著我們一家人離開了鳳凰，而他們這一大家子人留在鳳凰生活得很艱難，特別是文革時期受先父的牽連，挨了批鬥，有的還被整瘋了，那幾十年裡，他們都是低頭做人。有幸改革開放後，他們一些子孫都有出息，事業有成。今天，五太爺爺（他們對先父稱呼）回來了，從政治上翻身了，這是他們幾十年的期盼，他們盼來了這一天。

我把去年就做好的楠木骨灰套箱拿出來，用早就準備好的紅綢布包好，打電話給三個兒子，要他們備好車，等鳳凰來電話確定了遷葬日子後就動身。

第二天上午，四姐來電話了，告知落土安葬日子定在七月五日中午一點三十分。

得知這準確的安葬日子後我心裡有數了。

七月三日清晨，我們駕著兩輛車離開了長沙直奔鳳凰。我回頭望一望這骨灰箱，心裡默默地念著：爸，兒子送您回家了！您在長沙這六十年裡，一直沒有住安寧過，怪兒子們無能，讓您受委屈了，這一回離開長沙再也不用回了，回到自己的家就好了！爸，大哥、二哥、三哥、五哥他們都離開了人世，現在只剩下四哥、六哥、七哥和我了。大哥他們在世的時候，我們兄弟只要聚在一起，就念著您，您走得太早了，留下我們這一大家子，那些年我們的日子過得好艱難啊！特別是我的媽媽，才三十二歲，帶著四歲的七哥和一歲零四個月的我，可以說是苦度時光啊……現在我們苦日子熬到頭了，您也可以回家了。現在，我們就送您回家！」

三兒子陳立駕著越野車在高速公路上飛奔，進入湘西地界時，二兒子陳進幽默地說，幾十年前這裡都是我爺爺的管轄地，他一揮手、一跺腳，想幹什麼就幹什麼，誰敢不聽！大兒子陳穀對爺爺的歷史有所研究，他說爺爺年輕時來長沙武備學堂讀書，學習成績在班上名列前茅，因為參加了同盟會，在天心閣開會時被清兵發現，跳城牆逃跑後回到鳳凰。經過十幾年的奮鬥，他終於主宰了湘西，提出保境息民，把湘西治理得井井有條。只可恨那些四川軍閥、貴州軍閥時常來侵犯搗亂，一九三五年野心勃勃的何健，一直望著湘西這塊肥肉，他以「通共」罪名在蔣介石面前告爺爺一狀，爺爺最後被逼下臺來到長沙，在長沙寫了《艽野塵夢》一書。我們的爺爺真的有本領，他當時沒了槍桿子，但他耍起筆桿子來照樣威風，不是麼？他的《艽野塵夢》到現在七十多年了，一版再版……

兒子們很興奮，他們能親自開車送爺爺回家都倍感榮幸。我們一路聊天，不知不覺就到了吉首收費站，六哥的轎車早在預定的地方等候我們了。他女婿開車車在前面引路，我們的兩輛車緊隨其後，一起踏上了鳳凰的土地。

我們的車在指定的地點「鳳凰天下」路段停下來了，離我幾十米處有一排長長的隊伍，舉著長聯橫幅，我仔細一看：

橫披：鳳凰人民歡迎陳渠珍老先生魂歸故里。

上聯：戎馬一生，有《艽野塵夢》，功彪西南天路。

下聯：《軍人良心》，見湘西圖治，聲鳴古鎮鳳凰。

我讀完太激動了，雙手端著先父的遺像有點抖了起來，兒子們站在我身後，抬著爺爺的骨灰箱。軍樂聲響了，禮兵一步一步地朝我們走來，我們也一步一步朝他們走去。他們走到我們面前，接過遺像和骨灰箱後，全部轉身朝前走，我們也緊跟著隊伍前往陳家祠堂──「朝陽宮」。

當我走進陳家祠堂時，祠堂裡已站滿了人，他們都是我們陳家的後人，縣政府的領導們站在中間。我抬頭看到先父的骨灰箱和遺像已經穩穩當當地放在了靈臺上，再也忍不住了，哭喊了一聲：「爸，您回來了，回到自己的家了，您可以放心了，這麼多親人在守護您……」我平時講話十分流利，可是今天不知為什麼，喉嚨像堵了一大坨東西硬是講不出了，眼淚也跟著流了出來。

陳家的後代基本上都來了：居住辰溪的二姐夫（二姐已故）率兒子、女兒女婿趕來，三哥的兩個兒子乃康、凱軍及女兒、孫子從沅江趕來，四哥的兒子衛峰從長沙趕來，輪流守靈。

我和三個兒子從半夜守到天亮。

七月五日中午十一點鐘，我捧著先父的遺像，兒子們抬著骨灰箱，在威嚴的軍樂聲中離開了祠堂。鳳凰縣電視臺、湖南衛視、自治州電視臺的攝影機隨著我們長長的隊伍，穿過幾條街道，走過幾條巷子，往南華山走來，觀望的人們越來越多，他們都望著我手中的遺像，只聽見一些年老的人在議論：「這下好啦，老師長回來了……」聽到這話我感到好親切啊！

半小時後，隊伍全部登上南華山，進入墓園。

大家都坐下來休息。我看看身邊坐著的妻子，近兩年來一直多病的她今天的氣色很好，居然跟著隊伍登上了南華山，我想，這應該是先父在天之靈在為她護佑吧！先父啊，保佑您的這位兒媳吧！她是我們陳家的功臣，在艱苦的農村，為我們陳家養了三個虎頭虎腦的兒子，這次就是您的三個孫子開車把您從長沙護送到這裡的。

黃老上山來了，我趕忙上前扶他一把。

他老人家來到墓前，默默地讀著自己親筆為先父寫的「墓誌銘」：

寥天一廬祭

這裡安眠的是湘西鳳凰百姓難忘的陳渠珍先生。先生是卓越的文學家、政治家、軍事家。二十世紀初，國內軍閥混戰時期，由於先生的精心維護，未受騷擾，湘西百姓得以享受三十餘年安寧太平的日子。抗日戰爭初期，在民族大義激發下，上萬湘西優秀子弟浴血獻身嘉善戰役，不朽的英靈都是先生幾十年一手培養的勇士。抗戰晚期直到勝利，民生凋敝，國運艱難之際，先生滿身風雨受命回歸湘西，重新協助梳理山河，撫慰傷痛。百姓生活得以喘息迴旋，費盡了先生移山心力。先生治軍仁，為政寬，工作務實，教子有方，生活簡樸，博學淵雅，見解宏闊，無愧人稱山水精英。先生青年時代，遠戍西藏，參加驅逐英帝的戰鬥立功累累。其間結識藏女西原，二人深情度過無數生死經歷，我們塑造西原的銅像挨在先生身旁，陪伴先生俯覽日新月異的故鄉。祝願世人的愛情地久天長。

辛卯春同鄉後學子弟黃永玉　敬志並書

遷葬儀式開始，黃老和州領導、縣領導站在前排，我們子女站在第二排，整個墓園人站得滿滿的。大會的第一項：將先父遺骨入土。

就在將骨灰箱放進墓坑的那一剎那，突然從墓坑飛出兩隻黑色的蝴蝶來，人們慌忙拿出相機拍照，可是蝴蝶飛得太快，一下就飛進樹林裡，聽說有一位手快的拍到了一隻。

我感到很驚訝，這真是怪哉！奇哉！

當先父的骨灰入進墓裡，我懸掛了一年多的心終於落了下來。

黃老發言說，他學畫畫是先父送他到苗寨的畫莊裡學的，之後，他去了香港，一九五〇年回到湘西。他說他今天站在這墓前，想起了六十年前先父離開沅陵的那一天，兩旁站著好多百姓主動地為他送行，他也去送行了，向先父招手，但沒說一句話。沒想到六十年後的今天，他老人家又回到這裡安息了……

黃老的發言使我明白了，原來，他老人家投資數十萬元為先父修建這座墓地，就是為了報答六十多年前先父送他進畫莊的滴水之恩；他親手為先父寫下這動人的墓誌銘，就是傾吐自己對先父的愛戴和敬仰。

黃老，您的崇高品德永遠是我們湘西人學習的榜樣。

鳳凰縣縣委書記羅明發言，他代表鳳凰縣人民政府，代表鳳凰全縣人民熱烈歡迎先父魂歸故里。他對先父一生的正確評價及高度讚美，我聽後備感欣慰。

自治州統戰部長郭建群代表州委、州政府，向為湘西解放和地方經濟發展作出貢獻的先父致以敬意和悼念，向我們親屬致以問候。她客觀地總結了先父的一生，還了歷史的本來面目，還了先父一個公道。

四姐陳元吉代表我們感謝黃老不顧年事已高，精心運籌，親自設計墓碑並撰寫墓誌銘，感謝香港啟盛集團董事長吳啟雄的資助，感謝州政府、縣政府的各領導大力支持，才使得先父的遺骨最後得以還鄉。

她的發言道出我們眾親屬的心聲。

發言完畢，黃老、吳啟雄、羅書記、郭部長等領導手持鮮花，一一為先父獻花，我們隨後也一一將鮮花獻在墓前。

獻花的人越來越多，鮮花堆滿了，我早已淚流滿面。

會議的最後一項是將墓坑封蓋及安裝西原的銅像。

吳啟雄先生親自監工，這位年輕有為的董事長、實業家對任何一個細節都不放過，一小時後全部安裝完畢。

一直坐在一旁觀看的黃老起身了，他摸著西原的銅像，露出了欣慰的笑容。

回想一百年前，先父隨軍遠征西藏，抗英平叛，與藏女西原結成良緣。辛亥革命爆發後，先父一行一百一十五人取道東歸，誤入沙漠，斷糧七個月之久，茹毛飲血，僅七人生還，幸有西原與先父一路相隨，生死相依。她忍饑挨餓，省下最後一塊肉乾讓給先父吃，並道出：「君不可一日不食。我萬里從君，可無我，不可無君……」的感人肺腑之言。西原病故西安，先父悲痛萬分將她安葬在大雁塔，十年後將遺骨遷回湘西，安葬在鳳凰，並寫下了感人的墓誌銘，只可惜一九五八年墓地被夷平。

恢復西原的墓地是我們多年願望，這次黃老用這種方式圓了我們的夢，我們真的是萬分感謝。這個具有深遠意義的藏女西原銅像落成，是藏漢人民大團結的象徵，我們衷心祝願藏漢人民的友誼天長地久。

最後，我要對先父說上幾句心裡話，爸，您身旁有我們的西原媽守護著您，您看看，您的腳下是熱鬧輝煌、車水馬龍的鳳凰縣城。爸，您終於回到自己的故土了，您永遠住得安穩了，您含笑九泉吧！

爸，希望您在天之靈——

保佑黃老，身體健康！長命百歲！

保佑吳啟雄先生，生意興隆！萬事順心！

保佑我家鄉父母官們，工作順利！蒸蒸日上！把家鄉建設得繁榮昌盛！

保佑我家鄉人民，平安幸福！生活美好！萬事如意！

保佑我陳氏家人，人丁興旺！事業有成！幸福安康！

國家圖書館出版品預行編目資料

湘西王／彭蘇作.
－－第一版－－臺北市：宇河文化出版；
紅螞蟻圖書發行，2016.12
面　公分－－(風潮系列)
ISBN 978-986-456-038-7（平裝）

857.7　　105020229

風潮系列 13
湘西王
作　　者／彭蘇
發 行 人／賴秀珍
責任編輯／韓顯赫
校　　對／謝容之
美術構成／上承文化
出　　版／宇河文化出版有限公司
發　　行／紅螞蟻圖書有限公司
地　　址／台北市內湖區舊宗路二段121巷19號（紅螞蟻資訊大樓）
網　　站／www.e-redant.com
郵撥帳號／1604621-1　紅螞蟻圖書有限公司
電　　話／(02)2795-3656（代表號）
傳　　真／(02)2795-4100
登 記 證／局版北市業字第1446號
法律顧問／許晏賓律師
印 刷 廠／卡樂彩色製版印刷有限公司
出版日期／2016年12月　第一版第一刷

定價 300 元　港幣 100 元

ISBN 978-986-456-038-7　　Printed in Taiwan